历史的角落

诗展

著

广东旅游出版社
GUANGDONG TRAVEL & TOURISM PRESS
悦读书·悦旅行·悦享人生

中国·广州

图书在版编目（CIP）数据

历史的角落 / 诗展著. — 广州：广东旅游出版社，
2024.4

ISBN 978-7-5570-3076-6

Ⅰ.①历… Ⅱ.①诗… Ⅲ.①历史故事—作品集—中
国 Ⅳ.①I247.8

中国国家版本馆CIP数据核字（2023）第113299号

出　版　人：刘志松
责任编辑：龙鸿波
策划编辑：张越佳　李梦黎　薛　静
责任校对：李瑞苑
责任技编：冼志良
封面设计：刘　颖　Aoi
排版设计：刘　颖

历史的角落
LISHI DE JIAOLUO

广东旅游出版社出版发行

（广州市荔湾区沙面北街 71 号首层、二层）

邮编：510130

电话：020-87347732（总编室）020-87348887（销售热线）

投稿邮箱：2026542779@qq.com

印刷：北京文昌阁彩色印刷有限责任公司

地址：北京市大兴区芦城工业园创业路 3 号

开本：880 毫米 ×1230 毫米　32 开

字数：185 千字

印张：9.375

版次：2024 年 4 月第 1 版

印次：2024 年 4 月第 1 次

定价：49.00 元

这个历史不太冷

——写在《历史的角落》前面

长久以来，历史在我们大多数人的脑海里，是冰冷干瘪的历史教材，是帝王将相的丰功伟绩，是高屋建瓴的宏大叙事，是烛照千年的规律总结。然而，历史的真正魅力，却存在于真实的细节之中。细节丰满，历史才有真趣。

不过，要在浩瀚的历史长河中，挖出鲜活有趣的历史细节，考察出生动真实的历史底细，并不是一件容易的事。正如透过密叶投射在莓苔上面的月光，我们只能看见点点斑驳迷离的碎影。若能拂去历史厚厚的尘埃，廓清历史层层的雾霾，以生动的笔触，将本就色彩缤纷的悠悠岁月重新点亮，将历史上那些俊杰佳人的鲜明个性以及他们跌宕起伏的丰盈人生予以精彩再现，绝对是一件相当费脑伤神的事。这需要的不仅是时间和精力，还需要独到的眼光、卓越的见识，以及深厚的文学功底与史学功力。而摆在你面前、你正在阅读的这本书，做的正是这件费脑伤神的事。

本书虽然讲的是"冷历史"，但在我看来，其实不算太冷。本书第一至三章，讲的是"人"，选取了众多历史人物，有达官显贵也有落魄草莽，有柔弱文士也有女中豪杰，有超级暖男也有"黄金剩女"。你可能听说过他们的名字，但本书揭露的却是隐藏在他们抽象的简历和刻板的脸谱背后那些不为人知的私密隐情。其选材视角并不高冷，切入角度也非常接地气。第四至六章，讲的是"事"。比如说，没有导航，古人如何认路？古代的房价高不高？古人吃不吃烧烤，点不点外卖？古代考生玩出了哪些考场作弊花样？如此种种，从古人的衣食住行到求学赚钱，人间百态，娓娓道来。带着你穿越千年的时光，只感觉市井喧闹的烟火气扑面而来，车水马龙的辘轳声吱呀碾过。这哪里是"冷历史"？这明明都是贴近人们生活的历史热点，只是历史教材上不曾提及，以往未曾引起人们的关注而已。而实际上，这些"冷历史"，恰是人们真正感兴趣的历史。

我在读这本书的时候，还有一个感触。与那些哗众取宠的"戏说历史"不同，这本书具有一定的学术品格，这是非常难能可贵的。我喜欢以生动活泼的形式去讲述历史，但对那种戏谑恶搞、错漏百出的历史读物，还有众多离谱雷人的历史影视剧，却深恶痛绝，它们读起来都是"爽文"，看起来都是"爽剧"，但随意性太大，误导性极强。实际上，历史的第一要素是求真。唯有真实的历史，才能震撼人心。唯有真实的历史，才能涤荡人心。任何一种历史作品，都必须以严谨作为底色，在尽力求真的基础上，再去追求生动有趣。我并不是说趣味性不重要，我只是说不能本末倒置。我实际想要表达的是，必须两者兼具。

余言不赘，以上是为序。

周建定

目　录

第四章

品衣食住行：掀开古人日常生活的面纱

第一章

居庙堂之高：君王掩豪情，忠臣载汗青

朝堂之上，既有君臣相得鱼水之欢的和谐，

又有文臣武将共谋家国的智勇。

在那些悠远的岁月中，他们轮番上场，

谱写着令人惊叹的人生。

关于他们的故事，你知道多少呢？

张良：他不止一次救过刘邦的命

说到张良和刘邦，许多人认识他们是源于语文课本上的《鸿门宴》。当年我在学到这一课的时候非常纳闷，项伯是项羽的叔父，为什么会把项羽要干掉刘邦的消息提前透露给张良呢？

课本上的原文说项伯"素善留侯张良"，就是他俩的关系一直不错，但两个人为什么关系不错？不错到什么程度？却并没有交代。

后来我去读《史记》，才在原文中找到答案。

他俩什么交情呢？我概括了一下，叫"包庇之交"。为什么呢？

《史记》是这么写的："项伯常杀人，从良匿。"这里说的那个"常"，不当"经常"讲，不是说项伯没事就杀个人玩儿，而是指"曾经"，意思是项伯杀人后逃跑了，跑到哪儿去了呢？他去投奔了张良，藏在张良那儿。所以我说这是"包庇之交"。有意思的是，这时候张良也正因为躲避秦始皇的抓捕隐姓埋名，所以他们之间的关系很有意思。正因为他们有这段共患难的经历，所以在鸿门宴开始前，项伯得知项羽的计划，才会悄悄地跑去找到张良。

项伯本来的意思并不是想救刘邦，只是单纯地想让张良自己跑。但张良没这么做，而是把这事和刘邦说了，刘邦赶紧请项伯来，与他结为亲家，然后才在鸿门宴上得了项伯的帮助，逃生成功。这一次，假如没有张良，刘邦很可能在鸿门宴上就死了。但这既不是张良第一次救刘邦，也不是最后一次。而且，您别看张良对刘邦有这么大的帮助，但其实他最初在刘邦军中的身份，可不是什么军师、智囊。

　　前面提到张良为了躲避秦始皇的搜捕隐姓埋名，那秦始皇为什么要抓他呢？因为他雇刺客刺杀秦始皇，他又为什么要刺杀秦始皇呢？因为他的祖父和父亲都是韩国的大官，秦破韩国，所以他要杀秦王报仇，但是没有成功，只好躲起来。

　　陈胜吴广起兵后，各地陆续起兵响应。张良也组织起了百来号人，这个数量说少不少，说多可不多，其实就是投奔大部队时的本钱。自己去投奔显得太没有价值，还是组团好办事。

　　张良本来是想投奔一个叫作景驹的人，但是半路上，碰到了已经起兵的刘邦。反正都是要投奔个大哥抱大腿，不如就近选一个吧。

　　当然，张良会时时观察刘邦是不是一个值得辅佐的人，但刘邦最开始可真没太把张良当回事，只封他做了一个厩将。厩，指马棚，所以张良的职务是管理马的相关事物。

　　这让我想起了另一个我们很熟悉的管理马务的人物——弼马温孙悟空。不同的是，张良并不会因为这个就觉得自己被小看了。

他很清楚，这正是一个很合适观察刘邦的位置，既不会因为太亲近而在未来难以脱身，又不会因为太疏远而无法对话。一切都在观察中，而这种观察是相互的。张良有机会就给刘邦讲《太公兵法》，就是那位神秘的"黄石公"传给张良的神奇书籍。既然是神书，一定不会很好懂，需要张良来讲解。而张良在这个过程中发现刘邦悟性奇高，别人听不明白的事，刘邦一下子就能懂。刘邦也由此对张良逐渐了解，开始钦佩，双方在相互欣赏的基础上建立了信任，这也让张良有了第一次帮助刘邦脱离险境的机会。

那时刘邦先抵达咸阳，按照之前天下英雄的"带头大哥"——楚怀王主张的"谁先攻入咸阳谁就是王"的约定，刘邦本来是可以称王的。于是他接受了秦王子婴的投降，进入秦宫。我难以想象刘邦来到秦宫，面对如此辉煌的建筑、璀璨的财宝、无数的美酒佳肴，以及数以千计的佳丽时的惊讶。那一瞬间他要是不动心，我觉得简直违反人性。按刘邦平时的为人，当时就想庸俗一下。但樊哙劝他冷静，不要被眼前的东西迷惑了，刘邦没听。为什么？因为这时候，刘邦是真想霸占了秦宫，好好爽一爽，所以他在函谷关派了兵，意思是告诉后来人，我刘邦已经把咸阳拿下，我是关中的王了。

是张良劝说刘邦要以大局为重，他这才下令撤出咸阳，重回霸上。

这事要是这么解释，总让人觉得不过瘾，所以让我们回忆一下鸿门宴之前两个人的对话。张良问刘邦，大王你的兵马挡得住项羽吗？换句话说就是，你能抗得住揍吗？

刘邦沉吟半天，憋出一句，抗不住。

这样一切就能说通了，其实刘邦心里知道，自己是斗不过项羽的，所以才会在明明按约定自己已经可以称王的情况下，老老实实地撤出咸阳。把胜利的果实拱手让给项羽，那时候他也还天真地以为，这样项羽就不会对自己下杀手了。事实却证明他还是低估了项羽的霸道。

如果刘邦依旧不听劝告，就地享受了一把帝王的感觉，先不说张良还会不会继续追随刘邦，光是对项羽就是极大的刺激，他估计根本等不到鸿门宴，就得直接攻入咸阳，干掉刘邦。

所以，这是张良第一次直接帮助刘邦避免了危险。

在鸿门宴之后，张良不仅又一次帮助刘邦活下来，而且为刘邦创造了逆袭项羽的机会。

在项羽分封天下时，刘邦被封了汉王，刘邦论功行赏，给张良"珠两斗，金百镒"。镒，是计量单位，有人说相当于现在的20两，还有说相当于24两，总之是很大一笔钱。但张良自己没留，全部给了项伯。

后来，项伯在项羽身边，常帮刘邦说好话。项羽本来只想给刘邦巴蜀地区的管理权，但因为项伯的关系，又多给了汉中地区。

这对刘邦后来的发展具有巨大的战略意义，这一点我会在下文中提到。

既然被封了汉王，刘邦就要到他的封地就任，张良也要和刘邦分别了。在这之前，他送刘邦到褒中①。分离之前，张良向心不甘情不愿的刘邦建议，把路上的栈道全给烧了，以这个动作，示意项羽，我刘邦没有更多的政治图谋，我对关中地区没有想法，我一入巴蜀，就不出来了。

也正因为这个动作，后来，齐赵造反的时候，项羽就直接带兵亲自往北边平叛去了。因为他知道，刘邦就算想出来，修栈道也要很久。但历史上刘邦怎么做的呢？他明修栈道却暗度陈仓。刘邦为什么可以到陈仓呢？就是因为汉中是他的封地，要是没有这个通道，刘邦在巴蜀地区想出来，可困难了。

所以这是张良又一次给予刘邦足以决定生死的帮助。而且，您可别忘了，这是张良用送到自个兜里的钱，去结交项伯换来的。

为什么张良会如此仗义疏财？在我看来，这源于他的贵族出身。正因为生于贵族家庭，他才不会在金钱问题上斤斤计较。

换成是普通人，恐怕真难做到。就像刘邦，刚进秦宫的时候，不也傻了吗？

我做不到像张良那样视金钱如无物，所以我知道，我达不到张良那样的人生高度。

---

① 褒中县是古代县名，在西汉时期初次设立，治所在今陕西汉中市西北的褒城镇以东一带，属汉中郡。东汉末年移治于今汉中市西北大钟寺。

刘胜：让刘姓子孙争相认祖的一代诸侯

在《三国演义》里，刘备为了强调自己的汉室正统出身，动不动就说自己是"中山靖王之后"。那么这位中山靖王究竟是谁呢？他又凭什么在去世那么多年后，仍然能成为刘备最主要的政治资本呢？

刘备的这位先祖是西汉的第一代中山王——刘胜，他生于公元前 170 前后，卒于公元前 113 年，活了 53 岁，是西汉景帝刘启的第九个儿子，汉武帝的异母哥哥，因受封为"中山王"，谥号"靖"，故称为"中山靖王"。

中山国的位置，大致在今天河北省的中部偏西地区，管辖 14 个县，地域在汉代各个诸侯国中算是比较大的，因为紧挨太行山东麓，所以自古就有重要的军事意义。刘胜的封地在这里，说明他颇得汉景帝的喜爱和信任。而刘胜之所以颇得宠爱，也许是他的母亲是汉景帝的宠妃贾姬。

关于这位贾姬，有一个著名的故事：有一天，汉景帝到上林苑，随行的贾姬上厕所时，一头野猪突然冲进厕所。汉景帝让自己身边的护卫郅都（zhì dōu）去救贾姬，但郅都认为自己的职责是保护皇帝，不肯离开。情急之下的汉景帝想自己冲过去救人，郅都又跪着拦住景帝说："失掉一个姬妾，还会有另一位姬妾入宫，但陛下现在如此轻视自己的安危，将社稷和太后置于何地？"汉景帝听了郅都的话，只好收手，幸好最后野猪没有伤人，跑出了厕所。

再说回刘胜，他自幼聪颖好学，有不俗的文学天赋和不错的素养，所以深得其祖母窦太后的宠爱，太后把自己的侄孙女窦绾（wǎn）嫁给了刘胜，并将自己宫中所使用的长信宫灯赠给了窦绾。

其实，在历史上关于刘胜的记载并不多，最有名的莫过于在汉武帝即位之后，他在一次酒宴上，声泪俱下地对着汉武帝发表的一篇即兴演说，即历史上著名的《闻乐对》。

汉景帝时期，爆发了史称"吴楚七国之乱"的诸侯王造反，这让后来即位的汉武帝特别忌惮诸侯王的势力。善于揣测圣意的朝臣们也附和着皇帝，对诸侯王的言行百般挑剔，动不动就给汉武帝打小报告。

这些高贵的诸侯王们时常经历着不说憋屈、说出来矫情的尴尬。刘胜正是在这样的情绪中发表了这番言论。据说当时，他在酒宴上听到音乐响起，不但没有任何喜悦之情，反而哭了起来，这自然引起了汉武帝的注意，询问哥哥为何而哭泣。刘胜趁这个机会，引经据典、旁征博引，控诉了朝廷官吏如何打压、甚至欺凌诸侯王，又以兄弟亲情不容外人离间的观点，哭着去向汉武帝求援。

汉武帝听后，当场下令废止官吏检举诸侯王不端行为的规定，此后还对诸侯王施行优待恩惠。刘胜也因为这个举动，赢得了"汉之英藩"的美名。

虽然如此，这位中山王深知在汉武帝心中，到底还是害怕诸侯王势力过大，影响皇权。于是，为了让皇帝放心，回到封地后的刘胜再也不过问政事，而是纵情于酒色享乐之中，他日日笙歌，流连于宫闱，一生竟然生了120多个子女。他的同胞兄弟赵王刘彭祖看不下去，批评他不辅佐天子，只知道奢侈荒淫。面对质疑，刘胜却反驳道："朝廷不是派诸侯王来治国的，那是官吏应该做的，诸侯王就是要来享受生活。"

虽然史籍如此记录，但刘胜的真实生活到底如何骄奢，史书上并没有太多记载，直到1968年，位于河北省保定市满城县的刘胜陵墓——满城汉墓被发掘，人们才能一窥这位诸侯王生前奢华的生活。这个考古发现，震惊了整个考古文博界，也还原了这位中山靖王的真实生活状态。被誉为"中华第一灯"的长信宫灯，就是在这一时期出土的。

那么，刘胜的墓葬有多奢华呢？

根据考古发现，刘胜的陵墓全长51.7米，最宽处37.5米，最高处6.8米，容积约2700立方米。以他所生活时代的建造能力推算，开凿这样的墓穴需要动用几万人，花费数十年的时间。

陵墓周围的村落里还安排了守陵人，世世代代守护着这座王陵。史书上评价刘胜"乐酒"，从他墓中出土的16个大酒缸证实了这一说法，如果把这些酒缸都盛满酒的话，有一万多斤。

正如现在人喝酒时喜欢玩些助兴游戏，刘胜也拥有许多饮酒行乐的道具。窦绾墓中出土了一枚非常精致的错金银镶嵌铜骰（tóu），其实就是我们现在说的"色子"（shǎi zi）的祖先。和色子不同的是，刘胜墓出土的铜骰有18个面。其中16个面上用篆书或隶书写了"一"至"十六"，另外相对的两面上有"酒来""骄"的文字。一同出土的还有40枚"宫中行乐（lè）钱"，这些可能都是刘胜喝酒时"行酒令"的玩物。

除了爱喝酒，刘胜也是妥妥的"吃货"一枚。满城汉墓里出土最多的莫过于烹饪饮食的器物，包括石磨、炒锅、蒸锅、烧烤炉等近千件。因为有些器物里面还有食物残渣保留。考古工作者可以根据这些发现，整理出了刘胜的"食谱"——除了谷物类和鱼类，还有黄鼬、鼹鼠、田鼠等，这些恰恰印证了文献里关于北方人喜食鼠的记载。

刘胜虽然吃喝有些无度，但因为他还是个"养生达人"，寿命超过了当时的平均年龄。再加上人们对他生育120多个子女的印象，不难联想到他的身体素质其实也很过硬。

从刘胜墓中出土了多种医疗用具，包括针灸用的金医针和银医针，这是中国迄今发现质地最好、保存最完整的一套医疗器具。甚至还有古代的"手术刀"、灌药器等。当然，在满城汉墓里，最让人震惊的发现，是两件金缕玉衣，一件是刘胜的，另一件是他妻子窦绾的。古人认为，用玉器来殓葬，可以保护尸体永久不腐烂，所以从西周起，就有葬玉的习俗。到了汉代，玉衣开始流行，所谓玉衣就是用金属线把打磨好的上千片不同形状大小的玉片穿起来，从头到脚包裹住尸体。不难想象，制作玉衣所花费的金钱和时间都非常可观，据推算，大概需要一名熟练的玉石匠人花十多年的工夫才能制作完成一件。

所以这是只有皇帝和王公贵族才有资格穿戴的葬服，即使如此，还要按身份等级分为金缕玉衣、银缕玉衣和丝缕玉衣。

刘胜的这件金缕玉衣长 1.88 米，共用了玉片 2498 片，金丝约 1100 克。窦绾的玉衣长 1.72 米，共用玉片 2160 片，金丝约 700 克。这些玉片全部都来自辽宁岫岩，在当年算是进口货。

今天，国内发现的完整的金缕玉衣仅有三件，而仅满城汉墓就占了两件。而且，后来所有发现的金缕玉衣都是按照这两件玉衣的样式进行复原的。并不只是因为这两件玉衣的完整，要知道，这种象征着财富和权力的玉衣过于耗费时间和金钱，后来被曹魏政权明令禁止。

所以，玉衣便只在两汉时期流行，此后，就在历史的长河中消失了。也就是说，如果没有刘胜墓的这两件玉衣，我们可能永远无法得知传说中的金缕玉衣究竟是什么样子。

满城汉墓也因其在考古界、历史界的重要性，被评为"20 世纪中国 100 项考古重大发现之一"。

刘胜曾有 20 个儿子被封为列侯，但在汉武帝元鼎五年（前 112 年）有 11 个因在进献给宗庙的黄金中做假被革除爵位。在刘胜那些名人后代中，除了刘备外，还有西晋名将刘琨，也就是成语"闻鸡起舞"的主人公之一。因为刘胜子嗣过多,世系不清,唐代著名诗人刘禹锡出身有一说,其虽然是匈奴后裔,但为了一张显赫的名片,他也自称自己是中山靖王刘胜的后代。

刘胜在历史上的文献记载尽管只有短短数行,但凭借着身后的陵墓与那些名人后代们,至今都被人津津乐道,而相比之下,人到晚年却亲自逼死太子的汉武帝的家庭生活则充满了遗憾。这不禁让人唏嘘在巨大的权力和财富面前亲情的脆弱。虽然刘胜的一生未必有什么值得人学习的地方,但这兄弟二人不同的经历,也足以让人感叹,当放弃了对权力和财富的争夺后,人生也许会出现新的境界,选择也许会更多。

曹腾：史上唯一的"宦官皇帝"

看过《三国演义》的朋友们，肯定对陈琳为袁绍在与曹操开战前所作的檄文把曹操气得从床上一跃而起、头痛欲裂的场景记忆犹新。那陈琳在这篇讨曹檄文里到底写了什么，让曹操如此气急败坏呢？檄文里称曹操"窃盗鼎司，倾覆重器。操赘阉遗丑，本无令德，骠狡锋协，好乱乐祸"……其中"赘阉遗丑"四字就是把曹操的祖父是宦官一事兜了个底掉。曹操的这位祖父名叫曹腾，字季兴，沛国谯人^①，东汉时期的宦官。由于曹操的父亲曹嵩是曹腾的养子，后来，魏明帝曹叡给他的这位高祖父授予"高皇帝"的尊号。虽然是在死后的追赠，但曹腾就这样成为中国历史上唯一的"宦官皇帝"。

宦官就是在宫廷中为皇室服务的男性。在东汉以后，宦官都由被阉割男性担任。其实除了中国以外，古代亚洲的朝鲜、越南皇室也喜欢使用宦官作为内侍。欧洲的古希腊、罗马帝国与拜占庭帝国的宫廷中也都有宦官。在中国古代，宦官一般由身份卑贱的人充任。有些原来是处以宫刑的罪人，有些则从民间穷苦百姓

---

① 今安徽省亳州市。

的年幼孩子中挑选。秦汉以后，宦官制度更加详备。宦官作为一种特殊的政治势力，对许多朝代政局产生过重大影响，也因此，宦官历来名声不好。特别是东汉后期，政治黑暗腐败，人们也常常认为是宦官专权所造成的恶果。我们知道，曹操被誉为"治世之能臣，乱世之奸雄"，但他一直从内心尊重和钦佩他的这位宦官祖父。那么，曹腾究竟是一个什么样的人物呢？这一切就要从头说起。

曹腾的父亲叫曹萌，又名曹节，字元伟，生有四子，曹腾就是最小的儿子。曹节在老家颇有仁厚侠义之名，是一个胸襟宽广的汉子。司马彪的《续汉书》就记载了曹节的一个小故事：有一次，曹节邻居家的猪跑丢了，便四处寻找。恰巧曹节家的猪与邻居家的长得非常像，邻居误以为这猪就是自家逃跑的那头，然后不由分说地就把曹节家的猪赶到了自己家。对此，曹节也不争辩。不久，邻居家的猪又自己跑回来了，邻居惭愧得无地自容，于是亲自到曹节家道歉，并归还了曹节家的那头猪。从此以后，乡里人都开始称赞曹节是一位仁慈敦厚的人。因为家里经济困难，幼小的曹腾很早就被送进了宫，做了个黄门从官。进了内宫之后，小曹腾由于做事认真刻苦，什么事都主动去干，并且干得很得体，能力强，加之性情温顺，很快，他就被选为当时还是太子、后来成为汉顺帝刘保的伴读。他先后服侍过顺帝刘保、冲帝刘炳、质帝刘缵、桓帝刘志，前后三十多年，未曾犯过任何错误。南朝范晔所著的《后汉书》里著有曹腾的传记，曹腾作为宦官入传，并能以正面形象名留青史，应属首例。事实上，他也的确有不少过人之处。

首先，作为皇帝身边的大红人，曹腾却不像其他宦官那样在财物方面贪得无厌。当年蜀郡^①的官员送上礼物贿赂曹腾，没想到贿赂的信半路被益州刺史^②种暠半途拦截，更为此上书弹劾曹腾。皇帝说地方官给曹腾送礼，他又没有接受，何罪之有呢？自然是驳回了弹劾。更为难得的是，曹腾事后根本没把这件事放在心上，还因此认为种暠贤明，后来种暠升任司徒，位列三公之一。曹腾如此以德报怨，其宽广的胸怀自然让种暠非常感激，就对身边的人说："今身为公，乃曹常侍力焉。"相较而下，曹腾的养子，也就是曹操的父亲曹嵩按照汉灵帝时期花钱捐官的制度，花了1亿万钱为自己买了太尉一职，这才位列三公之首，但他这种买官行为在一些清正廉明的官员眼里，也算是政治污点吧。

曹腾除了廉洁自好，还颇知人才，并大力推荐人才，譬如位至三公、威震天下的张温，名列"凉州三明"，纵横沙场的东汉名将张奂，还有延固、虞放等都曾受到过曹腾的提拔。曹腾举荐的这些人，也为自己的子孙后代铺好了道路。后来，这些人及他们的后人，都为曹操统一北方立下了汗马功劳，可以说曹操家族的繁荣兴盛，是曹腾打下了坚实的基础。

---

① 今四川省成都市。

② 相当于现在的四川省省长。

当然，曹腾最终登上人生巅峰，成为宦官中的老大——大长秋，还是因其在复杂的宫廷斗争中，扶助汉桓帝刘志登基。前面说到，曹腾从汉顺帝的伴读开始，就特别受当时还是太子的刘保的偏爱，所受赏赐的饮食也与别人不同。等到刘保登基，曹腾就升迁至中常侍。可惜汉顺帝做到30岁便驾崩了，那时太子刘炳年仅1岁，继承帝位不到半年，便也夭折了。事实上，从汉冲帝刘炳继位后，外戚梁氏就开始把持朝政，特别是皇太后的哥哥大将军梁冀控制朝野，拥立刘缵为帝，后又将其毒死。在刘缵死后，大臣们都希望立清河王刘蒜为帝，但梁冀却有意立蠡吾侯为帝，背后也有曹腾的出谋划策。原因可能是曹腾拜谒刘蒜时，刘蒜没给他好脸色看，曹腾担心日后会受到排挤，故连夜拜会梁翼，表示支持拥立刘志称帝。刘志登基后，曹腾因参与策立有功，被封为费亭侯，迁大长秋，加位特进。

曹腾虽然人前显贵，但毕竟身为宦官，无法有后，所以关于其养子曹嵩的身世一直存在争议。就连《三国志》里的记载都模棱两可："莫能审其生出本末。"也就是说不知从何而来。吴人所著的《曹瞒传》和晋人郭颁所著的《魏晋世语》都说曹嵩是夏侯氏的儿子，是夏侯惇的叔父，所以夏侯惇与曹操是堂兄弟。如果根据这种说法，曹操应当姓夏侯。但近年来，复旦大学历史学和人类学联合课题组却利用"人类遗传学"揭开了曹操的身世之谜。2011年，课题组从曹操的老家安徽亳州曹氏宗族墓中找到了曹操叔祖父曹鼎的遗骸——两颗保存尚好的牙齿。牙齿由于受到牙釉质的保护，比人体其他部位的遗骸更加容易提取出基因。提取结果显示，曹鼎的基因类型与现代曹操后人的基因类型相同，而与夏侯氏的无关。这样，基本就能断定曹操的父亲曹嵩就是曹腾从其家族内部过继而来的。

不管怎样，曹腾也借着曹嵩这个养子，延续了自己的家族，他告老回乡之后，就在亳州规划起家族墓地来，大规模地修筑自己的坟墓。现今，曹氏宗族墓群是国家级重点文物保护单位，位于亳州市谯城区魏武大道两侧，占地约 10 平方千米，一号墓和二号墓分别是曹腾与曹嵩之墓。墓中存留的古物虽然大部分被盗毁，但清理出来的有银缕玉衣、玉枕、金属猪、铜爪饰、陶瓷残片等，讲述着这里的主人曾经的辉煌。曹腾可能未曾预料到，自己残缺的生命却为后世培育了一代枭雄，更加做梦都没想到的是，自己当宦官服侍了皇帝一辈子，自己死后竟然成为历史上唯一被尊为皇帝的宦官。

耶律德光：中国的"木乃伊皇帝"

说起木乃伊，大家一定会想到宏伟的金字塔、古埃及法老，还有神秘的诅咒。但不要以为木乃伊是西方的专利，在中国古代，就有这么一位皇帝死后被制作成木乃伊，他就是辽太宗耶律德光。

耶律德光是辽国的第二位皇帝，但他既非长子，也不是皇太子，那他是如何坐上皇帝宝座的呢？这都要归功于一个女人。

926年，辽国开国皇帝耶律阿保机在出征途中因病去世，此时，在关于继承人的人选上，皇后述律平和部分朝臣产生了分歧。实际上，早在契丹建国之初，耶律阿保机就已册封了长子耶律倍为皇太子。而且他灭亡渤海国后，就以"天地人"三才的典故，尊自己为"天皇帝"，封皇后为"地皇后"，册立耶律倍为"人皇王"，并且赐给了他天子的冠冕。也就是说，太子耶律倍是板上钉钉的皇位法定继承人。那为什么作为母亲的述律平却不同意儿子继位呢？其中有两个重要的原因：

首先，耶律倍虽然文武双全，但他更喜文，而且十分崇拜汉人文化，汉学修养极高，因而他的政治主张也是尊孔尚儒，希望用儒家思想来治理国家，让契丹能够全盘汉化。但是皇后述律平恰恰相反，她代表的是契丹贵族势力的既得利益，主张维持契丹的奴隶制度，一旦耶律倍对契丹汉化成功，那么他们原本已经得到的权力肯定要被削弱，社会地位更会一落千丈。这到手的好处眼看着就要没了，换谁都是不乐意的。

而述律平另一个反对的理由就比较耐人寻味了。她与耶律阿保机共生有三子，但她最宠爱的是三子耶律李胡，可惜的是，这位李胡偏偏是个烂泥糊不上墙的性子，连述律平自己都承认"我非不欲立汝，汝自不能矣"。这大意就是，儿子，不是我不想让你当皇帝，而是你真没有这个能力啊。所以，最心爱的小儿子既然当不了皇帝了，那就选相对更讨她欢心的老二吧，于是述律平罔顾了耶律阿保机的旨意，一心一意要把次子耶律德光推到皇位上，成全自己的私心。

于是乎，述律平在朝堂之上以"主少国疑"为由，自行临朝听政，代理行使皇权，而这个理由虽然听着很有道理，但其实此时的耶律倍都已经28岁了，明眼人都看得出这不过是述律平用来铲除异己的一个绝佳借口罢了。而曾经跟随耶律阿保机出生入死并且支持皇太子为正统的文武大臣，只要是反对她的，都被述律平下令殉葬而死。当时朝堂之上，一片风声鹤唳，只有一名汉人臣子赵思温挺身而出，他当堂质问述律平："先帝亲近之人莫过于太后，太后为何不以身殉？我等臣子前去侍奉，哪能如先帝之意？"

本以为述律平定会哑口无言，没想到她毫不犹豫挥动金刀，当着众臣的面，把自己的右手齐腕砍下，并且还镇定自若地命人把这只手送到耶鲁阿保机的棺内代替自己"从殉"。这一举动震慑了满朝文武，无人再敢反对述律平的立储主张。就这样，在这位"断腕太后"的操作之下，耶律德光成了大辽的新皇帝。

虽然上位的过程不算光彩，但耶律德光却是一位能征善战、励精图治的帝王。在执政期间，他不断扩大着契丹的版图。后唐河东节度使石敬瑭因为自己想篡位当皇帝，不仅拜了比自己小10岁的耶律德光为父亲，而且还把燕云十六州也一并给割让出去了，就是为了得到契丹的兵马支援。果然，在凶猛善战的契丹铁骑的帮助下，他成功灭掉了后唐。但石敬瑭去世后，他的儿子石重贵即位后，却只愿意向耶律德光称孙，不愿意称臣。而此举正中耶律德光下怀，契丹趁此良机挥兵南下直取中原，灭了后晋，耶律德光以中原天子的仪仗进入东京汴梁，并下令将国号从"大契丹国"改为"大辽"，终于成功入主中原，成为一代霸主。

在得到中原广袤丰饶的土地后，耶律德光在治理上也是动了脑筋的，他并没有采用一刀切的治理模式，而是提出了"因俗而治"的理念。

具体来说，耶律德光以南北两院作为划分治理的最高行政机构，南院管理处于辽国管辖的部分中原地区，以前的郡州县制等行政划分原则不变，而他的最高管理者南院大王的主要职责是负责发展生产、征税、维持当地治安等。而对仍处于游牧社会的契丹人或者臣服于辽国的其他少数民族，不强迫他们接受汉化，可以仍旧按照原来的方法生活和放牧。但是，在实际的权限方面，南北两院的差距就比较大了。南院大王只拥有行政管理权，但北院大王除此之外还享有军权，实际上，北院的权力是绝对大于南院的。而我们最熟悉的南院大王，大概就是金庸写的《天龙八部》里的乔（萧）峰了。

然而再好的政治制度都有它不完善的地方，耶律德光虽然想得很周全，但是我们也能够看得出，南北两院实际上在地位和权力分配上有着极为明显的差距。而且，耶律德光不像原先的太子耶律倍那样完全信奉汉人儒家那一套，他的本性里依然是游牧民族抢劫掠夺的那一套。所以耶律德光进入中原后，依旧让契丹兵马"打草谷"，也就是四处抢劫，而这些兵在开封、洛阳等地胡作非为，弄得人心惶惶。而后，他又以犒赏军队的名义，要求民众献出他们的财帛，准备把这些剥削得来的民脂民膏统统运回大辽国内。这些行为都极大地激化了民族矛盾，致使民怨沸腾。

后来，石敬瑭的旧臣刘知远在晋阳称帝，建国后汉，不仅诸多后晋旧将起兵响应，就连百姓也纷纷拿起武器，对契丹政权群起而攻之，杀死了契丹任命的官吏，耶律德光只得仓皇逃走。一路走到今天河北栾城的杀胡林——这个地方从前叫孤林，因为唐朝军队在这里杀了很多突厥人，所以才改的这个名。而或许正是冥冥之中自有定数，耶律德光最终在这个地方因病去世，时年45岁。

而他去世的消息传回辽国都城后，此时已是太后的述律平气急攻心，她传下懿旨：生要见人、死要见尸。当时正是炎热的夏季，如何保存尸体并且顺利运回去可是难坏了随行的官员们。不得已，他们只得将皇帝制成了"羓"。

那么，什么是"羓"呢？原来，北方的游牧民族都喜欢吃牛羊肉，有时候杀了一整只牛或羊以后又不能马上吃掉，冬天还好说，夏天就容易坏。所以，牧民们就把牛羊的内脏掏空，用盐卤上，这就成了不会腐烂的"羓"，其实跟"腊肉"是差不多的东西。但耶律德光好歹是个皇帝，总不能跟牛羊是一般待遇，因而在《资治通鉴》里被称之为"帝羓"。

所谓"成也萧何，败也萧何"，耶律德光因为母亲述律平而从哥哥手里夺得了帝位，但就在他死后第二天，群臣就拥戴了他的侄子，也就是耶律倍的儿子耶律阮做了皇帝。而这一次，不甘心皇权再次旁落的述律平命小儿子李胡出征讨逆，结果可想而知，李胡此人无能又自大，最终两边还没打起来，他就和太后一块儿被侄子给幽禁了。直到"火神淀之乱"[①]后，皇权继承才又回到了耶律德光这一脉。

回顾耶律德光这一生，他毋庸置疑是一位有大成就的皇帝。不论是开疆扩土，还是经济民生，都让辽国的综合实力有了显著

---

① "火神淀之乱"，辽朝前期一个重要的政治事件，由于辽世宗多用晋降臣，轻慢契丹贵族，又在统治不稳固的情况下，屡议兴兵南伐，遭诸部贵族的反对，致使内乱爆发，为宗室重臣耶律察割所杀。之后辽太宗长子耶律璟起兵讨伐耶律察割，平定叛乱之后坐上了皇帝宝座，是为辽穆宗。但穆宗即位当政昏庸无道，使辽朝的巩固与发展至少推迟了20年。

提升。然而他的不足之处也很明显，虽然他开创一种独特的制度模式，让契丹与汉人各自为政，但是没有因地制宜，根据实际的统治情况来具体调整自己的策略。这或许是受制于自身眼界的局限，也或者是背后牵扯的利益集团过于复杂，耶律德光最终未能在中原扎稳脚跟，只留下那短暂的辉煌一瞬。

孙伏伽：第一位科举状元的职业生涯

状元，是科举考试中最高层级考试第一名的专称。民间关于状元的传说非常多，有一种非常有意思的说法是，在古代名臣中很少有人是状元出身，仿佛科举考试用处不大，又仿佛状元就是那么一回事。

这其实是一个很有趣的思路，在古代称得上是名臣的人不多，状元人数也不能算多。虽然科举从隋朝就开始了，但从选状元起始于唐高祖武德五年（622年），直到清光绪三十年（1904年）结束，在1282年间，有姓名记载的文状元有654人，武状元有185人。

这些人中，固然有许多没有成为所谓的名臣，但并不能以此来否定科举考试遴选官员的意义。因为，若论起比例来，没有成为名臣的非状元群体更为庞大。

事实上，历史并不是由名臣推动的，而名臣多是由时代造就。

其实状元中也不乏有作为的官员，比如，本篇要说的这位孙伏伽，他至少经历了两朝四代皇帝，为官时很受帝王重视，离任后也算得上是善终。让人觉得有趣的是，他不仅是中国历史上第一位有名可查的状元，同时也是敢对父子两代皇帝开骂的大臣。

坦白说，史料中对孙伏伽的出生年月记载并不明确，只知道他的老家是贝州武城（河北清河）。

隋朝时，孙伏伽曾做过小吏，隋末一步步做到了京畿万年县的法曹，这个职位在我理解大约相当于法官、检察长、公安局长三位一体的司法部门的官。职权是审理刑事案件，查办贿赂，所以也许官不一定大，但在当地比较有实权。

李渊建立唐朝后，孙伏伽归顺了新王朝。按理说，一个这样职位的人是很难进入帝王视野的。那么，孙伏伽他是如何骂皇帝的呢？

这事的关键在于李渊，在历史上李渊的形象不错，据《大唐创业起居注》[①]记载，李渊是一个能听得进别人提意见的皇帝。

他曾经说过，北周和隋朝的问题，就出在忠臣不敢说话，说了也没在点上。所以，他提出请大臣们多向自己提意见。

关于这种说法，有些资料里说，王朝刚刚成立，许多大臣都不太了解新皇帝什么脾气，所以尽管李渊这么说了，为了保险起见，大家也都想先观望一阵，谁也不愿意先出这个风头。

但孙伏伽抓住了这个机会上书说，陛下贵为天子，富有天下，一言一行都会被史官记录下来，怎能不慎重呢？您起兵晋阳不久就接受了下属献上来的猎鹰、琵琶、良弓等物品，还予以重赏，您有没有想过这种奢侈之风，其实就是前朝之弊呀，隋炀帝不就是因为不控制自己的贪心，才导致亡国的吗？

---

① 唐朝一部重要的起居注类史著。作者为温大雅。

李渊看了报告后，不但没生气，还挺高兴，因为正在塑造形象的时期，所以大度地表示，孙伏伽说得对，把猎鹰给放了，把琵琶和良弓都收起来。他然后下了一个诏令，大概意思就是说，我们不能按照前朝的那种恶习来行事，我一定要率先垂范，勤俭节约，勤政爱民。

结果没两天，前线传来个捷报，李渊一高兴，就想搞个庆祝活动，下令让太常寺全权办理。太常寺官员揣摩圣意，想搞一个由500位歌姬组成的大型舞蹈演出，就在玄武门上演。

这好像也没啥问题，但是，因为王朝刚刚成立，许多东西都没有，500个歌姬的演出服凑不出来，怎么办呢？官员想到，可以到民间征集500套裙衣。

这事又让孙伏伽知道了，于是上书给李渊，您不是要勤俭节约吗？您借东西搞这么大的演出是怎么想的呢？勒紧腰带也要扮奢华吗？

皇上看完之后很受触动，下口谕"不办了"。事后，李渊说，孙伏伽是一个敢于直言、正直的人，他知道我真正需要的是什么。皇上认为孙伏伽可以做侍御史，并赏赐他三百匹帛。

但是请注意，这时的孙伏伽还不是状元呢！

武德五年（622年），朝廷举办科举。孙伏伽这时已是六品官员，但他上书皇帝，要求参加考试，并解释说："自己现在混得好，就是因为皇帝赏识，但假如未来我不小心犯错了，皇上处置我，将我贬为庶民，我就没法再回官场了。但如果我通过考试，即使我将来犯错了，还可以以本朝进士的身份重新投考吏部。就是说，自己还是有资格进入官场的。"

李渊听了以后，觉得孙伏伽非常有远见，于是特别恩准他参加当年 12 月举办的只有生徒和乡贡才能报考的考试。

您想，有这样的背景加持，考官们怎么可能不给面子呢？于是，孙伏伽在这次考试当中被确定为第一名。

中国历史上有文献记载的首位状元，就这样就诞生了。

后来唐太宗李世民继位，也以知人善任著称。他将孙伏伽从言官的岗位，调回大理寺，担任少卿，让其回归本行，继续从事法律工作。

尽管办案才是孙伏伽的主业，可是他的视线一直没有离开过皇帝。

李世民喜欢打猎，孙伏伽就上书谏言："陛下呀，您没事儿老骑马打猎去，跟身边的大臣还嘻嘻哈哈的，这是少年的皇子干的事，不应该是您这个已经坐拥天下的人该干的事情了。"

李世民听完之后，也表现出了其父的那种大度，回复表示："爱卿说得对，未来我们就这么相处，你看到不足就提，我听着觉得有道理，就改。我少犯错误，天下不就好了吗？不就越来越完美了吗？"

双方一派和谐景象，但是李世民说是这么说，真做起来，可就打折扣了。按说，孙伏伽这时候可以选择闭嘴了，你作为下属说了也白说，还容易给自己惹麻烦，何必呢？

但他偏不。

这一天，李世民又要出去打猎，兴高采烈，穿着全套顶级装备，刚要出发，却听闻孙伏伽求见。

那就见吧！没想到，孙伏伽上来，一把就把缰绳给抓住了，说陛下打猎，游戏林中，骑马射箭这不是治国之必要，而且刀剑无眼，万一有一个三长两短，将来谁来主持政务啊？劝陛下为了国家百姓不要贪图一时痛快，任着性子干这种无益的营生。意思就是，皇上你别玩了，赶紧上班去。

李世民说："我今天正好没啥事，而且呢，我又不是贪恋女色什么的，我就是想出去溜达溜达，打个猎。而且我打猎呢，也不骚扰百姓，侍卫也带了十多个，够用了。"意思就是：不劳烦你操心了，你少管。

结果没想到，孙伏伽把缰绳往腰上一围，扑通就跪在马前面了，说："陛下今天出门打猎，请从老臣身上踏过去，我愿意用死换取皇上对诚实忠告的采纳。"

这就有点儿戏剧性了，一哭二闹三上吊嘛，皇上就很不高兴，脸一沉，说："我本来以为你是一个诚实勇敢的人，能够直言进谏，不好意思驳你的面子，没想到你有点儿不知道天高地厚了，你什么身份啊？敢限制我的行动，我要是连这点儿事都做不了主，还当什么皇上呢？"

话说到这，皇上的意思很明确了，就是不想听孙伏伽的话。如果这是一场宴会，皇上下一句可能会说："来人，接着奏乐接着舞。"

但是在这，李世民说的却是："来人，把他给我拎出去，砍了。"

有几个武士马上冲上来，架起孙伏伽就往外拖。

这个场景，要是换成是我，估计就吓坏了，孙伏伽非但没有露出害怕的样子，反倒说："夏朝的关龙逄因为直言进谏而被杀，我情愿跟他九泉下相见。"这位关龙逄据说是夏朝一位敢于直谏的大臣，后来因为话多被夏桀杀了。言下之意，就是你要是杀我，你也是暴君，反正我是忠臣。

唐太宗听完这句话也冷静了，哈哈一笑，说："我就是试试你是不是有胆量的人。没想到你真行，有你这么敢直言的人，这是我们大唐的福气。今天我也不出去了，听说你会下棋，咱俩就来一盘。"

这事就这么过去了，贞观十四年（640年）孙伏伽被升为大理寺卿，几年之后又出任陕西刺史。

到唐高宗李治的永徽五年（654年），孙伏伽告老还乡，4年之后去世，应该说得了善终。

狄仁杰：真的是古今第一神探吗？

在中国历史上，最为家喻户晓、广为推崇的历史人物里，有几个历代被传颂的清官，所谓"唐生狄仁杰，宋出包龙图[①]"，本篇要展开叙述的，正是狄仁杰。

近年来，关于狄仁杰的侦探故事层出不穷，但狄仁杰真的是"史上第一神探"吗？或者说，狄仁杰真的是神探吗？我对这个说法是保持怀疑态度的。

在《旧唐书·狄仁杰传》中，关于狄仁杰破案的事，一共只写了一句话，14个字——"周岁断滞狱一万七千人，无冤诉者。"意思是说，狄仁杰在大理寺工作时，一年之内处理积压旧案的涉案人员有17000人，其中没有一个人认为处理得不公正。

我们先不去说这句话背后的故事，先来理性思考一下，算一笔账。

一年365天，处理17000人，就算狄仁杰不吃不喝，每天只是判案工作，就得审理与46.5个人有关的案子，我们姑且算46个人。如果按照这些年备受关注的"996工作制"，我们让狄仁

---

① 即包拯。

杰朝九晚九，每天工作 12 个小时，然后呢，全年无休，干满 365 天。那么，狄仁杰每一个小时就要处理完至少涉及 4 个人的案子。也就是说，如果每案判一个人的话，他得 15 分钟断一个案，还不能有冤案，这种工作节奏现实吗？

所以，按我个人的一点浅见来讲，狄仁杰判的案件很大的可能并非什么疑难的冤假错案，而多是因为过去盘根错节的官场关系，导致不太方便处理的积压案件，也许其中还有一案涉及多人的情况。只有这样，狄仁杰才能在不拼命的前提下，完成这个正史记载的工作成绩。所以，历史上真实的狄仁杰，一定不是什么所谓的神探。

其实，审案、断案这种事情，只不过是他漫长的官场生涯当中的一小部分。在大多数时间里，狄仁杰的角色是一名政治家，政治家是不可能去做神探的。但是问题就来了，既然如此，为什么狄仁杰在历史上会出现"神探"的形象呢？

我们知道，帝制王朝时期的中国，教育的普及度是很低的。即使科举制的出现，让人们可以通过读书改变命运，但直到清末民初时，普通百姓自觉让孩子接受教育的意识才开始觉醒，而且中华人民共和国成立时，老百姓中文盲与半文盲的数量占人口总数的比例仍然高得吓人。

所以古代社会的上流阶层及知识阶层，跟平民之间所存在的知识壁垒，就决定了被记录于《资治通鉴》《旧唐书》等正史当中的狄仁杰的形象，是难以在民间得到普遍推广并获得认同的。

可即使这个推理能够解释为什么狄仁杰的民间形象会与正史中记载不同，但仍然回答不了一个问题——为什么神探的形象会被安放在狄仁杰身上。

其实，历代都有关于狄仁杰的文学作品涌现出来。在唐代，狄仁杰被塑造成一位爱民如子、赈济灾荒、深受百姓爱戴的清官。在宋朝的话本小说《梁公九谏》中，狄仁杰被塑造成为一位一心忠于大唐的忠臣，元朝有关狄仁杰的作品杂剧大多失传，而明朝戏曲作品《狄梁公返周望云忠孝记》以及一些小说中，狄仁杰形象是以孝子与忠臣而交替出现的，其中忠的方面强调得更多一些，这与明朝理学盛行是密切相关的。

而狄仁杰第一次以"神探"形象出现，是在清末小说《狄公案》中。

小说开篇写道："世人但喜做高官，执法无难断案难。"意思就是，作为地方官员的狄仁杰，工作重点不在于政治事务，而是在于侦破奇案。小说的前半部分，着重在讲狄仁杰破获了疑难案件的故事，这正符合了大众对公案类小说的猎奇心理。

在众多历史人物中，作者为什么偏偏选中狄仁杰来写，恐怕还有一个非常重要的因素，就是在作者眼中，狄仁杰所处时代的政治环境与晚清时期政治环境有着极高的相似性。

这两个时期，都是由女性来执掌政权。在中国历史上恐怕没有比武则天和慈禧太后对政治影响更大的女性了。晚清时期，人们共同经历着"三千年未有之变局"，虽然人们未必能准确说出问题所在，但难免将女性执政与大清王朝所遭受的一系列不公正待遇相联系。那个时代，恐怕从官场到民间，都会有许多人对慈禧的垂帘听政有若干不满。但这种情绪又不能表达出来，所以，公案小说《狄公案》的情节中，以描写武则天和狄仁杰之间的君臣关系，来隐晦地抨击慈禧时，显然起到了代替读书人说出心中不满的效果。在故事情节当中，狄仁杰除掉武三思，拔除反对势力，最终迫使武则天归位的这种描写，满足了读书人的意愿。既然实现了这个目的，小说中的狄仁杰，与真实历史中身为武则天心腹的狄仁杰，形象是否一致，就根本不重要了。

虽然我们常常会说，小说不是历史，但正如我们小时候读《三国演义》时一样，真的能分清楚哪些是文学加工，哪些是历史吗？

每当想到这一点，我就觉得有一种责任感，虽然我不是历史学家，只是一个讲历史的普通人。但是我以及许多和我做着一样事情的人，都在认认真真地尽力把历史的原貌向人们分享。为推动历史的普及，哪怕是做的点滴、微弱但踏实的工作，也让我觉得自己很有价值。

颜真卿：大书法家的军事表演

中国有句老话叫"百无一用是书生"，但偏偏在"安史之乱"的时候，就有那么一位手无缚鸡之力的书生于皇权危难之中挺身而出，力挽狂澜，打赢了这场劫乱的第一仗。这个人不是别人，正是与"书圣"王羲之比肩的书法大家——颜真卿。

颜真卿于709年出生在京兆万年[①]，祖籍琅琊临沂。琅琊颜氏是声名显赫的名门望族，族中出过很多大人物，颜真卿的五世祖颜之推曾经写过著名的《颜氏家训》，初唐大学者颜师古（颜之推的孙子）也出于琅琊颜氏。颜真卿的母亲殷氏也出身不凡，家中是世代相承的书法名门，后来颜真卿在书法造诣上的成就与她的悉心培养有着密不可分的关系。虽然颜真卿家族背景雄厚，但他并没有过上衣食无忧的生活。相反，他三岁那年，父亲就去世了，颜家一度陷入困境。即使颜真卿从小就热爱书法，却没有条件购买笔墨纸砚练字。无奈之下，他只好用刷子当毛笔，黄泥浆当墨，碗当砚台，以地面或墙壁为纸，练习书法。

或许越是艰苦的条件，越能磨炼一个人的意志，颜真卿靠着

---

① 今陕西省西安市。

自己的毅力练成一手好字，而且与其他书法家不同，他的志向并不仅仅在于舞文弄墨，而是报效国家。

26岁（开元二十二年）时，颜真卿进士及第，但由于他性格耿直中正，敢于谏言，得罪了当时的权臣杨国忠，遭到排挤，被贬到平原郡任太守。平原郡在今天的山东省德州市，但在唐代属于广义上的河北地区，离安禄山的驻地不远。颜真卿上任不久后，便察觉了安禄山企图谋反的歹心，他一面上报中央，一面暗中准备军防。

为了躲避安禄山的耳目，颜真卿整日和宾客们在城外河中乘船游玩，喝酒吟诗，甚至还亲自主编了一部研究音韵的著作《韵海镜源》，整个一副不问世事的文人做派。安禄山派人来侦查，他好酒好菜来招待，还即兴写了一幅字，就是流传至今的《东方朔画赞碑》。他的种种行为迷惑了安禄山，看他这样"堕落"，安禄山便放松了警惕，认为他"文人一个，不足为虑"。

但实际上，颜真卿早已在暗地里推行了一系列"废苛政，黜小人，除奸宄，进忠良"的政策，收拢了一波民心；并且以防汛为名，暗中加高了城墙，疏通了护城河；还悄悄招募人手，换掉了各级官员；收拢壮丁，扩充军队，备齐了粮草，随时准备战斗。果不其然，不久后，安禄山以奉密诏讨伐杨国忠为借口，在今天的河北省涿州市起兵叛乱，发起了出其不意的"闪电战"。河北各郡猝不及防，迅速被击溃。叛军所到之处，郡县官吏们要么敞开城门、放叛军入城，要么弃城逃跑，叛军很快直逼京城外的最后一道防线：潼关。当时的皇帝唐玄宗李隆基见状仓皇逃到了四川，狼狈不堪，哀叹道："河北二十四郡，难道就没有一位忠臣吗？"

正在此时，颜真卿这位早已做足了准备的忠臣挺身而出，增招士兵一万人，朝廷又派了五千精锐士兵前来援助，使得颜真卿实力大增。他高举义旗，被推为联军盟主，十七郡同一天举兵，20万大军归他统领。唐玄宗听闻后大喜："我不认识颜真卿是怎样的人，他的所作所为竟然如此！"

然而，颜真卿准备得再充分，也赶不上安禄山的动作快，势如破竹的叛军此时已经攻下了东都洛阳，安禄山还派心腹随从段子光将东都留守李憕、御史中丞卢奕、采访史蒋清三人的头颅送到河北示众。颜真卿担心募集而来的将士们因这般敲山震虎的做派退缩，设计杀了段子光，将这些头颅藏了起来，哄骗将领，"我一向认识李憕等人，这些头都不是他们的"，以此稳定军心。几天后，等人心稍定，颜真卿才将藏起的三人首级取出，仔细清洁，用蒲草做成身体形状，和头连上，入殓安葬，并设灵位祭拜他们。所谓哀兵必胜，颜真卿在现在的山东聊城，与叛军大战一场，歼敌2万余人，夺走千余匹战马，截断了洛阳地区叛军的后方粮草供给和兵源补充，导致安禄山急攻潼关的计划流产，算是打赢了"安史之乱"以来的第一仗。

与此同时，颜真卿与他的兄长，时任常山太守的颜杲卿遥相呼应，颜杲卿用计谋将镇守土门的安禄山党羽李钦凑诛杀。要知道，土门是坚守太行山最重要的关隘井陉。但就在战争有胜利的苗头时，出现了一个损人不利己的奸臣——太原节度使王承业。在土门之战告捷后，颜杲卿让自己的长子泉明押送俘虏到长安报捷，并请救兵。不想到了太原，被王承业私改了奏章，将功劳据为己有，并且拥兵不救。这一变化被安禄山察觉，他转而回兵围攻常山，经过三天的激战，颜杲卿战败被俘。

南宋诗人文天祥在狱中曾写过一首名留青史的《正气歌》，用12个典故追忆了历史上浩然正气、宁死不屈的名人。其中一则便是颜杲卿，文天祥写到"为颜常山舌"，这是因为在颜杲卿被安禄山俘虏后，当着安禄山的面破口大骂，气得安禄山钩断了他的舌头。即使这样，颜杲卿还是没有屈服，叛军又拿杲卿十岁儿子季明的命威胁他投降，仍然不屈，叛军便砍下了季明的头，又在洛阳将颜杲卿绑在桥头，砍断他的一足，将他肢解杀害，手段异常残忍。

兄侄的惨死，让颜真卿悲痛万分，更令他寒心的是，在常山一役后，颜家三十余人为国捐躯，几近灭门，为朝廷做出了巨大的牺牲，却没受到任何的安抚和嘉奖，他在皇帝面前哭诉，才追加了旌表。两年后，颜真卿派族人寻找杲卿、季明等人尸首的下落，季明仅寻得一头，杲卿也没有找到完整的尸骨，得知这样的结果，颜真卿泣泪写下了留存至今的"天下第二行书"《祭侄文稿》。

可见，颜真卿包括他所在的颜氏家族都是忠肝义胆之士，但是当时的唐王朝已经风雨飘摇、千疮百孔，即使有这般忠心，也未必有好的下场，颜真卿也不例外。他虽在朝廷做官多年，却没有同流合污，仍然"不通世事，一味耿直"，受到了很多人的排挤，从中央贬到了地方。到了75岁时，淮西节度使李希烈叛乱，当时的宰相卢杞一向嫉恨颜真卿，便怂恿唐德宗让年事已高的颜真卿去劝降李希烈，理由倒是冠冕堂皇，称颜真卿是"三朝旧臣，忠臣刚决，名重海内，人所信服"，还称如果派颜真卿去劝降，可以不血刃而平大寇。

　　巧舌如簧的卢杞就这样劝服了唐德宗，诏令一出，满朝皆惊，大家都知道，颜真卿此去凶多吉少，纷纷劝说他，但颜真卿都拒绝了，说："君命能躲避吗？"见到李希烈后，颜真卿宣读了诏书。刚读完，李希烈的一千多个养子便抽出刀威胁他，逼迫颜真卿为李希烈上书昭雪。面对刀光剑影，颜真卿面不改色。李希烈见此计不奏效，又软硬皆施，用各种办法劝服颜真卿归顺他，颜真卿都没有屈从。李希烈一怒之下，将颜真卿关押到了蔡州，颜真卿估计自己命不久矣，于是开始撰写遗表、墓志、祭文，指着墙壁之下说："这是我埋葬之处。"

　　不久，李希烈的弟弟被朝廷处死的消息传来，李希烈迁怒于颜真卿，派阉奴带着假诏书来"赐死"颜真卿。颜真卿问："老臣确实没有功，罪应处死，但这使者何时从长安来的？"阉奴说："从大梁来的。"颜真卿大骂道："这是反贼，为何称诏书！"于是被一条白绫缢死，就这样，颜真卿被害，享年76岁。

　　颜真卿的死讯传到朝廷后，三军哀伤痛哭。淮西平定后，颜真卿的儿子们护送他的灵柩回朝，皇帝为他停朝五天，追赠司徒，谥号为"文忠"。他被史册所记载的不仅是他卓越的艺术成就，还有他以智慧粉碎安禄山的闪电战，却又被奸臣所害，死于非命的悲壮事迹。

北宋政治家欧阳修曾经评价颜真卿的书法："颜公书如忠臣烈士，道德君子，其端严尊重，人初见而畏之，然愈久而愈可爱也。"颜真卿虽离我们远去，但从他流传至今的书法中，我们可以感受到，他是一位"字如其人"的忠臣烈士！

虞世南：让李世民惺惺相惜的大唐楷模

虞世南，一生历经三个朝代，在学术水平上，位列唐"十八学士"之一；在书法造诣上，则是"初唐四大家"的一员；在政治功绩上，他的画像悬挂在"凌烟阁二十四功臣"之列。他的晚年，唐太宗甚至亲自赠予"德行""忠直""博学""辞藻""书翰"的"五绝"之称。一般人在其中一项有所建树就已经很了不起了，可虞世南偏偏五项全能。虽然他哥哥虞世基是个大奸臣大贪官，却丝毫不影响虞世南这位大唐楷模成为江南文士中旷古奇有的人物。下面就让我们翻开历史的长卷，重温这位皇帝眼中"五绝"兼善的虞世南的成长之路。

558年，虞世南出生在建康 ①，祖上是"会稽余姚虞氏"，名士辈出，据说都是舜帝的后代。虞世南出生的那年，南方还是陈朝。他的父亲虞荔因为太有才华，被陈朝皇帝看上，迫不得已带着全家从会稽搬到建康，虽然颇得朝廷器重，但早早就撒手人寰，撇下了只有四岁的虞世南和哥哥虞世基。因为他们的叔父虞寄没有子嗣，便把虞世南过继给他做儿子。

---

① 今江苏省南京市。

虞世南从小就勤于学业，先后拜在训诂学家顾野王和文学家徐陵的门下读书。虞世南学习常常废寝忘食，可以十几天都不洗脸不梳头。除了勤学，他在为人上更是笃行孝道。当时虞寄被晋安太守陈宝应捕获，困在闽中，虞世南在为自己亲生父亲服丧期满后，却因心系叔父，仍旧布衣素食，直到564年，陈宝应战败，虞寄得以返家，虞世南才重新开始吃肉。很难想象一个不到10岁的孩子竟然能这样的重孝笃礼。

　　581年，是中国历史上一个重要的纪年，这一年北周相国隋王杨坚称帝，国号隋，而南方尚流连于温柔乡的陈朝君臣们还全然不知亡国之灾的到来。这一年，为叔父服丧已满的虞世南开始了在陈朝的仕途，先是接替他哥哥为建安王法曹参军，没过两年就升迁至五品西阳王友。

　　陈朝灭亡后，虞世南和虞世基一同来到隋朝京师大兴，这兄弟俩的名声很快就在大兴传开了，时人将他们媲美东吴灭亡后，归附西晋的陆机、陆云兄弟。但实际上，虞世南和虞世基面对时局变换，改朝换代，做出了不同的人生选择。

　　虞世基为了迎合隋炀帝的心意，处处逢迎拍马，因此获得一再提拔，官居内史侍郎，行宰相职务，同时他的私生活极尽奢靡，放任家人卖官敛财，贪赃枉法。相较于一味"求甚""求奢""求泰"的哥哥，虞世南却甘愿过清贫的生活。他在隋炀帝还是晋王的时候，就以母亲年老为借口，拒绝对方的征召。后在大业初被授予秘书郎的官职后，历时十年都未得升迁，直到大业中后叶，才被提拔为六品起居舍人。

可也正是这样的"寂寞",让虞世南编写出了皇皇巨著《北堂书钞》。北堂是隋代秘书省的后堂,虞世南在任秘书郎的十年岁月里,从群书中摘选了大量资料,将其分门别类,辑为一书,共计173卷,分80部,801类,内容极为博杂浩瀚,是现存最早的类书名作。要知道在没有计算机的古代,全靠人工检索抄录,若非虞世南的渊博学识和经年积累,就难有这不朽之作。

618年,宇文化及发动江都兵变,虞世基被杀。作为弟弟的虞世南求能代替哥哥赴死,求情无果的他抱着哥哥的尸体哭了很久。虞世南和其他隋朝臣子先是被宇文化及挟持到山东聊城,后宇文化及兵败被斩,虞世南又被夏王窦建德抓获,被授予黄门侍郎之要职。621年,窦建德又被秦王李世民所灭。从此,虞世南与他一生中的"知己"唐太宗相识了,他也从此走上了人生的巅峰。

李世民首先赏识的是虞世南的博学善文。据说有一次,李世民命虞世南书写的《列女传》来装饰屏风,虞世南竟然完全凭着记忆,一字不差地默写出全文,他的博闻强识给李世民留下了深刻的印象。虞世南被授为弘文馆学士,与房玄龄共掌诏告文翰,为"十八学士"之一。李世民被册封为太子后,虞世南即任"太子中舍人",成为东宫掌管行令等事务的机要秘书。唐太宗即位后,虞世南就转任著作郎,在秘书省内撰写碑文、祭文,不久又命他以"天下贤良文学之士"的身份兼弘文馆学士,管理国家书籍,教授贵胄子孙。后又转秘书监,专管国家藏书和编校工作。由此可见，唐太宗对虞世南的学问和文学造诣颇为崇信，认为其就是"行走的图书馆"，在上朝处理政务的间隙，还要招虞世南进入内殿，与其讲文论义，商讨政事，直至深夜。

在书法上，虞世南更是唐太宗不折不扣的老师。唐太宗基本都是按照虞世南的书翰来学习书法，虞世南的书法是跟着智永和尚学的，而智永则是"书圣"王羲之的七世孙，就是他把《兰亭集序》带到云门寺才得以保存。后来在唐太宗的命令之下，萧翼用计谋获取了《兰亭集序》献上，唐太宗视之为珍宝，命书法大家临摹。有一种说法是《兰亭集序》的真迹已经随着唐太宗的驾崩，一同埋入了昭陵。无论如何，虞世南和李世民都认为自己是王羲之的嫡传，太宗即位后，就开始大规模整理、求购、收集存世的王羲之的书法，并一举将王羲之推到了"书圣"的地位，直到今天，从未被撼动。可以说，唐太宗和虞世南君臣二人在很大程度上影响了中国书法史的发展进程。虞世南死后，唐太宗怅然地感叹道："从今以后，再也没有人可以一同讨论书法了。"

虽然，虞世南和唐太宗的关系可以说是很亲近的了，但虞世南在唐史中都是以刚烈诤臣的形象出现的，直言敢谏的例子比比皆是。太宗爱好打猎，当其到了痴迷程度时，虞世南就呈上《谏猎疏》，言辞激烈地指出皇帝不要恣于游猎而疏于政事。太上皇李渊驾崩，虞世南又一再劝阻太宗耗费大量劳力、财力来筑陵厚葬，最终使唐太宗同意节省开支。太宗曾对侍臣说："群臣要都像世南这样，天下还愁有什么不能治理呢？"

638 年，81 岁高龄的虞世南在长安逝世。悲痛不已的唐太宗亲下手诏说："虞世南对朕忠心耿耿，实为当代名臣，为人楷模。当朕稍有差池，他必犯颜直谏。现在他死了，朝廷上下，再也没有这样的人了。"虞世南死后被追赠礼部尚书，谥号"文懿"，配葬昭陵。

可这样的盛荣依旧不能减少太宗对其的惜才之情。虞世南去世后，太宗曾为他作诗一篇，追述往古兴亡之道，接着感叹说："钟子期死，伯牙不再鼓琴。朕的这篇诗，将拿给谁看呢？"便命起居郎褚遂良拿诗到虞世南的灵帐边读完后焚烧，希望他能感知。

过了几年，唐太宗竟然在梦中又见到了虞世南。醒来后的太宗为了表明他的思念之情，下令在虞家设五百僧斋，为虞世南造天尊像一座。后又命阎立本为虞世南画像，悬于凌烟阁之中。

虞世南的一生，在文学成就和书法艺术上都有建树，又始终秉持儒家的伦理道德，为子则孝，为弟则恭，为臣则忠。再加上恰逢一代明君的赏识和重用，终究使他如同大鹏展翅，扶摇直上九万里。

沈福宗：带孔子走向世界的青年

如果你去英国的温莎城堡参观，会在珍宝厅里惊讶地发现一张中国人的肖像。画上的中国男子完全是清朝人的打扮，留着长辫子，左手持基督受难十字架，右手似指着十字架，头微微仰起，表情沉静，若有所思。桌子上有一本书，或许是《圣经》，或许是他帮助翻译的拉丁文版的《中国圣哲孔子》（*Confucius Sinarum，sive Scientia Sinensis Latine Exposita*）。这幅作品的名字是《皈依上帝的中国人》，是英国宫廷画家戈弗雷·内勒爵士在1687年奉英格兰国王詹姆斯二世之命绘制的。这幅按照真人尺寸绘制的巨大作品的主人公，就是我们本篇文章要讲的——沈福宗。

要知道，这位内勒爵士可是查理二世、威廉三世、安妮女王、乔治一世的御用画家。他画的全是社会名流，最著名的作品是《牛顿肖像》。沈福宗应该是他画的唯一的平民，但当时大清国的沈福宗可是当红的"外宾"。在受到英王詹姆斯二世的青睐之前，他已经作为第一个来到法国的中国人和法国"太阳王"路易十四共进晚餐，接受过罗马教皇的接见，之后他还被请到牛津大学与英国本土汉学研究的先觉者海德（Thomas Hgde）一起研究东方文献。他是英文作品中所描绘的第一个真实的中国人，是最早见识欧洲科技革命后的中国人，也在不知不觉中成为 17 世纪中西文化交流的重要桥梁。

顺治十四年（1657 年）沈福宗出身于南京的一个普通家庭，父亲是一位草药医生。沈福宗受过良好的传统文化教育，对中医、炼丹术也略有所知，但从未参加过科举考试。对中医特别有兴趣的比利时耶稣会会士柏应理在南京传教时结识了沈福宗的父亲，并把沈福宗收为门生，教授他拉丁文和天主教教义。

1681 年底，柏应理奉命前往罗马，向教皇汇报在中国传教情况，并寻求资助和招募赴华传教士。临行前，他决定挑选几名中国人随自己前往，旨在向教廷证明中国亦有优秀的神父。沈福宗通过层层选拔，从众多人选中脱颖而出，随柏应理使团出访罗马。1682 年，抵达葡萄牙首都里斯本，年仅 25 岁的沈福宗以他受洗时的教名米歇尔，开始了他长达十年的欧洲之旅。

在柏应理的安排下，沈福宗进入耶稣会的见习修道院学习并取得良好成绩。两年后奉诏前往罗马，觐见教皇英诺森十一世，并呈献了 400 余卷中国文献，成为梵蒂冈图书馆最早的汉籍典藏之一。

1684 年，柏应理和沈福宗应邀访问法国，九月号的《加朗信使》（*Mercure Galant*）杂志上有一篇报道，称"柏应理神父带来一位名叫米歇尔·沈的中国青年，拉丁语讲得非常好。本月 25 日，他们二人来到凡尔赛宫，受到路易十四的召见。然后他们在塞纳河上游览。次日又蒙陛下赐宴"。

实际上，这次法国之行有两个重要目的：一是说服路易十四派遣传教士前往中国。二是希望路易十四能够资助耶稣会将中国儒家的经典翻译成拉丁文，并得以出版。事实上，路易十四的确表现出对中国文化的极大好奇心，甚至还让皇太子和太子妃一同参加会见，并要求客人表演用筷子进膳的方法。路易十四还饶有兴趣地观看了沈福宗创作书法作品的过程，让他惊讶的是中国人竟然可以用"刷子"一样的东西写字。当时的相关报道说："中国有 8 万汉字，要 30 年方能熟记，可见中国人记忆力之强。"作为回报，路易十四下令打开新近建成的凡尔赛宫花园中的所有喷泉，让中国客人尽情地欣赏。

沈福宗没有忘记他这次法国之行的目的，他将由早期派往中国的耶稣会会士们翻译的《论语》《大学》等中国古典文献的拉丁译本赠送给路易十四，还呈献了孔子、康熙皇帝等人的画像，更用流利的拉丁文介绍了许多有关中国的风土人情。尤其是那幅孔子肖像，对之前从未见过和知道孔子的西方人来说是那么新鲜。法国期刊刊登了一份"巴黎的科米尔先生"（*M. Comiers, Parisian*）写给外乡朋友的信，叙述了沈福宗访问巴黎的盛况，他在信中说："我很高兴看到了孔子的肖像，他有很长的黑胡须。他在中国的地位，就如同亚里士多德在希腊的地位一样。"

柏应理和沈福宗这次法国之行取得了巨大成功。路易十四下定决心，在 1685 年派遣了六位被称为"国王的数学家"的法国耶稣会会士随同前往暹罗的法国使节团出发，准备从暹罗取道进入中国。其中有些人后来成为康熙皇帝学习西方科学的老师，如白晋和张诚。

1687年，拉丁文译作《中国圣哲孔子》在巴黎出版了，注明是奉路易国王敕命刊行，由耶稣会会士柏应理、殷铎泽、恩理格和鲁日满编译，该书的主体是"四书"中的三部，即《大学》《中庸》《论语》的拉丁文译本及评注。最后是《中华君主统治历史年表》《中华帝国大事记》和中国地图。虽然作者名单里没有提到沈福宗，但作为耶稣会中唯一的中国人和柏应理的助手，他肯定做出了很大的贡献。这本书对于17、18世纪的欧洲人了解中国文化产生了巨大影响，法国启蒙运动思想家如伏尔泰、德国哲学家莱布尼茨都读过此书。

柏应理和沈福宗在法国和罗马的访问引起了英国人的注意，因此便有了1685年的访英之旅，获得当时英国国王詹姆斯二世的盛情款待。国王邀请沈福宗出席宫廷宴会，席间沈福宗结识了担任牛津大学博德利图书馆馆长的著名本土汉学家海德，其对中国文化有浓厚的兴趣，但不通汉语。能够结识通晓拉丁文的中国人沈福宗，这可把海德乐坏了，因为此时他正在为牛津大学收到的一批中国文献无法得到整理而感到万分苦恼。于是海德想方设法将沈福宗请到了牛津小住，帮助他为馆藏的中国文献编目。

沈福宗在牛津大学住了近一年。期间，他不仅与海德为中国文献编撰拉丁文目录，还与海德探讨了诸多中国文化问题，如度量衡的单位，中国象棋、围棋的下法和"升官图"游戏的规则等。后来，海德出版的一些著作，如《中国度量衡考》（*Epistola de mensuris et ponderibus serumseu sinensium*）和著名的《东方游戏》（*De Ludis Orientalibus libri duo*）都离不开沈福宗的功劳。

不过，他两最大的贡献还是对于中国古航海图《塞尔登中国地图》（*Selden Map of China*）[①] 的注释工作。牛津大学东方学的所有教授都无法辨认出这张由英国法官塞尔登早在1654年就捐赠的地图上的汉字，正是在海德的请求下，沈福宗对地图进行了首次整理，用拉丁文注释上面的重要地名。这张地图是反映明朝福建海上贸易活动的航海图，画出了二十二条海上贸易航线，这是一幅完好的航海总图，可以说与当时的大航海时代完全接轨。它的出现改写了中国的海图史，填补了多项"空白"：它是中国第一幅标有罗盘与比例尺的古代航海图，还是中国第一幅实测式的远洋实用航海图，几乎具备了现代航海图的所有特征。如果没有沈福宗的适时出现，不知道这张重要的地图还要在图书馆吃多久的灰。

1691年，沈福宗从荷兰搭商船回国，船至非洲西海岸时，沈福宗染上热病，在绕过好望角后，病了几个月的他，终于倒在莫桑比克附近，时年35岁。沈福宗在短暂的生命中先后访问葡萄牙、

---

① 中国学者将此图命名为《明代东西洋航海图》，是中国历史上现存的第一幅手工绘制的彩色航海图。

意大利、法国、英国、荷兰、比利时六个重要的西欧国家，受到罗马教皇与法、英两国国王的接见，他的肖像与一众西方王公贵族、名流学者的肖像一同摆放在温莎城堡内供人瞻仰。中外文化交流史上应该有这位叫米歇尔·沈的中国青年的一席之地。

奕䜣：与帝位失之交臂的铁血亲王

1833 年 1 月 11 日午夜，一个男孩降生在紫禁城中，他就是道光皇帝的第六个儿子奕䜣。这一年，道光皇帝恰好 50 岁，在古人"知天命"的年纪喜添贵子，格外兴奋。

奕䜣也很争气，小小年纪就显露出过人的智商，老师每天教他儒家经典，他只要读过一两遍，就能把长达千余字的文章背诵下来。此外，诗、书、画、琴也是样样精通。除了聪明绝顶，奕䜣更是文武双全，骑射、武功皆是一等一的高手。

道光皇帝虽然有九位皇子，但在他的眼里，能继承大统的儿子只有两个：一个是自带光环的奕䜣，另一个就是四子奕詝。老四奕詝虽然不像老六那样聪慧过人，但是稳重老成，谦恭孝顺，生母又是自己最宠爱、红颜薄命的全贵妃钮祜禄氏。道光皇帝在两个儿子中举棋不定，迟迟未立皇储。

奕詝还有一个老师杜守田，此人追随道光皇帝多年，很会揣摩圣意。他嘱咐奕詝在诸皇子都参加的郊猎活动中，故意不射取任何猎物。如果道光皇帝问起缘由，就说自己悲悯生灵，不愿在打猎上和兄弟们竞争。道光皇帝一听，心里的天平自然就向这个"有人君之度"的老四倾斜。而一旁的奕䜣自然没有这样的心计，还沉浸在打获最多猎物的喜悦中。

道光二十八年（1848年），自知将不久于人世的道光皇帝把奕䜣和奕詝叫到了病榻边，所有人都心知肚明这就是两个皇子之间最后的博弈了，成败就在此一举了。奕䜣对自己的治国理想滔滔不绝，奕詝只是在那边一个劲地哭，当然这也是他那位杜老师教的。道光皇帝觉得奕䜣虽然颇有才干，但是缺乏仁慈之心，而仁孝宽厚的奕詝更加适合做皇帝，于是在道光三十年（1850年）驾崩前留下密函，里面写着两条"皇六子奕䜣封为亲王""皇四子奕詝立为皇太子"。

一匣两谕在清朝历史上是绝无仅有的，且把亲王写在太子前面，可见内心纠结的道光皇帝虽然立奕詝为皇储，但对于奕䜣仍旧是偏爱有加，亲自封他为亲王。但不管如何，那天没有哭出来的奕䜣还是与皇位失之交臂。

当了咸丰皇帝的奕詝当然知道奕䜣的失落，也知道论才干，奕䜣远远超过自己，此人不得不防。继位后的第二年，咸丰皇帝就把京城最好的王府，就是当年和珅住过的府邸赐给了奕䜣，封他为恭亲王。"恭"的意思就是"敬顺事上"，这自然是说给奕䜣听的。奕䜣这位恭亲王也就只能住着最好的王府，过着最无聊的日子。

然而，世事难料，太平天国运动的爆发，却把奕䜣推向了政治舞台。面对太平天国北伐军的日日逼近，六神无主的咸丰皇帝竟然任命自己时刻提防的恭亲王为军机大臣，办理京师防务，抵抗太平天国军。要知道，按照清朝祖制，亲王是不能任职军机处的，因为军机处是中枢决策机关，是大清最重要的机构。咸丰帝面对早已失去战斗力的八旗军、毫无建树的内廷，为了能够自保，只能无奈选择破坏祖制，重用奕䜣，因为他知道现在只有奕䜣能够救自己和朝廷。奕䜣也果然没有让他失望，一年后，太平天国军被扫荡，京城转危为安。

可是，事后，咸丰帝卸磨杀驴，找借口撤去了奕䜣所有的职务。不想，咸丰十年（1860年），英法联军又逼近京师，咸丰帝故技重施，任奕䜣为全权大臣，留下与洋人议和，自己则逃到了热河。没想到，奕䜣不仅很会和洋鬼子打交道，还得了个"鬼子六"的外号，还因在谈判的过程中展现出的魅力让他声名鹊起、威望益盛，慢慢形成了以他为中心的"京师派"。另一边，身在热河的咸丰帝听到越来越多有关于奕䜣要篡位的传言，心中的芥蒂越来越深。

1861年，咸丰帝在热河驾崩，死前都不愿再见自己的六弟奕䜣一面。他知道自己的太子载淳只有6岁，太过年幼，于是任命以肃顺为首的八人为顾命大臣，辅助政务。奕䜣被排除在这八人以外，表明奕䜣始终都未获得自己这位皇兄的信任。

肃顺向来专横跋扈，等咸丰一死，自己更不会把两位太后放在眼里。作为载淳，也就是同治皇帝生母的慈禧太后早就想拔掉这根肉中刺，她想到了奕䜣。此时京城的武装都控制在奕䜣手里，再加上外国势力的支持，在奕䜣的安排下，慈禧与慈安两宫太后发动"辛酉政变",肃顺被杀,其他几位顾命大臣或死或贬,最终确立两宫太后垂帘听政的政治格局。

奕䜣随后也取得了辅政大权,走向了政治生涯的巅峰。慈禧授予他议政王、首席军机大臣、内务府总管大臣。军机处变成奕䜣的地盘,所有人员由他决定。除了内政大权,他还同时掌握了外交大权,担任总理衙门大臣,总理洋务。为了表示对其的格外恩宠,特许奕䜣的爵位可以世袭,奕䜣的长女被封为只有皇帝嫡女才可以当的固伦公主,还被准许在紫禁城内乘坐四人轿。一时之间,奕䜣权倾朝野,风头无二。

得掌大权的奕䜣终于可以开始大展拳脚,实现自己的政治抱负了。他是洋务运动最有力的幕后主持者,他将总理衙门建设成为清政府处理洋务的一大中枢机构,使之成为"中国近代化的火车头"。经历过第二次鸦片战争惨败教训的奕䜣深知军事改革的重要性。在他自制船炮的主张下,近代军用工厂,如江南制造局、天津机器局等陆续被创建。他用外国武官训练大清士兵西式作战法,提高战斗素质,奠定了军事近代化的初步基础。由他创建的京师同文馆,除教授西语翻译外,还增授天文算数、物理化学,成为中国第一个培养科技人才的教育机构,培养了一大批翻译、外交和科技人才。可以说,奕䜣的名字应该被铭刻在中国近代化的里程碑上。

奕䜣25年的政治生涯取得了骄人的成绩,但他与自己的侄儿同治皇帝和慈禧太后的关系却越来越紧张。奕䜣常常在与皇帝政见不和的情况下，依旧坚持自己的意见，惹得同治皇帝大怒道："我这个皇位让给你如何？"

而早就想独揽朝政的慈禧更是伺机想将曾经的队友奕䜣一举扳倒。终于机会来了，光绪十年（1884年），借着中法战争失利的由头，慈禧大做文章，除去奕䜣一切职务，罢免军机处所有人员，对总理衙门、八旗等机构全部调整，慈禧仅用了两周时间，就将整个清廷政府做了一次大换血，史称"甲申易枢"。慈禧由此奠定了她至高无上的政治权力，哪怕新军机处从上到下都是一帮无能之辈也无妨。

为清廷奋斗了一生的奕䜣等来的结局却是"回家养病"，这一养就是十年。当甲午中日战争爆发，清廷又败，朝廷只好再度起用奕䜣。然此时纵临危受命，也是难撑山河颓败之局势了，奕䜣身上的锐气此时也被消磨殆尽，他处处迎合慈禧，主张议和。

1898年5月29日，奕䜣走完了六十七载的春秋，留下的只有自己头上那顶"铁帽子"和令人唏嘘的一生。弥留之际，他还郑重叮嘱光绪帝要"小心"那位在广东主张变法的康有为，过激的变法会违背祖制。但历史的车轮从不会按照人的意志而随意转变方向，在奕䜣死后的13天，光绪帝就采纳康有为的建议，开始维新变法，变法很快失败，中国最后一个王朝也快要走向终点。

曾纪泽：栋梁之才的打开方式

说起曾纪泽这个名字，你也许会觉得陌生。但如果说起他的父亲，就是晚清名臣曾国藩，你也许就相当熟悉了吧。出身名门的曾纪泽正是在父亲的引导下，深得其父的真传。他是清朝最了解国际形势的外交官。他与俄国签订的《中俄伊犁改订条约》是晚清屈辱外交中唯一让中国人扬眉吐气的条约，创造了一次外交史上的奇迹。如果没有这一条约，清王朝1200万平方千米的土地只能成为1198万平方千米，这一伟大功绩的创造者竟是没有费一兵一卒，以一己之力"虎口夺食"的读书人——"外交巨子"曾纪泽。那么他有着怎样不平凡的人生故事呢？

曾纪泽出生于湖南省双峰荷叶镇，虽为曾国藩的儿子，但大约在1岁的时候才被带到父亲做官的地方——北京。曾纪泽从小天资聪慧，11岁不到，就能够独立写出一首四言诗。曾国藩看了，最初还不相信是出自纪泽之手，第二天还亲自考了他，结果儿子的应对让老父亲心里美滋滋的，还特意在家书中提到了这件事情。

与其他传统式大家长不同，曾国藩不要求儿子在"八股文"上下很大功夫，深觉科举制度"误人太深"的他不愿自己的儿子做大官，更为注重的是勤奋、俭朴、求学、务实的家风家训。"家俭则兴，人勤则健；能勤能俭，永不贫贱"的十六字箴言和他留下的《曾国藩家书》不仅是对于曾家后代的叮嘱，更是其传承至今的优良家风的代表。也因如此，在两百多年的时间，曾家八代中，一共出了240位杰出人物，没有一个败家子和贪官污吏。

回到曾纪泽身上，他从小就要接受最为严格的传统教育。除了"四书五经"以外，曾纪泽还自学了历史、文学、音乐和箭术，并且在绘画和书法方面取得了一定成就。他通经史、工诗文、精算术，可谓是掌握了传统中国知识分子所需具备的所有技能。

但彼时的中国正处于"睁眼看世界"的历史阶段，曾纪泽受洋务运动影响，深知学习外语的重要性。可是那时没有什么英文老师，更没有什么教材。为了自学英语，曾纪泽靠着英语字典，用汉语"形声训诂之学"和"泰西字母切音之法"，直到能够全文背诵，硬是学会了英语的读写，可以与外国人用英文进行基本对话，虽然发音不太标准。那时的曾纪泽已经32岁了。

1887年，曾纪泽甚至用英文撰写了一篇《中国先睡后醒论》（*China, the Sleep and the Awakening*）的文章，在英国《亚洲季刊》（*The Asiatic Quarterly Review*）上发表。这有可能是中国人用英语在外文报刊上发表的首篇政论文章。在此文中，曾纪泽最早发出了"中国睡狮已醒"的惊世言论。有了英文基础的曾纪泽终于可以大力研究西方科学文化了，他广泛学习了代数、几何、物理、化学并著文推广，在当时有"学贯中西"之誉。可以说，曾纪泽的一生都在勤奋学习，堪称楷模。

1876 年，38 岁的曾纪泽世袭了一等毅勇侯爵，两年后出任英法等国钦差大臣，开启了他的外交生涯。他在期间深入学习各国历史、国情，还研究国际公法，考察西欧诸国工商业情况。曾纪泽在英主要负责订造船炮事宜。为了订购军舰不受制于人，他深入地学习过近代海军知识，在有关舰船技术的论述上颇有见地。

他注意到在西方的正式外交场合，都会演奏国歌，可是当时清帝国却没有一首代表国家的歌曲，在外交场合，没有国歌意味着屈辱与失礼。于是精通音律的曾纪泽自己谱写了"国调"《普天乐》，虽未被朝廷批准，但在海外就被当作国歌来演奏，可以算是中国第一首国歌的雏形了。

1880 年，曾纪泽被紧急调任为驻俄大臣，开始了他一生最艰巨的使命——对俄谈判，收回伊犁。1871 年，沙俄趁中国西北动乱，以"代为收复"为名，出兵占领了新疆伊犁。1878 年 6 月，清政府派崇厚赴俄谈判索回失地。没想到这个崇厚昏聩无能，被所谓的盛情款待和花言巧语欺骗，他迫于沙俄的威胁，在清政府不知情的情况下，擅自与沙俄签订了丧权辱国的《里瓦几亚条约》，仅收回伊犁孤城，却丧失了周边大片国土，还要向沙俄赔款 500 万卢布，同意免税贸易、增辟通商线路和增设领事等一系列不平等条约。

消息传到国内，朝野震惊，举国哗然。此时曾纪泽临危受命，出任大清公使，再赴俄国商改《里瓦几亚条约》。曾纪泽将此次使命形容为"探虎口而索已投之食"，让沙俄这头猛虎把已经吃下的猎物再吐出来，任务之艰巨是可想而知。果然，与曾纪泽谈判的俄国代表，是外交大臣吉尔斯和驻华公使布策，这两人十分霸道蛮横，坚持不改崇厚先前所立的条约，多次以终止谈判甚至发动战争相威胁。但曾纪泽不畏强权，有理有据，经过6个多月的努力，数十万字的辩论，加上左宗棠西征军对俄国的有利势态，终于迫使俄国政府修改条约，《里瓦几亚条约》被废止。1881年经过修改的《中俄伊犁条约》将中国的损失减少到最低程度：收回了伊犁九城的主权，换回了2万多平方千米的领土，取得了晚清外交史上绝无仅有的一次外交胜利。伊犁谈判的成功，提高了中国在国际上的地位，一改中国近代以来"奴才外交"的怯弱形象。

西方权威报纸载文评论说："中国的天才外交官曾纪泽创造了外交史上的一个奇迹，他迫使大俄帝国把已经吞进口里的土地又吐了出来。这是俄国立国以来不曾有过的事情。"英国驻彼得堡大使德费伦爵士评价说，曾纪泽是"中国近代派遣到国外的最成功的外交家"。

但是，曾纪泽的成功不可能根本改变清政府对外软弱无能的真实面目，腐朽的清王朝没有以实际行动变法图强，弱国外交的主动权是极为有限的，更何况腐败的国内政治斗争使曾纪泽既被同僚排挤，又无法得到当权者的支持。

1883年，45岁的曾纪泽任驻法公使，是年，中法战争爆发。在此期间，他一直采取积极行动，干预法国对越南的侵略行为，态度强硬，不屈不挠。即使在病重的情况下，他也坚守岗位，提出与法国军队抗战到底之策，并在报刊上撰文抨击法国的霸权行径。然而，李鸿章一如既往地持软弱立场，赞成和议，在他的干涉和法国政府的逼迫下，曾纪泽被免除驻法大臣一职，奉旨回国。

后来，曾纪泽又被免去驻英、俄公使，调任海军衙门。曾纪泽动身回国之后，还没到任，就被李鸿章踢走，调到总理各国事务衙门。在那以后，曾纪泽在户部、刑部、同文馆等部门做事，但并无实权，等于是被闲置起来，无所作为。曾纪泽自叹此生无法再施展其外交才华，实现其政治主张了。这是他抱憾终身的痛楚，也是属于一个时代的伤疤，在一个走向末路的王朝中，只靠一个人实在无法逆势而行，改天换命。

1890年，突患中风的曾纪泽死在自己的岗位上，年仅51岁。朝廷按照抚恤的惯例，追赠他为太子少保，谥号惠敏。曾纪泽兼具学习西方的开放思想和抵御外侮的爱国情怀，利用外交手段收回国家权益，提高了中国的国际声誉，在中国近代史上留下了浓墨重彩的一笔。

第二章

数才子佳人：风华易逝，佳人难得

才子、佳人，这对仿佛连体的名词，

似乎为每个时代所必需。细数各代的才子佳人，

每个名字背后都是一段传奇的过往。

才子风流，佳人倾城，

或许是他们在多数人心中的形象，

但事实果真如此吗？

翻开书页，本章的内容会帮你找到答案。

妇好：征战沙场的传奇王后

　　说起中国历史上最有名的宫廷女子，有人第一个想到的会是唯一的女皇帝武则天，有人想到的可能是"四大美人"之一的杨贵妃，还有人会想到恶名昭彰的慈禧太后。但很少有人知道在遥远的三千多年前的中国商代，有一名叫"妇好"的王后不仅身居高位、享受着来自商王武丁的爱情，更是一位征战沙场、作为军队最前方主帅的女将军，同时还是掌握最高神权的女祭祀。

　　这位集三种身份于一体的传奇王后并不见于历史典籍，但她的墓葬却于1978年在河南安阳被考古人员发现。在场的所有考古人员，站在埋有468件贵族统治阶级独有的青铜器、755件精美玉器、564件石器骨器，以及当时作为货币流通的近7000件货贝的墓坑旁边时，都被这样壮观的场面震惊到了。要知道这只是一座中型墓葬，但其随葬品的数量之多、质量之高，却在明明白白地告诉世人，妇好在当时是多么重要的一号人物。考古人员感叹道，这墓里堆满了器物，就像一个仓库一样，挖的时候连下脚的地方都没有啊！他们在许多青铜器上发现了写有"妇好"的铭文，这才确定了墓主人的身份。等到把所有的铜器称重后，发现总重量竟超过1600千克。除此之外，墓里还殉葬了16个人和6

条狗。

那么，妇好究竟是谁？她究竟经历了怎样的传奇人生？随着更多考古发现和甲骨文的破译，慢慢地为我们勾勒出商王武丁的王后妇好的一生，以及其在商代社会所扮演的重要角色。

和现代人的称呼方式不同，"妇好"这个名称中的"妇"是对与商王有密切关系的女性的称呼，也就是说，只有有身份地位的上流阶层的女性才能被称为"妇"；而"好"则是她封地的氏名。妇好的丈夫是商代的第 23 位国王武丁[①]，在位 59 年。在他统治时期，商朝的国力得到复兴，整个社会的生产力也达到前所未有的高度，历史上称之为"武丁中兴"。

从发现的那些随葬的精美玉器装饰品来看，我们知道妇好是位美丽的女子。当然，三千多年前的商代衣物不可能留到现在，我们无法得知当时的服饰风尚，但是妇好对于打扮的重视，我们可以从她的随葬品中大量的骨笄中略窥一二。骨笄是当时贵族女子必不可少的发饰，她们会把长发盘起，再在头上插满发笄，用于固定和装饰。而妇好拥有的发笄，玉制的有 28 件，骨制的则有近 500 件，这还不包括那些已经损毁、无法复原的。这些骨笄都是由直属王家的骨器作坊中技术最精湛的工匠细细打磨而成

[①] 一说是第 22 位。《史记·殷本纪》记载的商王世系共计三十一王，武丁为第 23 位商王。另有"成汤之子太丁未登位即亡，商朝共传三十王"的说法，按此说法，武丁应为第 22 位商王。但这两说至今在史学界仍有争议，本书取《史记·殷本纪》所载说法。

的。如果您还是对这一项没什么概念，那么请想象在现实生活中，某位小姐姐拥有 500 支发簪是什么样的吧。

　　商王的后宫里自然不会缺少美人，但是商王武丁对妇好似乎情有独钟。他多次请人占卜，而询问的竟然是关于妇好身上的小毛小病，如牙疼、流鼻涕，或者脚趾不舒服等。这些问卜都被记录在甲骨文上。商代王室用于占卜记事而在龟甲或兽骨上锲刻的文字被称为甲骨文，甲骨文是中国，甚至是整个东亚地区已知最早的成体系的文字形式，其记录了很多重要的历史事件。这些文字告诉我们，武丁竟然动用国家资源为了他所深爱的妇好求问上苍，可见其爱之深、关之切。平时妇好若稍有不适，商王就如此紧张，待到她即将临盆生子时，商王的关切之心就必然会到达顶峰了。我们无法确切知道妇好到底生过几个孩子，但是根据武丁数次卜问妇好是否怀孕、何时生孩子的记录，我们至少可以得知妇好不只有一个孩子。其中有一次武丁占卜，问妇好这次分娩是否吉利？占卜的结果是在丁日分娩是最好的，在庚日生产也不错。但最后妇好在甲寅日生产，负责记录的人刻下了"不嘉，惟女"，意思是不好，因为生了个女孩。在重男轻女的古代社会，这也不难想象。

　　但是，武丁对妇好的疼爱，并不会因为她生了个女儿而减少，因为妇好除了是负责传宗接代的王后外，她还是位战场上的勇士。在成为商王武丁的妻子不久之后，商王朝的北方边境被外敌入侵，派去征讨的将领们迟迟不能取胜，于是妇好就主动请缨率兵前往督战，武丁一开始非常犹豫，后来还是通过占卜，决定让王后出征。

妇好到了前线后，调度有方，身先士卒，很快就将敌人击退，并乘胜追击，在北方边境取得了节节胜利。从此武丁便对这位妻子刮目相看，封妇好为商王朝的统帅，指挥作战，自此妇好率军四处征讨作战，前后击败了鬼方、巴方等二十多个小国。有一次，妇好带领 13000 名士兵对战羌方，并大获全胜，这是武丁时期规模最大的一次战役。羌方一直以来都是商王朝西北边境的心头大患。妇好取得的这次胜利不仅让羌方从此归顺商王朝，更由此奠定了商代文明的进程。作为商朝"中兴之主"的武丁仰赖这位骁勇善战的妻子为他开疆拓土、保家卫国。而英姿焕发的妇好作为女将战功彪炳，在当时的政治上有着举足轻重的地位。因此，在她的墓葬中，发现有两件青铜钺。钺是一种必须安装木柄使用的武器，形状如同大斧，青铜钺不是实战兵器，而是身份与权力的象征，兼具政治和军事意义。妇好墓出土的一件钺上的纹饰是二虎食人图案，正下方赫然铸着其主人的名字——妇好，说明妇好在商王朝拥有着可以生杀予夺的特殊身份。

如果你以为妇好除了作为武丁的王后，还是驰骋沙场的女将军，就已经是她事业的顶峰的话，那你还是太小看这个女人了，因为她还有第三个身份——祭司。商代人第一件大事就是祭祀，商代的祭司代表着地位的崇高以及掌握对神灵的话语权。妇好主持的祭祀种类多样，包括祭祀天地、祭祀武丁的父亲小乙、祭祀前任数代商王的配偶以及为国家祛病消灾等。主持祭祀并非人人可为之，尤其是对先王及其配偶的祭祀，常常是由商王亲自进行，而妇好能够代而为之，也显现其重要地位。在重大的祭祀活动上，会把战俘或奴隶的头颅砍下，作为贵重的祭品。《左传》记载："国之大事，在祀与戎。"而妇好作为后宫的王后，竟然同时掌握着最重要的两种权力——祭祀权和军权，不得不说妇好是商代绝无仅有的传奇王后。

可惜这个传奇落幕过早，据记录，妇好去世时年仅 33 岁。妇好卧病在床，濒临死亡，显然带给武丁极大的打击，因此他反复卜问："是上天要带走妇好吗？""是我的祖先大甲要带走妇好吗？""是我的祖先成汤要带走妇好吗？"我们从这一次次的卜辞中，似乎可以看到一位哀恸的丈夫在一遍又一遍地问着神灵，卧病的妻子是否即将要被带往那个未知的世界？可惜最终，妇好还是撒手人寰，心痛不已的武丁决定把他最爱的女人安葬在自己处理军政大事的宫室旁边，这样就能日日看到了。

妇好短暂而灿烂的一生，借着考古发现，在逝世数千年后再现世人眼前。我们这些现代人在啧啧称奇的同时，也会禁不住追想她的样貌是姿态娇弱还是壮实健美？她到底是因为超强的能力，还是才貌兼备，所以得到丈夫的宠爱？这一连串的疑问可能永远无法解答，但无论如何，她的故事将长存于历史的长河，也有待于被更多的人解读。

貂蝉：历史真的确有其人吗？

中国古代四大美人都是谁？我猜许多朋友都能说得出她们的名字和传说，所谓"沉鱼落雁，闭月羞花"。"沉鱼"指的是春秋时的西施，"落雁"是西汉时候的王昭君，"闭月"是东汉的貂蝉，"羞花"是唐代的杨贵妃。

但您知道吗？这位貂蝉，其实是被文学家虚构出来的角色。这是怎么回事呢？现代人熟悉貂蝉的故事，大多是通过《三国演义》，在《三国演义》中，貂蝉第八回出场，第十九回消失，请注意是消失，至于为什么用这个词，我一会儿再向您解释。

在书中，与貂蝉有关的故事情节是这样的，貂蝉本是司徒王允府中的歌伎，王允见到董卓操纵朝廷，十分为国家的未来担忧，歌伎貂蝉深明大义，愿意为主人分忧，于是和王允设定了一个连环计。首先，王允把貂蝉收为义女，想办法让董卓的养子吕布对貂蝉着迷，再把貂蝉许给吕布为妻，然后王允再把貂蝉送给董卓为妾，从而造成权倾天下的相国董卓跟武艺高强、号称"飞将"的吕布之间产生矛盾，通过激化矛盾刺杀董卓。这个计策非常成功，董卓被吕布的方天画戟刺透了喉咙，一命呜呼了，而吕布呢？也因为要和貂蝉长相厮守，最后被曹操杀掉了。这是一段非常精彩的故事，通过文学刻画，貂蝉形象升华了，给人一种"即使是风尘女子，都有强烈的忠义观，都看董卓不顺眼"的感觉，无形之中强化了读者的忠、义思想。而后来，为什么貂蝉消失了呢？因为她在书中的使命已经完成了，不需要再出场了，这是戏剧中常见的手法。

如此说来，难道貂蝉是完全虚构的吗？也不能这么说，艺术来源于生活嘛。

南朝刘宋的范晔在《后汉书》里，对这段历史有详细记录：据记载，吕布和董卓的关系并没有多么亲密，吕布主要是为董卓看家护院的，因为是保安，所以有接近董卓家人的机会，才会和董卓的贴身婢女私通。因为畏惧事发，吕布一直处于不安当中，结果这种心态，被司徒王允发现并利用，并最终刺杀了董卓。按这个记录，这个婢女明显就是貂蝉的原型。从这个记录可见，这个婢女原本就是董卓所有的，跟王允没有什么关系，而且这位女性的形象也提升不到忠君爱国的高度，无非就是私通怕被捉奸。

清朝梁章钜，在《浪迹续谈·卷六》当中就提到了貂蝉，也说："正史中实无貂蝉之名。"

但是到了两宋时期流行的平话剧本，以及再后来的元杂剧中，貂蝉的事迹就越来越丰富了，然后她的形象也越来越正面，然后连环计啊，美人计啊，离间计啊，每一个技能都非常精彩，而且因为她的超高人气，就成了中国古代的"四大美人"之一。于是貂蝉的种种个人信息，也被补齐了，但由于各路作者自说自话，所以关于貂蝉也就出现了多种说法：

《三国志平话》里就已经有了貂蝉这个人物了，也有了献貂蝉的这种美人计。

《元曲·锦云堂暗定连环计》中说，貂蝉，姓任，叫红昌，在汉灵帝选宫女的时候，被选入宫中，执掌貂蝉之冠。后来就用职务代指人了。灵帝曾把她赏赐给丁建阳，而吕布是丁建阳的养子，为了拉拢吕布，丁建阳把貂蝉配与吕布为妻。后黄巾起义，吕布与貂蝉在战场上失散后，貂蝉为王允所收，后来就有了一出出的连环计。

还有一种说法，说吕布手下有一个将领叫作秦义露，他的前妻杜秀娘，是貂蝉的原型，这位杜秀娘为了报答义父王允的养育之恩，所以甘愿献身完成连环计。

还有的说，貂蝉原本是吕布的原配妻子，两个人青梅竹马一起长大，后来吕布出来打拼事业，遭遇乱局，夫妻失散了。貂蝉辗转来到王允府上，当上了婢女，后来吕布到王允家吃饭，一看，这不是我的前妻吗？于是引发了后面的故事。

以上种种说法，等到中国古典文学发展到了明清小说盛行的阶段，由作家罗贯中归纳总结，写成了我们今天很熟悉的《三国演义》。既然是将前人的故事加以延展和润色，小说的内容必然无法完全忠于历史，事实上除了貂蝉是不是真的存在以外，《三国演义》中和历史不相符的地方太多了。

我们以最为通行的、清朝初年的毛宗岗父子修订点评的120

回的《三国演义》为例来说明吧。首先就是故事开始的时间，从历史的角度说，如果从220年10月曹丕篡汉开始算起，算到280年3月，吴国灭亡西晋的统一，被称作"三国"的这段时间，只有60年左右的时间。

而《三国演义》是从东汉灵帝的中平元年（184年），黄巾起义时候开始写的。而且，《三国演义》一共就120回，作者写到第80回的时候，才写到了220年曹丕篡汉。你会发现，《三国演义》越往后面写，就越不细致，公元263年曹魏灭掉蜀汉，265年司马氏篡魏，280年西晋灭吴，这么重大的历史事件，《三国演义》只写了三回。书里面很多经典且精彩的桥段，都是文学加工，和历史有很大出入。

像"三英战吕布""桃园三结义""诸葛亮三气周瑜""陆逊兵困八卦阵"，这些是虚构情节，许多历史爱好者们是比较熟悉的。但您知道吗？今天各地的关公庙，在关公身边那个抱着大刀的周仓，也是虚构出来的。这个人物的出处更简单，《三国志·吴书·鲁肃传》里讲到鲁肃向关公讨还荆州的时候，边上有一个人给关羽帮腔，说"这个地方，谁有德行谁应该拥有"。关公的表现是以眼神示意让他离开。就这么一个简单的情节，到了《三国演义》中就发展出了周仓这个角色。而且周仓从关羽千里走单骑时收归帐下，到关羽败走麦城遇害，周仓自刎身亡，这个角色在《三国演义》中，从28回一直贯穿到了77回，单算时间，比貂蝉还长。"关羽温酒斩华雄"，这一段是关羽第一次在诸侯面前亮相，为了突出人物的勇猛，写得非常精彩。但真实历史是，斩杀华雄的，是孙权的父亲——时任长沙太守的孙坚。那把关羽用的青龙偃月刀，其实也是虚构的，因为按兵器史的考据来讲，偃月刀要到唐宋时才出现。

还有诸葛亮的"草船借箭"，实际上是孙权的木船借箭。曹魏的鱼豢写的《魏略》当中，说曹操和孙权在安徽巢湖一带对峙，这时候孙权乘大船来观军攻势，遭遇曹军弓弩乱发，木船中箭太多，导致重心偏移，友谊的小船眼看要翻的时候，掉转了船头，用另一面受箭，这样子，船身平衡，后来还平安返航。这个传奇的故事，到了《三国演义》当中，孙权就变成诸葛亮，时间也从213年到了赤壁之战前的208年。提到赤壁之战，诸葛亮更是被描述得出神入化，实际上，首献火攻之计的人是周瑜，孙吴和蜀汉联合也不是诸葛亮首先提出的。

从这些片段，我们可以清晰地看到，《三国演义》作为一部文学作品，为完成人物塑造、情节发展这个目的，在历史真实性方面做的妥协。更有意思的是什么呢？我个人认为《三国演义》是将关公的形象推到顶点，为关公设计了即使在死后还能够以灵魂形象出现，吓死孙吴的大将吕蒙，还显灵帮助关兴杀死孙吴大将潘璋。这就已经玄幻到反现实了，虽然我们在正史中，有时也能找到些不靠谱的神奇言论，但是这种"受年代局限，作者真的相信玄幻事件，或者只是将所听到的传闻忠实记录下来"与"为了让文章得以流传，作者有意识地进行情节设计、艺术加工"，是两回事。

　　总而言之，《三国演义》只是有三国历史元素的演义小说。在这样的作品当中出现的貂蝉，如果没有身处泥潭却深明大义，没有绝世美貌的话，她的出现还有什么意义呢？但同时，我们也不能忽略《三国演义》是一部在历史上被修改多次的作品。很明显，自宋朝民间演艺活动盛行以来，在表演的作品都是同一来源的情况下，为争取顾客而对故事情节进行创作是很普遍的。两间竞争的茶馆，说书先生都在讲三国，当然是谁讲得精彩，谁能吃上饭。如果在情节精彩的基础上，作品传达思想理念能与听者产生共鸣，更是绝好的获得赞誉的情况。

李三娘：中国古代唯一以军礼下葬的女子

我说历史时很少用传奇二字，但今天的人物称得上"传奇"。她创造了历史上的"三个第一"：第一位统领千军万马为父亲建立帝业的公主；唐朝第一位有谥号的公主——谥号为"昭"，取自"明德有功曰昭"；整个中国封建社会历史上唯一由军队为其举行葬礼的女人。

她在历史典籍中都没有留下名字，因为排行第三，所以她是被称为"李三娘"的传奇公主——平阳公主。

平阳公主是唐高祖李渊与其嫡妻窦皇后的爱女，是李世民的一母同胞的姐姐。他们的这位母亲窦氏实在值得一说。毕竟平阳公主能够成为这样的巾帼英雄，应该离不开母亲的言传身教。历史记载没有对平阳公主外貌的评价，但是她母亲窦家的祖传美貌是广为流传的。据说，窦氏家族的女孩从小就有绝世容貌，特别是一头过膝的长发，由此我们大概可以推断平阳公主的相貌也不会普通。窦氏不仅长得美，还从小就展现了过人的政治禀赋，她本是北周襄阳公主之女，由皇帝舅舅宇文邕抚养。只有六七岁的她看出皇帝与皇后突厥公主感情不睦，早熟的她竟然向自己的舅舅进谏说："舅舅要以天下大局为重，好好对待皇后，才能倚仗强大的突厥，以定天下。"之后，帝后二人的关系果真好转。这样才貌双全的窦氏到了适婚年龄，慕名而来上门求亲的青年才俊实在太多，窦氏的父亲因此不得不用比武招亲的方式来择婿，他挑选了一扇画有孔雀的屏风，每人发两支箭，看谁能射中孔雀的双眼，就把女儿许配给谁。最终，李渊成功射中，抱得美人归，还为后世创造了一个成语"雀屏中选"。

平阳公主从小习文练武，饱读兵书，才识胆略丝毫不逊色于她的兄弟们。深受母亲影响的她连选老公的眼光也很像。她的丈夫柴绍原是隋元德太子的千牛备身①，也就是贴身保镖。他出身将门，行侠仗义，矫捷勇武，但从心底不满隋炀帝的暴政，此时还是唐国公的李渊也正有意拉拢这位青年才俊加入自己的反隋大业，于是就将自己宠爱的三女儿嫁给了柴绍，定居京城。夫妇二人志趣相同，琴瑟和鸣。不过很快，平静的日子就要被一场席卷全国的战争打破了。

617年，留守太原的李渊决定起兵，并写密信给自己的女儿和女婿，希望他们伺机离开京城，与之会合。但此时身在京城的平阳公主一家早就在隋炀帝的严密监控之下。于是夫妇二人商量之后，决定让柴绍先行与李渊会合。而平阳公主为避人耳目，独自留了下来。这是一个艰难的决定，一介女流被独自留在危机重

---

① 官名。兴盛于隋朝末年以及唐朝初年，掌执千牛刀宿卫，是皇帝内围贴身卫兵。

重的虎狼之地，实在让人放心不下。但是之后的发展超出了所有人的预想。平阳公主从此开创了一段让天下很多男儿都自愧不如的军事奇迹。

她首先回到陕西鄠（hù）县，那年恰逢天下大旱，本是富庶的关中地区也是灾民遍地、流离失所、苦不堪言。于是平阳公主大开粮仓，散尽钱粮，招募灾民中那些年轻力壮者，组织了一支几百人的队伍，从此平阳公主浑身戎装，所带领的队伍也日渐壮大。因为主帅是女性，所以百姓也将她的军队称为"娘子军"。

很快，李渊起兵的消息传到关中，平阳公主为了替父亲招募更多的兵力来响应起义，不断招募、收编各地的起义军。她以女性独有的耐心和锲而不舍的精神，分析天下大势以及利弊得失，成功游说了起义军中规模最大的胡商何潘仁。当时何潘仁麾下已经有上万人的士兵，却甘愿受平阳公主的指挥，不得不让人叹服女将军的魅力与能力。因为她在打仗上的确堪称天才。

在此期间，隋朝廷不断派兵攻打平阳公主，平阳公主凭借其智勇双全、骁勇善战，不仅打败了每一次的进攻，连隋朝名将屈突通也成了她的手下败将。她还攻下了鄠县、周至、武功等地，所到之处，一边行军、一边攻城、一边扩招，为日后父亲李渊西进关中、夺取长安提供了有利条件。

平阳公主能够威震关中，除了其军事天才外，更重要的是其治军非常严明，每到一地都会申明法令，严禁士兵侵占掠夺百姓财物。这样一来，"娘子军"威名远扬，很多人不远千里，前来投奔，一时之间，部众多达 7 万人。

当李渊率兵渡过黄河后，原本还在担心孤身一人的爱女的安危，但当他得知自己的女儿竟然已经率领了千军万马攻占了关中一大片土地后，又惊又喜的老父亲赶忙让女婿柴绍前去接应。平阳公主带着手下 1 万精兵与弟弟李世民成功会师，共同围攻长安。

短短几个月，平阳公主与柴绍不再是普通夫妻关系，他们还是同一个阵营的战友，各自拥有自己的直系军队，有权任命官员与军队中的将领，于 11 月一同攻克长安。

公元 618 年，李渊于长安称帝，建立唐朝，一个中国历史上最为璀璨的王朝就此诞生。不过，此时的李渊还需要统一全国，清除各地的割据政权。平阳公主作为获有军功的公主，得到的赏赐自然要远远高于其他公主，并被准许继续领兵作战，和兄弟李建成、李世民，丈夫柴绍一起征讨四方、统一天下。

平阳公主也再次为大唐的江山立下功劳。山西不仅是李唐的大本营，更因其是关中和中原地区的屏障，易守难攻，历来为兵家必争之地。平阳公主的任务就是率数万"娘子军"，驻守出入山西的咽喉——位于平定县的绵山上的"苇泽关"，防止敌人进入山西。据说有次为了抵抗数倍于己的敌军，平阳公主急中生智，命人煮粥熬米汤，倒进山沟里，让敌军误以为是马尿。平阳公主还故意让关内军民大声叫喊，战鼓擂动，敌军以为"娘子军"的援军已到，不战而退。最后平阳公主如愿守住了关隘。可能是"娘子军"的名气太盛，后来这个关隘更名为"娘子关"，这一名称延续至今，似乎见证着 1400 年前一位女中豪杰的英雄事迹。

可惜，不久之后的 623 年，年纪轻轻的平阳公主就撒手人寰了，关于她的死因，有人认为是战死的，也有人认为是病死的，但无论如何，这位生荣死哀的开国公主的死被记录在史册上，主要还是因为其葬礼与众不同，是以军礼下葬的，使用羽葆、鼓吹、大辂、麾幢等一系列超乎公主规格的仪仗。当时就有礼官跳出来反对，说用鼓吹与女性下葬的礼制不符。高祖李渊当即就怒怼回去，说："鼓吹就是军乐，当年平阳公主率兵起义，擂鼓鸣金，为大唐立下汗马功劳，岂是普通妇人可相提并论的，怎么就不能用鼓吹了！"痛失爱女的皇帝还为其追封了谥号"昭"，故后世也称其为"平阳昭公主"。

平阳公主的一生短暂而辉煌，虽然她的父亲和弟弟都是皇帝，丈夫是开国元勋，但她并非依靠着身边的这些男人，而是凭借自己的才干、智慧和勇气，开创了一桩桩的非凡事迹，甚至有人说，唐朝的一半江山是她打下的。她是封建时代的独立女性，她让世人明白"女性不必依靠别人才能生存"，这又何尝不是给新时代的女性一些启示呢？

苏洵："草根青年"到"最牛爸爸"的逆袭人生

"唐宋八大家"是指唐宋时期八位散文大家，其中苏家父子三人就稳稳占了"八家"中的三席，"三苏"包括我们最为熟悉的苏轼，也就是苏东坡，以及他官至宰相的弟弟苏辙和他们的父亲苏洵。苏洵是"三苏"中官职最低的，他27岁之前一直浑浑噩噩，人到中年才开始发愤读书，大器晚成，所写的文章被京城内外的读书人争相传阅，闻名于世。因为苏洵本身不同寻常的经历加上培养了苏轼、苏辙这两位文坛巨星，被认为是"宋朝最牛的爸爸"。

苏洵1009年出生于四川眉山，家里排行老三，上面还有两个哥哥。他的父亲苏序觉得自家三代一直务农，没有什么显赫的名声，于是就想培养自己的大儿子和二儿子考取功名，光宗耀祖。长子苏澹连考几年，屡战屡败，最后一病不起，英年早逝。老二苏涣的运气好一些，最终考上了进士，但也没做上什么大官。

苏洵作为小儿子，5岁还不认字，8岁才学习断句，直到16岁也不问诗书，终日嬉游。不过作为父亲的苏序鉴于大儿子苏澹的悲惨结局，便不再逼迫苏洵读书了，苏洵也正好纵情于山水之间，从童年到四十多岁间，先后游历了峨眉山、青城山、华山、嵩山、庐山、长江三峡、剑门蜀道、秦岭终南，有些地方还不止去过一次，堪称"驴友界的开山鼻祖"。

苏洵就这样随性自由地生活着，有天在田里和父亲一起捆谷子，来了个老道长，看着苏洵摇头说："你这位年轻人可是有文星之相的，不该在这里种地啊。"当地豪门程仁霸的儿子程文应与苏洵的父亲是同窗，他非常赏识苏洵，于是决定把自己的女儿嫁给他。后面的历史证明，程文应的这个决策是万分正确的，因为他的女儿程氏不仅生下了"中国文坛的双子星"——苏轼和苏辙，也让苏洵从"废柴青年"蜕变为"文坛巨擘"。

结婚后的苏洵最初几年仍旧吊儿郎当，整日游山玩水，不问生计，还常常乐善好施、资助他人，家里的经济状况每况愈下。苏轼回忆说，自己小时候常常吃的就是一碗白米饭、一碟白萝卜、一撮盐巴的"三白饭"，由此可推测苏家当时的窘困。

中国传统启蒙教材《三字经》就有这样的一句话："苏老泉，二十七。始发愤，读书籍。"苏老泉就是苏洵，在别人都已经放弃的年龄，他却选择从头再来，告别年轻时的"废柴"岁月，发愤图强。改变的契机可能是苏洵与程氏婚后最初所生的一双子女相继夭折，苏洵似乎认识到人生短暂，不能再这样蹉跎岁月了，开始下定决心用功读书。程氏为了资助夫君全力读书，变卖了所有的嫁妆，经营起布帛织物的生意，没过几年就成了当地的富户，这样一来，苏洵也可以心无旁骛地钻研学问了，他开始在家竭力苦读，认真阅读先贤经典，考究古今治乱得失。

后来，苏洵三次报名科举，可惜都是名落孙山。回到家中，他觉得科场文字"不足为学"，就一把火烧了个精光。但是他没有就此放弃，在读书上更加刻苦，闭门读书，遍读《六经》和诸子百家，随便写写就是一篇千字论文。在此期间苏轼与苏辙相继出生。

苏洵发现自己的这个二儿子虽然天资聪颖，但是事事争先，锋芒毕露，他就想起《战国策·秦》里有这样一句话："伏轼撙衔，横历天下。"轼就是车厢前端供手扶的横木，虽然没有车轮那么重要，但是必不可少，于是给老二取名苏轼，希望他能够低调做事，做到无用之用。老三性格内向，喜欢跟在哥哥的屁股后面到处跑，苏洵想起《左传》里："下视其辙，登轼而望之。"辙就是车轮碾过的痕迹，无论是非功过，车辙都不会受到牵连，苏洵希望苏辙能够有自己的地位，更要避免祸患。苏洵对两个儿子的舐犊情深、殷切希望，从这两个名字中可见其良苦用心。

在教育孩子这件事上，苏洵堪称超级"爸爸"，他一边继续着自己的学习之路，还亲自编撰了数千卷书当作教材，以供两个儿子读书之用，这些书籍不仅仅有那些参加科考必读的古代经典，也包括了当下的名篇，其中就有当时的文坛新星欧阳修的文章。他认为读完这些书，修身与治国皆可。

为了儿子们能有个好前程，苏洵带着自己写的文章和两个儿子到京城游学，参加礼部举行的秋试，途中顺道在益州（成都）拜访了老友张方平，其在宋神宗期间，官拜参知政事，也就是宰相。他非常欣赏父子三人的才华，也正是他建议苏洵上京拜会名臣学士。

于是，苏家父子三人带着张方平写给欧阳修的推荐信，一路颠簸，终于在1056年5月抵达京师拜会欧阳修。当时，欧阳修是翰林学士、文坛领袖，他看了苏洵写的《衡论》《权书》《机策》后，大为赞赏，认为苏洵可以与贾谊、刘向等人媲美，拥有当今世上最好的文笔，他立即向朝廷推荐了苏洵。一时间，士大夫们争相传诵苏洵的文章，至此，苏洵这位晚学成才的大家，终于以文闻名于世。那年，苏洵48岁，苏轼21岁，苏辙18岁。多年后，京师还广泛流传着赞誉苏洵文章的民谣："苏文熟，吃羊肉；苏文生，吃菜羹。"

就在苏家父子抵达京师的第二年，苏轼苏辙兄弟二人同科进士及第，名震京师。可也在同年，苏洵的发妻程氏悄然病逝于家中，她没有能够亲眼看到丈夫和两个儿子功成名就，实在令人唏嘘。"三苏"父子闻此噩耗，匆匆返蜀，痛失爱妻的苏洵更是专门写文纪念自己的亡妻。的确，如果没有程氏对自己丈夫的全力支持和对儿子的悉心教导，苏洵可能一辈子也就是山野村夫，历史上也不会有"三苏"之名了。

自京师扬名之后，宋仁宗亲自下诏，邀请苏洵到舍人院参加考试，他却上书仁宗，推托有病，没有应命。次年六月，朝廷再次下诏，催苏洵赴京考试。苏洵这次是去了，不过他老人家竟然带着一大家子先南下旅游了一番，再赴京，不久移居杞县。

因为得到欧阳修等人的多次举荐，苏洵被任命为从八品，秘书省校书郎，晚年做过最大的官是霸州文安县主簿，相当于现在的副县长。苏洵虽然才高八斗，但的确不适合官场生活，他为人耿直不阿，曾斥责王安石为朝廷奸佞，屡次公开批评宰相富弼的国策。这样的个性在官场上自然不能平步青云，但苏洵胸怀锦绣，文采斐然，把丰厚的思想遗产留给后人。他在谱学领域也做出了巨大贡献。他所创造的苏氏谱例用表格的形式记述先祖世系，在表中人名下注明其仕宦、行迹、配偶、享年，并依次书写子孙后代，标明辈分。时至今日，其家谱的体例仍然是许多地方和姓氏修订家谱的范例。

1066 年，58 岁的苏洵病逝于京师，欧阳修亲自为他撰写墓志铭，朝廷追赠苏洵为光禄寺丞。苏洵的前半生任由自己的心性恣意而活，后半生则找到了人生的方向，在更为广阔的精神世界里遨游学海，最终带着自己的两个儿子一同名留青史。愿我们都可以从这个宋朝"最牛爸爸"的人生经历中获得新的感悟。

朱淑真：宋朝文艺女青年的坎坷爱情路

在价值观越来越多元的现代社会，人们幸运地不必再被过去曾经十分沉重的观念束缚，比如，"女子无才便是德"。今天那些生活在城市化区域的居民，恐怕也不会有人再去否认女性也需要学习、事业、个人成就、独立、爱情。

不过每当读到某段历史时，我们也常会为古人的经历而感叹。

在这篇文章中，我要和您分享的是著名文艺女青年——朱淑真的爱情故事。

朱淑真是一个非常神秘的人，我这么说，是因为我们今天所知道的，关于朱淑真的信息，许多都是学者们仍在研究的课题。

比如，她生活的年代，有人说朱淑真生活在北宋哲宗年间，也有人说朱淑真生活在南宋理宗年间。据考证朱淑真寿命不长，极端敏感的文学气质和极端压抑的现实生活间的冲突，把她过早地推向了死亡。关于她的死因，从我找到的资料来看也无法确定，只知道她是自杀。

关于朱淑真生活的地方，有人说是今天的杭州，宋时浙江的钱塘，但也有人说她是浙江海宁人。

世人对她的婚姻也充满了各种各样的猜测，有的人说她嫁给了市井小吏，有的人说她的丈夫是一个商人。人们在这个问题上最大的共识是"朱淑真婚姻不幸"。

这一观点的依据，除了自带孤独与寂寞感的自号——"幽栖居士"外，就是她流传下来的词作了。

然而即使是词作，朱淑真的作品也常带有争议。

1983年2月1日，华人世界影响力最大的歌手之一邓丽君发行了专辑《淡淡幽情》，专辑中有首歌曲名叫"人约黄昏后"，其中最著名的句子是"月上柳梢头，人约黄昏后"。专辑里这首歌作者的名字就是朱淑真。

但在许多人看来，这首原名为《生查子·元夕》的词，作者是唐宋八大家之一——欧阳修。

我对词不太懂，但我想，即使这首词确是出自欧阳修之手，而"绯闻作者"朱淑真能与"六一居士"在作品上混淆，其能力可见一斑。

那么她的爱情生活怎样呢？

许多人愿意相信，朱淑真最初是有一段天真烂漫的纯洁感情的。像所有偶像剧一样，青年男女在奇妙缘分的牵引下相恋了。

在《清平乐·观湖》中，朱淑真写道："娇痴不怕人猜，和衣睡倒人怀。"

难以想象这是在1000年前的宋朝发生的事。男女约会，如果说在同行看湖景时，毫不在意别人的眼光，这还可以理解。但接下来讲到，女孩直接睡在男人的怀里，虽然没有更加亲密的举止，但这毕竟是一个极亲密的举动。

朱淑真，是个对爱情不愿隐藏的人。

我以为，对爱情勇敢追求的人，如果是悲剧结局，那往往会走两种极端，一种是热烈地爱了，潇洒地分了；另一种是舍命地爱了，痛苦地分了。

果然，不知出于什么原因，朱淑真的恋人人间蒸发了。有人说是他赶考多年未中，无颜再见爱人，有人说是他家道中落，没办法再崛起。

总之，在家人的安排下，朱淑真嫁人了。据说新婚时，二人也是甜蜜的。从朱淑真的词中来看，她嫁的也是个读书人，做官期间，还曾经带朱淑真到外地就职。

但新鲜感很快就过去了，两个人性格和志趣上的差异越来越明显。

但我以为，如果仅仅如此，在父母之命、媒妁之言为婚姻基础的年代，这不应该是朱淑真想不到的。

也不一定是她不能接受的，就算时间长了，两个人的情感淡了，就那么淡淡地守着、过着，也未必不是一种生活的味道。

但显然，事情没有我设想的那样惬意。丈夫时常外出快活应酬，后来干脆不回来住。

朱淑真在《减字花木兰·春怨》里写道："独行独坐，独唱独酬还独卧。"

明明结了婚，却还是单身生活，最大的不满是被爱人漠视。

我在找资料的时候看到了一段非常动人的话——试想在中国漫长的历史上，无数文人雅士流连于花街柳巷，抒发愤懑之情，却留家中贤妻孤家寡人，青灯孤影。

读书人都读过"己所不欲，勿施于人"，但在处理男女问题的时候，恐怕许多人仍然是双重甚至多重标准的。

如果说直到此时，她还能忍受的话，当丈夫纳妾，甚至有人说，那女子原本混迹青楼，这就彻底让朱淑真受不了了。内心的骄傲能容纳没有感情的婚姻，却容不下自己与那样的女子共享丈夫。朱淑真写下："宁可抱香枝上老，不随黄叶舞秋风。"

断然和离，回到娘家。

我没法确定在朱淑真词中出现的恋人到底出现在结婚前还是离婚后，只知道，这同样不是一段有美好结局的故事。

在《元夜》中，朱淑真写道："新欢人手愁忙里，旧事惊心忆梦中。但愿暂成人缱绻，不妨常任月朦胧。"

爱情来的时候，就抓住他，哪怕是暂时的也好，终成梦幻泡影也罢，难道烟花绽放的时候不美吗？

从过去到现在，在感情生活中，女性往往处于弱势。在词作《自责二首》中，朱淑真写道："女子弄文诚可罪，那堪咏月更吟风。磨穿铁砚非吾事，绣折金针却有功。""闷无消遣只看诗，又见诗中话别离。添得情怀转萧索，始信伶俐不如痴。"

唉，早知如此，我还不如傻了吧唧的呢，有这种感叹的人，又是受到了命运多少的折磨呢？词名虽然是自责，但我分明在其中读到无奈和控诉。

即使朱淑真能收敛才情，像她写的普通女性那样安于家务，也许会少遭受非议，但真的没有内心的挣扎和痛苦吗?

她的痛苦直接指向一个答案——才华不是错，错的是身为女人。

最后，朱淑真选择以自尽的方式结束自己的生命。以死来抗争，已经是最后的倔强了吧。在她死后，父母悲恸欲绝，认为是这些诗词害死了女儿，于是把朱淑真多年的作品付之一炬。今天留下来的，都是当时的幸存品。

我以为，虽然表象上看，朱淑真的故事更像是求爱而不得，落得满身伤痕、声名狼藉。可在对爱情追求的表象背后，是朱淑真对古代社会女子的种种束缚的挣扎，是的，她是用生命在挣扎。

我不能赞成她以这样的方式结束生命，但在我眼中，每个与命运抗争的人都是英雄。

沈周：是书画宗师也是超级"暖男"

沈周，对现在的年轻人来说，这个名字可能比较陌生。历史中真实的沈周一生没当过官，但凭借其顶尖的家世、人品和才华，受到众人敬仰，后人将他列为"明四家"之首，"吴门画派"的创始人，按照他徒弟文徵明的话说："沈先生不是凡人，是神仙中人。"

先来说说这位神仙画家的不凡家世。沈周于 1427 年出生在长洲相城①，是个不折不扣的富家公子，从曾祖辈起，沈家就是远近闻名的富户。他不仅富有，还爱好文艺，喜欢收藏，接下来的三代人都不愿出仕为官，只乐于每天与文人雅士们相聚一堂、焚香喝茶、研究学问、唱酬诗歌。在这样的环境下，连沈家的仆人也会吟诗作画。

出生在这种家庭的沈周从小就接受最好的文人教育。他跟着陈宽学习诗文，15 岁时，沈周写了一首百韵长诗进呈给当时的户部主事崔恭，崔恭不相信是这位少年人自己写的，就出了个命题作文《凤凰台赋》，没想到沈周一挥而就，其文采犹如唐代大才

---

① 今江苏吴县。

子王勃再世，让崔恭大加赞叹。

沈周的绘画老师就更多了，包括当时的画坛名流杜琼、谢缙、刘钰、赵同鲁。更重要的是，经过沈氏四代的积累，家里丰富的藏画可以随时供沈周临摹学习。对了，那张著名的黄公望的《富春山居图》也曾经是沈家的收藏。

这些都为沈周后来在诗书画上的全面发展打下坚实的基础。沈周之后所取得的成就也印证了那句"比你聪明的人居然还比你努力"。沈周从中年开始，广泛学习各家各派的画法，从唐宋到元朝，"上下千载，纵横百辈"的绘画传统，沈周无不学习贯通，最终成为一个集大成式的伟大画家。

沈周受到家庭影响，也不愿出仕做官，曾经有位太守想举荐沈周为官，沈周用《周易》给自己算了一卦，得到"遁"之九五卦，于是他以此为由不复应荐，过起隐居生活。他在离家一里的地方建了个别墅，取名"有竹居"，顾名思义，那里临山傍川，修竹万竿，环境幽静。沈周就在这个世外桃源每天过着喝茶、聊天、写诗、作画、赏花、看星星、看月亮的神仙日子。

这样的生活也让沈周的为人恬淡豁达、与世无争、温柔谦恭。上至朝中大官，下及乡间百姓，都对沈周的为人交口称誉。

对待家人，沈周是至孝的。他父亲好喝酒，酒量却很差，沈周自己虽然不会喝酒，但随父亲应酬的时候，为了让父亲高兴，还是会陪着喝酒，直到喝醉；父亲死后，母亲每次外出，沈周都陪伴左右，出于孝道他从不远游，直到母亲以 99 岁的高龄去世。

弟弟沈召得病，他陪着弟弟住了一年多，弟弟死后，还把他的儿子视为己出，代为抚养。

对待友人，沈周是至诚的。有一次，沈周以重金在市场上购得了一部古书，恰好被一位友人看到，认出是自己家遗失的，没想到沈周二话不说，就把书给了这位友人，还对卖书给他的人的姓名三缄其口。

对待晚辈，沈周是至真的。他竭尽全力提携、教育他们。当20岁的文徵明想要拜倒在沈周的门墙之下时，沈周刚开始是拒绝的，因为不想影响文徵明的仕途，像同为沈周学生的唐伯虎一样。即使后来文徵明做了沈周的弟子，功成名就后，还说"一百个文徵明都不如一个沈周"的时候，沈周仍然不会以高高在上的姿态自居，而是待他如友。学生陆萱家贫，死后连块坟地都没有，沈周立马吩咐自己的女婿割一块地给陆萱安葬，还亲自写了墓志铭。

由于沈周的画名在他在世的时候就已经很高了，每天黎明的时候城门还没有开，前来求画者所乘的船就已经塞满了航道。有时沈周到苏州，为了不让人知道他的行踪，故意寄居在偏僻的寺院，可就算是这样，前来求画的人还是会打听到地方，把门口围堵得水泄不通。因为沈周对上门求画的人，不管身份如何，总是有求必应。也因为名气太大，市场上出现了不少赝品。有一次，一位贫士拿着一张赝品请沈周题字，他非但不生气，还为他题了款，把画稍做修改，加盖了自己的印章。别人不能理解他的这一行为。沈周却很淡定，他说让他作画并非难事，如果拿他的这幅画卖了钱，能够解燃眉之急，对生活有所帮助，又何必吝惜呢？

更难得的是，画名已经誉满全国的沈周仍然谦逊平淡，他把自己所获得的成就归功于官至礼部尚书的吴宽，他谦虚地表示，自己的画由于被吴宽喜欢，使得有求于吴宽的人都以沈周的画作为礼品赠送，这才使自己的画名日盛，求画的人才会多不胜数。而事实上，吴宽在做大官前，也有过一段失意的低潮期，那时他科举屡屡失利，儿女又相继离世，备受打击。正是在那时，沈周不停地给他写诗，安慰鼓励他。后来吴宽终于熬出头，鲤鱼跃龙门，成了状元，进了翰林院，做了太子的老师，最终官至礼部尚书，也与沈周成了一辈子的好友。

沈周虽然是一介布衣，但是凭借其过人的个人魅力和高洁的人品，知己交满天下，除了上文说的吴宽，当时的许多文人雅士、达官显贵都在沈周的朋友圈里，的确堪称罕见。有一则关于沈周的有名的轶事可佐以证明。郡里新来的曹太守征集画工来为屋中的墙壁做装饰。一个嫉妒沈周的小吏就上报沈周的姓名，新太守对地方上的情况也不了解，就招了沈周服劳役。堂堂大画家要去做小画工，换作他人肯定是万般不愿的，有人劝沈周去拜访王公贵族以便求得赦免，但沈周说："我前去服役，这是义务；但要我去拜谒那些王公贵族，难道不羞耻吗？"于是，沈周前去完成了劳役。

不久以后，太守进宫汇报工作，吏部尚书就问太守道："沈周先生还安康吗？"太守怎么会记得一个画工的名字，不知道该如何回答，随便回应道："他无恙。"太守又拜见内阁，内阁大学士李东阳问他："沈周先生有信吗？"太守更加惊愕，又随便回应道："有信，但还没送到。"太守出来后，仓皇拜见吴宽，问他："沈周先生究竟是什么人？"吴宽详尽地描述了沈周的样貌。太守询问周边的侍从，这才知道原来就是装饰家中墙壁的画工。知道真相的太守吓得不轻，火速前往沈周家拜访，叩拜两次，承认自己的过失，还向沈周索要一口饭吃，试探沈周的态度。宽厚豁达的沈周自然没有将这件事放在心上，请太守吃了饭，太守这才放心离去。

有学者评价沈周是 15 世纪中国最伟大的画家之一，他开创的吴门画派是明朝最大的画派，使得濒临衰竭的文人画传统重新成为画坛的主流。更难得的是，600 年来，沈周一直是个口碑超好的人。在他长达 82 年的人生中，几乎没有什么大的波澜起伏，在平静与闲暇中，达到了中国文人一直以来追求的"游于艺"的境界，即使不出仕为官，也可以获得显赫的名声，甚至被奉若神明，这在整个历史长河中也是鲜有几人的。在沈周去世之后，"吴门画派"进入"文徵明时代"，也是最辉煌的时代。

唐伯虎：真像电影里演的那么神吗?

周星驰的喜剧电影《唐伯虎点秋香》可能是很多人的童年记忆。有些人甚至通过这部电影，才知道原来中国古代还有唐伯虎这号人物。

唐伯虎的本名叫唐寅，古代有身份的人在成年后会给自己取"字"，称呼自己的时候用名，别人称呼时一般用字，以示尊重。字与名通常是有联系的。"寅"就是老虎的意思，那字伯虎，也就很自然了。在电影里，唐伯虎天资聪慧、仪表堂堂、琴棋精通，诗画双绝，位居"江南四大才子"之首。他所写的《唐寅诗集》收获了包括秋香之内的一大批迷弟迷妹们。他作画时一气呵成、鬼斧神工的架势也坐实了其过人的绘画才华。那么，历史上真实的唐伯虎真的像电影里那么神奇吗?

在电影里，唐伯虎与其他三位才子一同出游，沿途受到了粉丝们近乎疯狂的追逐。事实上，唐伯虎的确是"江南四大才子"之首，其他三位分别是祝枝山、文徵明和徐祯卿。他们又被称为"吴中四才子"，古代称现在的江苏苏州为"吴中"，而这四位则是明朝中期在吴中地区才华出众的杰出人物。其中，唐伯虎与文徵明同岁，祝枝山则比他们大 10 岁，而且他们三个人从小就认识，唐伯虎13岁时就与祝枝山订交，15岁结识了文徵明。唐伯虎的祖先是前凉时期的将军，原本居住在西北地区，后来在宋朝的时候触怒朝廷，被贬到淮河以南。

唐家从唐伯虎的曾祖父开始，世居苏州经商，三代单传，直到唐伯虎这辈，他才有了一个弟弟和一个妹妹。唐伯虎的父亲是开小酒馆的，按照古代"士农工商"的鄙视链，他们属于"低端人口"。小时候的唐伯虎有些顽劣，喜欢赌博、斗鸡、打猎。但也许应了那句老话"越顽皮的孩子越聪明"，小唐伯虎的确天资聪颖，从小熟读四书五经，16岁时参加童生试，结果得了第一名。之后，唐伯虎的家里发生了重大变故，也许没有这次变故，唐伯虎的科举人生也就止步于此了。唐伯虎25岁时，先是父亲和妻子相继去世，第二年，母亲也病故了，自己唯一的妹妹也自杀身亡。四位至亲相继离世，只剩下他和弟弟相依为命，可谓是唐伯虎遭遇的第一次人生低谷。精神遭受重创的唐伯虎决定前往"祈梦"圣地九鲤湖卜问前程。九鲤湖位于福建省莆田市，相传汉代有柯家九兄弟在此炼丹修仙，结果湖中出现九条红色的鲤鱼，他们就每个人乘坐一条，升天而去，九鲤湖由此而得名。从唐代开始，九鲤湖就有"祈梦"的习俗，祈梦前需要斋戒三日，然后在九仙祠中焚香祷告，后留宿祠中，祈求九仙赐梦，醒来后再向祠中解梦之人征询。这一习俗在明清时期达到鼎盛，无数游客来此探幽访胜。唐伯虎当时梦到的则是神灵赐给他许许多多的墨。也许是受到这个梦的鼓舞，唐伯虎重振精神，踏上了求取功名的道路。唐伯虎本来就天资聪颖，如果再用功读书的话，定会成绩斐然。果然在乡试的时候，唐伯虎高中榜首，一举摘得"解元"桂冠，并且决定乘胜追击，次年春天立即赴京赶考，参加会试。

可是，命运又一次给了唐伯虎当头痛击。当时与唐伯虎结伴赴京的江阴首富徐经，被人举报说他贿赂了当时会试的主考官程敏政的家童，提前知道了考题。"倒霉蛋"唐伯虎的文章因为被程敏政大为赏识，又和徐经相识，所以被牵连，投进了大牢，最后只能用上缴银两来抵消狱中服役。可是出狱后回到家中的唐伯虎日子并不好过，他一边面对着周围人的流言蜚语，一边与自己的第二任妻子离了婚，还不得不与弟弟分了家，生活似乎跌落到了谷底。然而厄运并未就此放过唐伯虎，更坏的景况还在不远处等待着他。只不过此时的唐伯虎刚过而立之年，看尽世态炎凉的他只能寄情于书画，流连于烟花风月，暂时放浪形骸、遣其生涯罢了。他甚至为自己刻了两方闲章："江南第一风流才子"和"龙虎榜中名第一，烟花队里醉千场"，看似放荡不羁，背后却有说不尽的辛酸和无奈吧。

唐伯虎大概就是属于那种天分极高，只要下定决心，就能样样做得出色的天才，在绘画上亦是如此。唐伯虎为了精进画艺，在31 岁时拜周臣为师。周臣是院体绘画的大师。所谓"院体画"，原来专指由宫廷画师创作的绘画作品，后来泛指一种工整细致、一丝不苟、写实逼真的绘画风格。唐伯虎的绘画也深受其影响。不仅如此，唐伯虎还通过"好基友"文徵明的关系，认识了吴门画派的创始人、明朝文人画的"代言人"沈周。唐伯虎的画风由此兼有典雅富贵的院体风和潇洒飘逸的文人风，博采众长，创造出了属于自己的江南 style，也因此声名大噪，以至于青出于蓝而胜于蓝，有时求他画的人过多，唐伯虎来不及画，只能让自己的老师周臣来为他代笔，其画名之盛可见一斑。由此，唐伯虎除了名列"江南四大才子"之冠，还与沈周、文徵明和仇英一起，并称为"吴门四大家"，成为中国传统绘画的主流。

也许唐伯虎一直以来都认为自己虽才高八斗，却苦于英雄无用武之地，所以当宁王朱宸濠来苏州为自己招贤纳士时，已过不惑之年的唐伯虎觉得自己的机会来了，不听劝说，义无反顾地到了江西南昌，准备大展拳脚。而这个宁王就是电影中那个华太师的死对手，历史上真实的宁王也的确是个"大反派"。后来，当唐伯虎察觉到宁王的谋反之心后，靠着装疯卖傻蒙混过关，骗过了宁王，躲过了一场更大的浩劫。回到家乡后的唐伯虎完全心灰意冷，为了寻求精神上的解脱，他皈信佛教，并为自己取了个号——"六如居士"。他还把原来废弃的私家园林改建的自家别墅，改名为"桃花庵"，并自号"桃花庵主"。在电影中，唐伯虎那句经典台词"别人笑我太疯癫，我笑他人看不穿"并非编剧想出来的，而真是出自唐伯虎自己写的一首诗《桃花庵歌》。歌的开头是这样写的："桃花坞里桃花庵，桃花庵里桃花仙；桃花仙人种桃树，又摘桃花卖酒钱。"这里的桃花庵是真实存在的，位于苏州城西北角桃花坞内。唐伯虎隐居在此，直至去世。现在那里还保留有唐寅故居，可以供游人参观。

　　这位傲视不羁的"第一风流才子"因为长期沉湎于酒色，身体越来越差，饱受病痛的折磨。晚年的唐伯虎孤独潦倒，在一个风雪飘摇的腊月寒冬里，在他自己的桃花庵里走到了人生的终点，终年54岁。他的绝笔诗这样写道："生在阳间有散场，死归地府也无妨。阳间地府俱相似，只当漂流在异乡。"这位"人才第一、风流第一、画品第一"却又命运多舛的唐伯虎饱经人生风雨，一生大起大落。少年得志，横遭变故，中年放浪，晚年凄惨，却在文学上是江南之首，在绘画上名列大家，一生所追求的洒脱与自由在诗、书、画的世界中得以实现，并使其扬名海内、千古流芳。

文徵明：科举九次落榜的"明朝书法第一人"

沈周的所有弟子中，是文徵明将"吴门画派"带向了巅峰时期。而文徵明个人所取得的成就更是辉煌：在诗文方面，他与唐伯虎、祝枝山、徐祯卿并称"吴中四才子"；在绘画方面，他与唐伯虎、沈周、仇英并称"明四家"。在书法方面，他被称为"明朝书法第一人"，由于他在古人所谓的"四绝"——诗、文、书、画上全面发展，无一不精，文徵明被冠以"四绝全才"的称号。可就是这样的一个全才，小时候差点儿就被认作是个"白痴"了，参加了九次① 科举考试均以落榜告结。那么天资不高的笨小孩是如何逆袭成万代敬仰的大师呢？或许就在于他坚持不懈的勤奋和出众的人品。

1470 年，文徵明出生在苏州府长洲县② 德庆桥西北曹家巷的一户官宦人家。文徵明从小发育迟缓，7 岁才学会走路，8 岁时还连话都说不清楚。没有对比就没有伤害，他哥哥天生聪颖，讨人喜爱。比他大 9 岁的祝枝山 5 岁能写大字，9 岁就能写诗了。

---

① 一说十次。

② 今苏州市。

和他同龄的唐伯虎 16 岁就考中了秀才第一名。这样的文徵明，大家都觉得不会有什么出息，只有他爸爸不这么看，他笃定地说："儿幸晚成，无害也。"意思是，他相信自己的儿子虽然输在起跑线，但必定大器晚成。不得不说，文徵明父亲的这句话最后也真得到了应验。

18 岁时，文徵明参加"岁试"，但因为字太难看，被考官置为三等，没能考中。哪里跌倒就从哪里爬起来，文徵明用一种近似"死磕"的笨功夫来补缺自己的不足。为了练好字，他天天临写《千字文》，一天练十遍，也就是一万个字，写过书法的你们应该晓得，这是一个什么概念。之后，文徵明跟随南京太仆寺少卿李应祯学习书法，突飞猛进，以致在书法方面取得的成就在当时几乎是无人能及的，特别是小楷，时有"小楷名动海内"之誉。88 岁时，他还能写一手漂亮、一丝不苟的蝇头小楷，这在中国书法史上也是极为罕见的。

与"吴中四才子"其他三位的年少成名不同，文徵明显然缺乏天赋，没有什么太大的才气，但他最后能成为江南艺术圈的盟主，主宰江南文坛三十多年，在于他懂得在放弃与坚持之间的选择。

与当时的大多数文人一样，文徵明也有兼济天下的儒家理想，为此，他考了九次科举，一直考到 53 岁，但结果是均未中。直到 54 岁，才在大官的举荐之下，入朝为官，做了翰林院待诏，是较为低等的事务官，从九品。

很快，文徵明就发现自己完全不适合尔虞我诈的官场生活。新任宰相杨一清还没到京城，一众百官就要去城门口接迎他，当然是为了奉承拍马，只有文徵明不肯去。杨一清倒是反过来想要拉拢他，说道："我和你父亲可是好朋友啊。"耿直的文徵明竟然一点面子也不给地回复道："先父去世已经30年了，但他在世的时候，我从未听他提起你，所以我不知道你们是朋友。"此时的杨一清估计尴尬到脚趾抓地。

1524年，文徵明又被卷入著名的"大礼议"事件。当时由于明武宗驾崩，无子嗣，故由他的堂弟明世宗继统。明世宗继位后，却想要奉自己的亲生父亲为皇考，引起了朝廷的轩然大波。文徵明其实也是反对派的一员，他们最终惹怒了皇帝，或被当场廷杖，或被发配戍边。文徵明恰逢那段时间跌伤左臂，未能上朝，幸免于难。但这一事件更加坚定了文徵明想要辞官的决心。

最终，在三年零九个月的煎熬后，文徵明的辞官上疏得到了朝廷的批准。他回到了故里，此时，他才发现原来徐祯卿、唐伯虎、祝枝山都已经过世了，"吴中四才子"只剩下他了。他为自己造了一座小屋，取名"玉磬山房"，从此不再过问世事，开始寄情山水，全心投入吟诗、写字、作画的世界了。文徵明人生真正绚烂的下半场拉开了序幕。那时他已经58岁了。

文徵明在艺术上的名声如日中天，求画者络绎不绝。他对此立下了一个"三不应"的规矩，即不为藩王、权贵、外国使者这三种人作画。至于友人的求画，文徵明只要答应下来，就一定会以极其认真的态度对待，如果自己不满意，就撕掉重画。有时候，一幅应酬画竟要重画三四次。只要是关于书画，他身上的那个追求极致、力求完美的开关就会启动。五天画一块石头，十天画一幅山水，若是画那种大幅的工细之作，从酝酿到最终完成，可以花上十几年的时间。有些人劝他，不就是一张应酬画嘛，何必如此较真。可是文徵明却说："我以绘画为乐。不管这画是送人的，还是自留的，只要画，就一定要认真画。"正是这种"傻劲儿"，让文徵明能够将文人画推向新的高度。众多文氏后裔与门生，使文家笔法风靡江南，大有笼罩一代之盛，"吴门画派"逐渐取代了当时的宫廷绘画和"浙派"，占据主宰地位。文氏后裔中擅长文艺者及门生各达五十多人，影响波及明清两代。

清朝词人朱彝尊评价文徵明："先生人品第一，书画次之。"文徵明为后世称道、受人尊敬的，除了他的艺术成就，还有他的人品。

文徵明的父亲在任温州知府的任内，积劳成疾病倒了，等文徵明带着医生从苏州赶到温州的时候，父亲已经去世三天了。按照当时的惯例，地方官死在任上，当地的百姓要送丧仪。因为文徵明的父亲为官清正廉明，颇得人心，所以当地群众筹集了一大笔丧仪费给到文徵明，希望办个体面的丧礼，文家本不富裕，但文徵明坚决不肯接受这笔钱款，他说："我父亲是以廉洁为名的，我这样做，岂不坏了他的名节。"丧礼一切从简，百姓为纪念这事，建造了一座"却金亭"。

文徵明成名后，市场有很多仿冒他作品的赝品出现，文徵明对此的态度和他的师父沈周一样，听之任之，从不打假，只要有人上门求鉴定，他一概说真，没有钤印的还帮忙盖上。甚至他的弟子中间，也有人开始模仿他的作品，以假乱真。有一次，甚至闹出个大笑话：在文徵明的弟子中，朱子朗模仿得最像。有一个富商知道文徵明的规矩，却又想有一幅文徵明的画，就打发书童去见朱子朗，请他画一张赝品。没想到，书童误打误撞地进了文徵明的玉磬山房，以为文徵明就是朱子朗，说主人想请他画一张文徵明的假画。文徵明听后觉得好笑，但没有拆穿，还是给他画了。等画完交给书童时，他开玩笑地说："我画的是真的文徵明的画，你就当是假的朱子朗画的吧。"不明所以的书童拿着画走了，后来富商知道自己求假画不成，反倒得了真画，也是哭笑不得。不论这件轶事的真实性如何，文徵明的宅心仁厚，由此可见。

　　文徵明一直活到90岁，这在古代社会是不多见的高龄。他是在为友人的母亲写墓志铭时安然离世的，死的时候手上还拿着笔。有西方学者评价道："16至18世纪的300年间，文徵明在中国的影响力相当于欧洲文艺复兴时期的米开朗琪罗。"也有人说，文徵明能够取得如此大的成就，在于他活得够久。而在我看来，更多的是因为他一直在缓慢而坚定地做着一件事，把这件事做到极致，即使起步再晚，天分再低，只要一点点，一天天，一步步，一寸寸，慢慢来，不骄不躁、不断精进，这才是文徵明能盖过所有同时代的才子，成为一代宗师的真正原因吧。

仇英：出身油漆工的"明朝第一画手"

仇英，一个连生卒年月都没有具体记载的油漆工，竟然可以与"书画宗师"沈周、"书法第一人"文徵明、"四大才子"之一的唐伯虎一同并称为中国画坛的"明四家"。晚明时期的一代书画宗师董其昌甚至评价仇英为"近代高手第一"。那么，他到底靠的是什么，才能走上如此逆袭的人生道路？今天我们就来讲讲这位出生平民的"明朝第一画手"的故事。

仇英出生在弘治年间太仓的一个匠人家庭，从小喜欢画画的他虽然没有条件系统学习，但是一有空，就用树枝在地上画，用笔在墙上画，画完涂掉，涂掉再画。

性格倔强的他立志要将绘画当作自己毕生的事业。这种倔强在做游戏的时候也能体现出来。孩子们一起玩单脚互撞的游戏，就是单脚直立，一只脚弯曲放在另一个腿的膝盖上，互相撞击，看谁坚持到最后，谁就获胜。身材瘦弱的仇英遇到那些大块头孩子们也毫不示弱，咬紧牙关，不管被撞得多么摇晃，始终坚持单脚站立，直到对方体力不支而认输。这种坚韧、忍耐的品格伴随了他的一生。

十五六岁的仇英来到苏州城，开始了他的打工人生活，在一家漆匠铺做漆匠。没想到他竟然向老板提出了一个要求：自己只上半天班，另外半天要去做别的。老板觉得这个年轻人的手艺实在是很高，舍不得放手，只能勉强答应下来。

仇英可不是用那半天在城里吃喝玩乐的，他还是用在画画上。他什么都画，但画得最多的是人，这也为仇英后来开创自己独树一帜的"仇派"仕女画奠定了最初的基础。甚至《红楼梦》中都提到贾母就非常喜欢仇英的仕女画，她屋里就挂着一幅仇英的《艳雪图》。

仇英把自己画的那些人物画卖给画店老板，赚来的钱除了捎给太仓的父母外，自己硬是从牙缝里省出来一部分购买笔墨纸砚，因为只有这样，才可以继续画下去。

就这样，仇英白天忙着干漆匠的活，晚上继续在画艺上精进，常常一画就画到深夜。当他有机会去那些收藏家、书画家的家中去做漆工时，他就提出只要家主愿意把自己收藏的书画作品让自己观看欣赏，自己就可以免收工钱。本来只把仇英看作普通工匠的文人士大夫们也开始对这位年轻画家展现的才华刮目相看了。

这时，改变仇英一生的伯乐出现了，他就是我们前几期提到过的那位科举九次落榜，后凭借过人的勤奋而成为"明朝书法第一人"的文徵明。此时的文徵明早已经是名震天下的书画大师，也许在比他小三十多岁，却同样刻苦勤学的仇英身上，文徵明仿佛看到了自己年轻时的影子。

文徵明深知仇英最大的短板就是缺乏文化底蕴，绘画方面走的也是"野路子"。于是他让自己的长子文彭教仇英读书写字，自己的小儿子文嘉则教仇英绘画的基本功。自己则把家中珍藏的宋元名作拿出给仇英临摹学习。仇英的模仿能力极强，无论是多繁复的线条、多精妙的构图，他总能很好地临摹出来，这样的天赋也让文徵明又惊又喜。

但文徵明很清醒，他知道没有文化基础的仇英即使再勤奋，也很难创作集诗、书、画、印于一体的文人画。于是他替仇英找了一位更加适合他的老师——著名职业画家周臣。这位周臣共有两位有名的徒弟：一是仇英，还有一位就是风流才子唐伯虎。

在周臣的悉心教导下，仇英先从临摹古画入手，作品几乎到了乱真的地步，在仿古方面堪称一代巨匠，这与他极其认真、一丝不苟的性格特质密切相关。只要他画画的时候，即使耳边有丝竹之声，眼前有曼妙歌姬，他都充耳不闻、视而不见，心无旁骛地沉浸在绘画的世界里。

也是在文徵明的举荐下，已经成功转型为职业画家的仇英得以长期客居在嘉兴的巨富项元汴的家中。这位项元汴除了有钱，最大的爱好就是收藏。据说，故宫现在有一半的书画曾经都是项元汴的藏品。仇英此时正值四十多岁的壮年，他面对如此大量的古代精品，每天如饥似渴地学习临摹，再结合自己的风格进行新的创作。仇英在项家的十余年里，创作了百余幅的作品。

而且，仇英喜欢画长卷，他画的《清明上河图》长达987厘米，这件作品就是以我们熟知的北宋张择端所画的《清明上河图》

为蓝本，进行的"再创作"，以工笔重彩描绘了明朝时期苏州城远近郊、城内、宫城等清明佳节的情景。画面人物共 1497 个，比宋版《清明上河图》还多了七百多个人物，他们或动或静，栩栩如生，全幅作品整整耗费仇英 4 年时间。

像这样的鸿篇巨制，还有好几件，长 574 厘米的《汉宫春晓图》，长 679 厘米的《孝经图》，长 580 厘米的《职贡图》，甚至还有长达 15 米的《子虚上林图》。对每幅作品，仇英都是精工细描，仔细描绘宫廷楼宇、花树假山、文玩器具、不同衣着姿态的各色人物。这还不包括那些已经失传的作品。我们实在无法想象仇英是怎么做到的，除了他过人的绘画技巧外，可以肯定的一点是，他一定是用超乎常人的勤奋和毅力，每分每秒都在不停地绘画。

仇英之名崛起于画坛，受到当时很多收藏家和文人雅士的追捧。之前提到的那幅长达 15 米的《子虚上林图》就是应昆山的富豪周凤来之邀，为其母亲恭祝八十寿辰的礼物。仇英为此画了整整六年。结果被同样爱好收藏的大奸臣严嵩父子觊觎，派人去周家索要。周凤来用一张摹品搪塞过去，连夜举家逃出昆山。一幅画竟然改变了一个家族的命运，从侧面也可见仇英画作的魅力。

仇英活了约 55 年，他的死因很有可能就是长期投入绘画创作，最终积劳成疾。至今我们也无法知道他的落葬之处，对他的生平也是不甚了了。只知道他有一个女儿仇珠亦擅画画，另一个女儿嫁给了仇英的弟子尤求，还有一个儿子，但是连名字也不知道，只有一个孙子，也擅丹青，不过是个聋哑人。

出生低微的仇英即便画得再好，也没有办法像那些文人士大夫那样跻身上流社会，史籍上对于他的记载也只有只言片语，但是他的绘画却影响了明清两代，甚至近代的画家都要从他的作品中汲取养分。徐悲鸿所画之马就是在反复研究仇英画马技巧之上加以发展，从而形成自己独特风格的。在中国的画史中，人物、山水、花鸟、走兽等俱佳的仇英完全可以占一席之地。2020年原计划在美国洛杉矶郡立艺术馆举办的仇英艺术大展已经筹备近十年，但因疫情的原因闭馆了。有人开玩笑地说："仇英生前苦，死后还苦，一苦就是500年啊。"

仇英一生几乎没有留下书法作品，画上的题款也常常只有自己的名字。他没有诗词歌赋留下，也没有太多八卦供人津津乐道。这个出身卑微的漆工虽然遭受极不公正的待遇，但他硬是靠着自己的才华、勤奋、苦干，成为美术史上的一代大家，现实生活虽然清苦，却在艺术的世界里得到了安慰和寄托。仇英为绘画博命，为艺术赌上自己的全部，苦或不苦，值或不值，都留待后人评说，我们就在他笔下的那些奇美绝伦、辉煌夺目的作品中与他对话吧！

第三章

观近代烟云：烽火岁月里的百态人生

近代中国战火不休，

没有人数得清这纷乱的世界能造就多少种人生？

但每一种都独属于那个年代，

不可复制，难以模仿。

回望落满烟尘的过往，

我们能看到哪些独特的人生故事呢？

辜鸿铭：拥有 13 个博士学位的"清末怪杰"

要问近代中国学历最高的人是谁？那就不得不提辜鸿铭。传说中，这位清末怪杰不仅精通英语、法语、德语、拉丁文、希腊语等 9 种语言，还拥有 13 个博士学位，被誉为"清朝时代精通西洋科学、语言兼及东方华学的中国第一人"。甚至在当时的西方社会还流行一句话，"到中国可以不看三大殿，不可不看辜鸿铭"，可见辜鸿铭的世界影响力。然而，这位学界耆老在他的时代却并没有因他傲人的学术成就享受到国人多少尊敬与爱戴，相反，他的身边充斥着反对与诋毁的声浪，时至今日，他的所思所为依旧为人们所争论不休。

辜鸿铭，1857 年出生在南洋英属马来西亚槟榔屿。他的祖辈早年从福建泉州迁居到南洋谋生，到了辜鸿铭父亲辜紫云这一代，他不仅成了当时英国人经营的橡胶园的总管，还娶了葡萄牙籍的妻子，所以辜鸿铭自小就会说汉语、马来语、英语和葡萄牙语。由于橡胶园园主布朗夫妇没有子女，他们就将辜鸿铭收作义子，自幼教导他阅读安徒生、格林兄弟、莎士比亚等名家作品，并在辜鸿铭 10 岁时带他一同返回苏格兰生活。

天赋惊人的辜鸿铭果然没有让对他寄予厚望的养父母失望，

15 岁时他就以优异的成绩被爱丁堡大学录取，专修英国文学，兼修拉丁文、希腊文。也就说，辜鸿铭在初中生的年纪就已经跳级读大学了，也难怪时任爱丁堡大学校长的著名作家、历史学家、哲学家托马斯·卡莱尔都对他关爱有加。三年后，18 岁的辜鸿铭获得硕士学位毕业后，又辗转入读德国莱比锡大学土木工程系，同时研究文史、哲学。在德国求学期间，他以纪念俾斯麦百年诞辰会上所作的即席演讲声名鹊起。40 年后，当作家林语堂来到莱比锡大学求学时，辜鸿铭的著作已经是学校指定的必读书了。

　　少年成名的辜鸿铭在 1881 年结束了他 14 年的留学生涯回到马来西亚，然而此时的他也不过只有 24 岁。次年初，辜鸿铭前往香港，在当地殖民政府谋得了外务职位。如果故事说到这儿，这大概也就是一个学霸是怎样炼成的故事。但命运往往会在不经意间扇动蝴蝶的翅膀，让人生发生转折。

　　1884 年，辜鸿铭从厦门返港，途中偶遇广州知府，经由他的推荐被张之洞委任为"英文案牍司理"，也就是外文秘书。由此，辜鸿铭踏上政坛，也登上了中国近代历史的舞台。

　　在为张之洞工作的 20 年中，辜鸿铭除了为他担任翻译、统筹洋务，在教育方面也做了许多颇有建树的工作。在他与晚清文学家、藏书家梁鼎芬的鼎力协助下，张之洞对湖北旧式书院进行了一连串改革，引进"时务"，并创建新式书院和学堂。如经心书院、两湖书院、江汉书院等，使得当时湖北所办学堂为全国各省之冠，有歌云："湖北省，二百堂，武昌学生五千强。"此外，也是在辜鸿铭的谋划之下，华中地区有了第一所国人自力建设、自主管理的高等学府——自强学堂，这也是近代中国第一所新式高等专门学堂，这所学校几经易名后成了如今大名鼎鼎的武汉大学。自强学堂正式成立后，辜鸿铭担当方言教习，而这段从幕僚转为教书育人教授的职业转向，成了他后半生人生际遇的转折点。

1917 年，蔡元培被任命为北京大学校长，他特地邀请辜鸿铭担任英文科教授，开设英国诗歌、希腊文等课程。不久之后，五四运动爆发，新文化运动风起云涌，辜鸿铭成为大众舆论攻讦的对象，他与胡适和陈独秀等人针对新旧文化之争产生了精彩绝伦的辩论，这段历史后来被真实生动地记录在电影《建党伟业》中。

身穿长袍马褂、头戴瓜皮小帽的辜鸿铭甫一上场就引得在场之人窃笑，当时清朝已亡，只有少数保皇派和皇室宗亲还残留着象征封建枷锁的辫子，辜鸿铭就是其中之一。他见到在场众人的反应倒是神情自若，振振有词地说道："我的辫子长在脑后，笑我的人，辫子长在心头。老夫头上的辫子是有形的，而诸公心中的辫子却是无形的。"辜鸿铭说这话绝不是无的放矢，早在出国留洋之时他就已经剪掉了辫子，比提倡新文化的这些人还早了那么几十年。然而就是因为他过早地就被全盘西化，所以他才看透了所谓西方文明的本质。辜鸿铭曾经指责那些看不起中国文化的外国人，"你们并不比中国人高尚一丝一毫，甚至更加野蛮和肆无忌惮，你们只不过是拥有机枪和大炮罢了"。因而，辜鸿铭在回国之后就又把辫子给留了起来，对他来说，这是他不愿向"西化"妥协的一种象征。

但可想而知的是，辜鸿铭这一番言论显然是不会被接受的。被辜鸿铭当作是一生死敌的胡适就第一个跳出来反对他。在胡适看来，文化要革新，因为时间在前行，八股文做得再好，不会做事，只会考试，而救国强国的当务之急是需要实务人才。陈独秀紧随其后发表自己的看法，他认为要振兴民国、启发民智，就必须废除旧文化，学习新文化，不管是日本也好，俄国也罢，哪个能救国就学哪个，如此变化，国家民族才有新生。等这两位激情澎湃的发言完，在座的学生响起哗啦啦一片掌声，辜鸿铭却只从鼻子里不屑地哼出来两个字：可笑。他反驳道："纵观世界，哪个国家统治的精神，不是自己国家和文化所孕育出的思想……陈独秀先生大言不惭，借推崇新文化、埋葬旧文化之名，将国人近代之磨难归罪于孔家旧学。试问，两千年前之孔子何罪于今人？孔子教人之方法如数学家之加减乘除，两千年前是三三得九，今日仍是，不会三三得八。自家不精将题目算错，却怪发明之人，毫无道理。若这也算新文化，那就是瞎扯。"这话一出连陈独秀都不得不感慨："虽是诡辩却难掩其才华。"

陈独秀佩服辜鸿铭的嘴皮子，但世人更为津津乐道的却是他的笔杆子。在清末民初，严复、林纾等人竭力向国人宣传外国文艺的时候，辜鸿铭已经以更广阔的视野和远见，将中国文化推介到了世界。他不仅将"四书"中的《论语》《中庸》《大学》翻译成英文，还写出了《中国的牛津运动》《中国人的精神》等有关中国文化的英文著作。辜鸿铭在一个似乎谁都可以欺负中国人的时代里，以此告诉世界，中国这个古老东方文明深厚的文化传承。直到今天，《中国人的精神》一书仍是西方一些主流大学汉学系里最重要的课程之一，无人可以超越。李大钊曾盛赞他："愚以为中国二千五百余年文化所出一辜鸿铭先生，已足以扬眉吐气于二十世纪之世界。"

可惜的是，辜鸿铭虽有超越局限的视野，却受困于时代潮流，他在历史改革的浪潮中，固执地全盘坚守传统文化，留下了许多令人诟病的言论。他以茶壶和茶杯比喻夫妻关系，坚持男人多讨小老婆才是社会稳定的基础，又偏爱三寸金莲，鼓吹女子应当裹小脚。最终，累得他一生声名毁誉参半。

那一年，辜鸿铭仍是懵懂少年，临行苏格兰之前，他的父亲让他在祖先牌位前焚香跪拜，郑重告诫他："不论你走到哪里，都不要忘了你是中国人。"多年后，辜鸿铭一身洋气做派重回故土，他站在时代的风口浪尖，以一己之身，逆流而上，捍卫了中华文明的尊严，保存下传统文化的火种。他说："许多人笑我痴心忠于清室，但我之忠于清室，非仅忠于吾家世受皇恩之王室——乃忠于中国之政教，即系忠于中国之文明。"

蒋彝：中西文化交流的"哑巴"使者

　　1927 年，上海街头出现了一种洋饮料，有着奇怪的颜色和味道，还有个更加奇怪的名字——蝌蝌啃蜡，你们猜到是什么了？是的，就是现在我们非常熟悉的 Coco Cola。一开始这种奇怪的饮料在中国销量很差，第二年，该饮料公司公开登报，用 350 英镑的奖金征集中文译名。最终，一位身在英国的中国人蒋彝击败了所有对手，拿走奖金，他提出的方案就是至今被广告界公认为最好的品牌翻译名——可口可乐。

　　而这位译者蒋彝是一位曾经在西方有着极大影响力的华人作家，在海外，他的名字与林语堂并列。在英国，只有他和老舍两位华人的故居被挂有蓝色标牌，说明属于伟人故居的保护项目。牌子上写的是"艺术家、作家、'哑行者'"。这位 1903 年出生在江西九江的年轻人做过中学老师、省教育委员会委员，还当过县长，却在 30 岁的时候自费来到英国，从此用写作和绘画来向西方介绍中国，成为西方世界的"中国之眼"、中国文化的国际使者。

　　蒋彝，原名仁全，字仲雅，5 岁丧母，15 岁丧父，由祖父母抚养长大。小时候的他曾跟着擅长丹青的父亲学习绘画，15 岁时就能帮人画罗汉、观音等。他的四叔当时请了知名画家教他自己的儿子画画，小蒋彝就跟在旁边偷师。蒋彝虽然没接受过专业的绘画训练，但从小的耳濡目染以及对中国画技巧的勤奋学习，使他日后能够用"画记"这种集诗、书、画、文、史、印于一体的特殊表达方式，在世界文坛独树一帜。

大学毕业后，蒋彝先在中学当老师，后担任省教育委员会委员，参与制定教育新制度。北伐时，他投笔从戎，改名蒋怒铁，1928 至 1932 年，蒋彝先后担任安徽芜湖县、当涂县和江西九江县县长。生性耿直不阿的蒋彝因为抵制美国石油公司通过贿赂在九江非法置地，得罪了国民党政府当权者，而被迫辞去九江县县长的职务。此后不久，在兄长的帮助下，独自去往英国谋生。

也就在这时候，蒋彝给自己取了一个笔名——"哑行者"（The Silent Traveler），意思是一个不会说话的漫步者。这里的"哑"一方面因为在仕宦道路上的曲折让蒋彝领悟"言多必失"的道理，另一方面则是到了其他国家，不懂其语言和文化，只能做个哑巴。蒋彝的英文确实不好，曾经参加过公费留英考试，就是因为英语成绩不佳而被淘汰，后来自费去英国之初，英语亦是蹩脚，胸前常别一纸牌，上面写着英文："请告诉我，旅馆在哪里？"

已经 30 岁的他只能从头学英文，仅仅用了两年时间就出版了第一部英文著作《中国绘画》，这本著作乃是配合 1935 至 1936 年在伦敦的英国皇家艺术学院举办的"中国艺术国际展览会"而出版的。这次展览会是中国文化珍宝在海外的首次大型展出，也是皇家珍品自清政府瓦解后在公众前的首次集中亮相，引起了西方社会的强烈震撼，42万从世界各地赶来的观众躬逢其盛。图文并茂，以西方视角介绍中国艺术的《中国绘画》因而受到英语读者的极大欢迎，问世后一个月内售罄，随后在英美一再加印，引发了英语世界的极大阅读兴趣。

蒋彝在担任英国伦敦大学亚非学院中文系教授后，立志将中国艺术传播到西方世界。由于《中国绘画》获得的极大成功，蒋彝计划着手撰写向英语读者介绍中国文化的第二部著作《中国书法》，但出版社认为中国的书法艺术太过抽象，不了解中国文字系统的西方人恐怕很难接受。在蒋彝的一再坚持下，出版社最终还是同意出版了，《中国书法》于1938年问世，一开始果然被出版社言中，销售惨淡，几乎为零，因为其出版时间正逢二战爆发前夕，1940年到1941年，伦敦又遭受轰炸，人们在这种环境下怎么还会有心情读书呢？到了1942年，也就是《中国书法》出版的四年后，事情竟然发生了戏剧性的改变。圣诞前夕，大批美国士兵登陆英国后，将《中国书法》作为圣诞礼物寄回美国，连作者蒋彝都未曾料想到自己的书有朝一日竟会成为节日礼物而大受欢迎，原本的滞销书再度成为畅销书。二战之后，《中国书法》多次重版，在美国、德国和澳大利亚等国大为流行，甚至时至今日，许多英语国家的大学仍将此书作为中国书法课程的教科书。

之后，蒋彝把关注的目光转向了游记类文学，开始以中国之眼来认识世界。第一本《湖区画记》因为篇幅过短，再次被出版社喊停，蒋彝提出自己可以不要稿费、版税，只要能出版就行。结果《湖区画记》意外畅销，又在第一个月内全部售罄，此后"画记"成为蒋彝这位"哑行者"的专属名片，他开启环球旅行，走遍了五大洲80多个国家，先后出版了12本《画记》，包括了伦敦、牛津、巴黎、纽约、波士顿、日本等。和一般游记不同，蒋彝坚持用中国的眼光去发现不同地方之美，达成东西方文化之间的共识。例如，在《伦敦画记》中，蒋彝用自己画的18幅中国风绘画作为插图，还用20幅中国书法来展示20首中国旧体诗；他看到波士顿龙虾的残忍做法时，想起了孔子说的"君子远庖厨"；当他漫步巴黎街头，看到路旁的杏花时，又让他回想起故乡庐山脚下的杏林。蒋彝描绘出来的图景和笔下所写的城市气象对西方人来说也是一面镜子，他们从中重新发现了原本可能熟视无睹的东西。

1955年，蒋彝应美国哥伦比亚大学文理学院院长之邀，赴哥大东方语言文学系任教，并于1956年在哈佛大学为优秀生荣誉学会（Phi Beta Kappa）做公开演讲。这个演讲活动每年都会邀请世界最知名的文学艺术大师来演讲，蒋彝是第一个登上这个演讲台的中国人，在他之前唯一受邀的亚洲人是印度诗人泰戈尔。在美期间，蒋彝获得了美国人文艺术科学院院士的称号，同时，他还是英国皇家艺术学会会员。

1975年，蒋彝受邀来到中国，这是他阔别祖国42年后，首次回到故土，蒋彝在国内参观游览了两个月后，回到美国的他发表了介绍祖国新貌的文章《重访祖国》《哑行者访华归来话今昔》，随后两年，他又撰写了人生中最后一部游记《重访中国》。

两年之后，他第二次回中国访问，此时的他已经是 75 岁的高龄，他有两个愿望，一个是回中国定居，另一个则是着手写《中国画记》和《中国艺术史》两本专著。为此，他不顾年迈体弱，走访 11 个省市，参观了龙门石窟、秦始皇陵、马王堆、殷墟等众多历史名胜古迹，却因结肠癌复发，于 1977 年 10 月 17 日在北京首都医院逝世，10 月 26 日在北京八宝山公墓举行追悼会。遵照他的遗言，将其骨灰葬于庐山脚下的马迴岭公墓。这位漂泊异乡大半生的"行者"终于能够一偿夙愿，叶落归根了。

蒋彝一生旅居海外近半个世纪，出版了 28 部英文著作，西方学者称蒋彝为"向英国读者介绍中国视野，尤其是中国绘画和书法的最重要的作家"。蒋彝的作品 20 世纪 30 至 70 年代在英美国家拥有相当多的读者和粉丝，其游记文学所呈现的独特风格在世界文学史上影响深远，却一直以来在中国国内鲜有问津、默默无名，这种情况直到近年来才有所改观，其画记作品陆续被翻译出版。这位自称"哑巴"的异乡人最终通过自己的笔端，使自己成为中西文化交流的使者。他认为"人类种族之间不存在本质区别"的观点也对我们今天思考中国文化如何"走出去"带来启迪。

孙瀛洲：给故宫捐了二十卡车文物的农家子

有人评价说："为故宫捐献做出最大贡献的有两位——一位是捐书画的张伯驹，一位是捐瓷器的孙瀛洲。"张伯驹先生出生显赫，本身就是富家公子哥。可是孙瀛洲先生却是一个地地道道的农民的儿子，最后他给故宫无偿捐献了 3000 余件文物，装了整整二十多辆卡车。他的人生不可谓不传奇，他从农民到伙计，从伙计到古玩店老板，从古玩店老板到文物鉴藏大家，从文物鉴藏大家再到文博工作者，这一路走来，既有发现宝物时孤注一掷的时刻，也有着为国家捐献毕生所藏的爱国情怀，为我们勾勒出一位文博先驱的不凡一生。

孙瀛洲，1893 年出生在河北冀县一户普通农民家庭，14 岁时为糊口，来到北京，开启了"北漂"生涯，一开始在一家家具店当学徒，后来又在"同春永""聚宝斋""铭记"等古玩铺做学徒。他聪明好学，又吃苦耐劳，很快就积累了古玩鉴赏的知识。学徒期满后，他在店里担任采办、司账的重要工作，慢慢也懂得了如何经营古董买卖。

羽翼渐渐丰满的孙瀛洲终于在自己 30 岁的时候，开了一家自己的古玩店，取名"敦华斋"，没过几年就成了北京城数一数二的古玩店，以经营明清瓷器为主。鼎盛期，光学徒就有二十多人，每个月交易的古玩多达几万件，所得的银圆、金条每月都要用木箱子抬去存银行。孙瀛洲也慢慢成了"孙四爷"，不但积累了足够的财富，在明清官窑瓷器领域也成为公认的鉴定行家。

孙四爷虽然已经坐拥万贯家财，可是仍不改勤俭节约的本性。自己穿着朴素，也不愿给家人们多添衣裳，往往是大孩子穿新，二孩子穿旧，女儿戴的手套甚至是用袜筒改的。在吃上面就更加是能省就省，完全不讲究，他甚至规定一周只能吃一次肉，每次最多二两，而且必须切得越细越好，这样就能多夹几筷子。在出行方面，家里只有一辆自行车，孙瀛洲几乎从不坐人力车，更别提小汽车了。小女儿有小儿麻痹症，行走不便，孙瀛洲也不舍得雇一辆人力车，而是让儿子每天背着妹妹上学。

可如果你因此觉得孙四爷是个抠抠搜搜的人，那就错了。他在那些难得一见的稀世古董面前，可是一掷千金，眼睛都不眨一下。20世纪40年代初，北京正处于日伪时期，经济萧条，不少清宫的遗老遗少们只能通过变卖典当那些原藏于深宫的宝物来维持生计，孙瀛洲常常会去当铺碰碰运气。有一次，当铺老板神秘兮兮地在他面前打开了一个锦盒，里面放着的正是传说有点风就能刮跑的薄胎成化斗（dòu）彩三秋杯一对。上面画着蝴蝶飞舞在山石花草间，颇有秋日之美。成化斗彩是明朝成化时期烧造的一种彩瓷，因为工艺极其复杂，存世量很少，故历来就是瓷器收藏中的最顶端。2014年，一只成化斗彩鸡缸杯被拍出了2.8亿的高价，鸡缸杯的存世数量可能还有十几个，而这对三秋杯则是目前全世界范围所见成化斗彩瓷器中仅存的，其价值不言而喻。有人估价，这对杯子如果现在放在市场上，最起码可以卖40亿人民币。

慧眼识宝的孙瀛洲表示自己诚心要买，当铺老板开价40根金条，少一点都不卖。40根金条是个什么概念呢？当时一根金条能在北京买座院子。40根金条几乎花光了孙瀛洲全部的积蓄，也还不够。可就这一次，常年粗茶淡饭、连一两块钱的肉都舍不得吃的孙瀛洲，毫不犹豫地以天价买下了这对小杯。回到家后，孙瀛洲立马把这对宝贝妥善保管起来，并且秘不示人，就连家人都不给看。

1956年，中华人民共和国成立后的第一任北京市市长聂荣臻有一天来到了孙瀛洲的古玩店。孙瀛洲见市长到来，当即打开了保险柜，将秘不示人的明朝成化斗彩三秋杯呈现在市长面前，并表示国宝最好的归宿应该在故宫博物院展出，愿意将自己一生的全部收藏，连同这对价值连城的三秋杯无偿地捐献给祖国。

就在捐赠的前一天晚上，孙瀛洲把家人都叫来，一脸自豪地说："那对三秋杯，我要捐献给国家了，你们还没有见过，今天就给你们看一眼，以后在咱家就看不到了。"随后从里屋拿出这对绝世珍宝，这是孙瀛洲的家人们第一次见到这个让家里倾尽所有，甚至债台高筑的宝贝，而且同自己家中另外3000余件文物一起被送往故宫博物院了。其实早在1950年，孙瀛洲已经为了支持抗美援朝，把店里的古董进行义卖，将所得的上百万元悉数捐给国家，还将自己的两个儿子送去大西北支援边疆建设。

据故宫博物院的文物账目统计，孙瀛洲捐赠的文物数量高达3000余件，其中陶瓷器2000余件，尤多珍品。除陶瓷器外，还有犀角、漆器、珐琅、雕塑、佛像、家具、料器、墨、砚、竹木牙骨、青铜、印玺等多个门类。其中有25件被定为国家一级文物，也就是"国宝级文物"，其中，32件犀角杯在数量上仅次于香港收藏家叶义。一直以来都有"一两犀角，十两黄金"的说法，据孙瀛洲家人的说法，解放初，北京的犀角杯都在孙家。当时为了搬运这些文物，故宫博物院出动了十几位专家到孙家清点了一个多月，前后动用了二十多辆卡车。

之后，孙瀛洲被故宫博物院聘请为研究员到故宫工作，1957年，在他和陈万里的指导下，将院藏陶瓷的年代、窑口、真伪进行逐件鉴别，再根据其历史、科学、艺术等价值划定等级。对于故宫博物院来说，孙瀛洲所做的乃是重要的奠基工作，功不可没。在整个工作过程中，早已是古陶瓷鉴定权威的孙先生仍旧是抱着谦虚和严谨的态度，每一件都是在听取大家的意见后，再说出自己的看法加以讨论，最后才做出鉴定结论。有时，对某些器物，甚至要看上三五天后，才做出最后定论。

孙先生在故宫博物院经手的瓷器多达数十万件，他还要根据上级的指示，到全国各省市考察、鉴定各博物馆收藏的瓷器。随着考古事业的发展，他与故宫陶瓷组的研究人员一起把自己的鉴定知识进行总结，先后发表了有关瓷器研究及鉴定的文章十余篇，至今对古陶瓷鉴定和研究具有重要的指导意义。他还毫无保留地将自己的知识和经验传授给年轻的陶瓷工作者，为保护文物和培养人才做出了突出贡献。1964年，孙瀛洲被选为全国政协委员。

晚年的孙瀛洲还是没有逃过"文革"的浩劫，最终含冤离世，享年74岁。但是恰恰因为他生前将一生所收集的文物捐献给故宫博物院，才让这些承载中华五千年文明的古代物质文化遗产得到了最佳的归宿，免于遭受厄运。这样的结局正是因为它们的上一位主人孙瀛洲真正懂得对文物的爱，不是占有，而是不惜一切代价保其周全，在漫长的历史长河中做好暂时的保管者。2003年是孙瀛洲先生诞辰110周年，为纪念孙先生在文物收藏、鉴定和研究方面所做出的杰出贡献，故宫博物院隆重推出"孙瀛洲先生捐献陶瓷"纪念特展，来缅怀这位一辈子爱祖国、爱文化、爱文物的文博界时代先驱。

樊庆笙：他可能是中国近代救命最多的人

如果没有樊庆笙，我相信在中华儿女的共同努力下，中国迟早也会具备生产青霉素的能力，也许这个零的突破也会出现在抗日战争期间——这个中国人最需要治病救伤药物的关键时刻，但历史是没有假如的。

在青霉素出现以前，肺结核、脑膜炎、炭疽、白喉等疾病基本无法治愈，甚至连轻微的伤口感染都可能要人命。青霉素的成功研制把人类抗击疾病的奋斗史，带到了抗生素治疗新时代。有人估计，因为青霉素的出现，人类的平均寿命被延长了 15 ~ 20 岁，人生七十古来稀，再也不是传奇。

在我国具备量产青霉素能力以前，一支进口青霉素的价格，相当于 0.9 克黄金。而在战争时期，进口青霉素的价格夸张到恐怖的状态。

1944 年 10 月，一批美国援助的青霉素运到我国，为了能合理使用这批药品，当时的卫生署联合军医署专门成立管理分配委员会，通过这个事件，我们能看出当时对青霉素有多重视。

在民间，进口青霉素的价格极其昂贵，甚至有一两黄金一支青霉素的说法。一两黄金值多少钱呢？据说在当时，二三两黄金就能买一套北京的四合院了。如果这种说法属实，买得起青霉素救命的人，绝不会是普通百姓。

这与我和我父辈记忆中的青霉素价格的印象严重不符。

这是因为1958年中国成功实现了青霉素规模工业化生产。第二年国庆节后，青链霉素降价34%，很快，20万单位的青霉素批发价格最低是四毛五，1960年降到三毛，1963年再降到两毛二，无数人因为青霉素获得了救治。

那么，青霉素是如何来到中国的呢？

1928年，英国科学家弗莱明在实验研究中最先发现了青霉素，但一直没有找到提取高纯度青霉素的方法，1939年弗莱明将菌种提供给了英国病理学家弗洛里和生物化学家钱恩。1940年青霉素被证实对链球菌白喉杆菌等多种细菌感染有确切疗效，作用远胜于当时流行的磺胺类药物，而且副作用更小。虽然这个研究成果距离临床应用还差得很远，但已经引起美、英军方的足够重视。1941年，在美国军方的协助下，弗洛里他们提取了青霉素结晶之后，又在一种甜瓜上发现了可供大量提取青霉素的霉菌，并用玉米粉调制出了相应的培养液。在这些研究成果的推动下，美国制药企业于1942年开始对青霉素进行大批量生产，1943年10月，美国军方签订了首批青霉素生产合同。到了1944年，青霉素的产量已经基本满足了美军和部分盟军及民众的医疗需求。

在战争年代，青霉素在世界反法西斯战争中挽救了大量英美联军，我见过一张盟军的海报，上面写着，他可以回家了，感谢盘尼西林。因为发现了青霉素及其临床效用，1945 年，弗莱明、弗洛里和钱恩共同荣获了诺贝尔医学奖。

正是在美国军方订购首批青霉素的 1943 年，美国威斯康星大学建立了研制青霉素的小组，这个消息让当时正在威斯康星大学读博的中国留学生樊庆笙兴奋不已。他早就听说过这种神奇的药品，十分渴望正处在经历日军侵略苦难中的中国能和美国一样，享受最新药物的帮助。

樊庆笙出生于 1911 年，是江苏常熟人。父亲是一名普通职员，由于家里孩子较多，虽然父亲收入不算低，但也只能艰难维持收支平衡。尽管如此，家人还是供他上了著名的苏州萃英中学读书。樊庆笙非常珍惜来之不易的学习机会，通过努力，他获得了保送金陵大学的资格，专业是森林学。大学期间，他几乎拿遍了学校的奖学金，并在毕业后，留在金陵大学任教。

1940 年樊庆笙所在的金陵大学农学院获得了一个洛克菲勒基金会提供的留美名额。为了能让更多的青年学者走出国门深造，经过协商，学院把奖学金一分为三，学习时长由三年改成一年，这样，就能有三个人出国学习了。樊庆笙正是这三人中的一个。此时，樊庆笙的妻子刚怀孕不久，正是需要家人陪伴的时候，但为了这实在难得的机会，他安顿好妻子后，只身前往美国威斯康星大学留学，并转到微生物学专业。

一年之后，樊庆笙学习期满，正当他带着满心的思念要回国看望久别的妻子和尚未谋面的孩子时，日军偷袭了珍珠港，太平洋航路全部被封锁，樊庆笙回不了家了。经过一番申请，樊庆笙又获得了洛克菲勒基金会提供的半年生活费。但没想到，半年之后，局势仍然没有变得更好，但樊庆笙的生活费已经用光了。正当他身陷窘境时，学校细菌系导师表示愿意资助樊庆笙留在威斯康星大学攻读博士。虽然导师慷慨地提出，樊庆笙可以提出所需生活费的数额，但谨慎的樊庆笙仅要求了刚能吃饱饭的额度。就这样，樊庆笙留在美国，继续读书，也正因为如此，才让他有机会接触与青霉素有关的一切。

1943 年下半年，樊庆笙接到了美国医药助华会的邀请，这是一个由美国生物学家范斯莱克和血库专家斯卡德以及许多医学专家发起的民间医药援华团体，他们想要捐赠一座输血救伤的血库给中国，并帮助培训到血库工作的医务人员，以此来支援中国人民的抗日战争。邀请信中还说，血库的筹建得到了纽约华人和中美国民的倾力援助，进展顺利，已于 1943 年 6 月 7 日，华人血库在纽约揭幕，而目前尚缺少细菌学方面的检验人才，希望樊庆笙能够参加。

这是一个能回国与亲人团聚的绝好机会，更是一个将青霉素带回祖国的契机。在与美国医学助华会会长的交流中，樊庆笙说服了会长，使对方认识到，对此刻的中国来讲，治病救人的青霉素和输血救伤的血库都是急需的。

就这样，会长帮他采购了研制青霉素所需的仪器、设备，还向他提供了两支青霉素菌种。威斯康星大学闻讯后，又赠送了樊庆笙一支。

这三支就是中国青霉素研制最早的三支菌种。

1944年2月，在纽约试运行了半年的"华人血库"的工作人员，携带着两百多箱共20余吨血库设备，连同医药助华会准备的足够两年使用的各种消耗材料，共计67吨，搭乘美军的一艘运输船启程，从太平洋返回中国。为了躲避日军潜艇的攻击，运输船绕道新西兰和澳大利亚南部海域，进入印度洋，到达印度孟买，再乘火车，经加尔各答到达里杜，最后乘美国的运输机，沿着世界闻名的"驼峰航线"飞越喜马拉雅山，终于在1944年6月到达昆明。7月12日，军医署血库在昆明昆华医院落成，至此，中国有了第一座血库。直到1945年8月15日日本投降，血库挽救了无数士兵的生命。一名军医的前线报告中写道："在战地救治中，接受过血浆输注的伤兵只有百分之一不治而亡，凡经血浆救治的伤兵，无一不颂血浆之伟大。"

当时的中央卫生署所在地，与血库有一街之隔，防疫处处长汤非凡正领导着团队研制青霉素，这与樊庆笙回国的又一目标不谋而合，汤非凡有相对丰富的经验和从印度辗转弄来的两支菌种，但缺少新技术和仪器设备，樊庆笙正好从美国带回来设备、技术却缺少经验，两个人的合作，使青霉素研制进度加快了。不久之后，青霉素在实验室内被制造了出来。

1944年年底，中国第一批青霉素面世，就意味着战乱中的中国，成为世界上率先造出青霉素的七个国家之一，尽管仅仅是小规模的产出，仍然挽救了许多前线士兵的生命。

抗战胜利之后，金陵大学迁回到南京，为了能够使青霉素早日投入量产，樊庆笙受聘于上海生化实验处，攻克青霉素生产中最关键的环节——青霉素菌种的筛选和培育，这时，他重逢了在美国的老朋友——回到国内先在北京协和医院工作，后来到上海生化实验处的童村。

正是在这个时期，考虑到想给自己一直研究的神药起个中国名字，樊庆笙提出建议叫青霉素，第一形态上这种霉株泛青黄色，所以取其"青"；第二是意义上，英文中词尾的"in"，在生物学上常翻译为"素"，于是，盘尼西林就正式有了青霉素这个中国名字。

中华人民共和国成立之后，国家建立了南北两个青霉素的生产基地，分别是上海第三制药厂和华北制药厂，而樊庆笙又回到了他的母校金陵大学任教，担任南京农学院复校后的第一任院长。

1998 年 7 月 5 日，樊庆笙离开了人世，享年 87 岁，据说在他病重被送到监护室抢救的时候，他的学生们忍不住对医生说："你们救救他吧，樊老可是我国第一个研制出青霉素的人。"这番话说出来之后，在场的医生和护士都愣住了，他们根本想不到，这个在病床上的老人，竟然就是他们每天都用来治病救人的青霉素的研制人。

吕碧城：活出自我的近代独立女青年

即使在今天，大龄女子如果不结婚，仍然免不了被家人催婚，然而在风气更为严苛的民国，却有那么一位大胆的女性，她不但不结婚，还放言说没有一个男人配得上她。最重要的是，当我了解了这位女性的人生经历，我会觉得她说得对。这个人是谁？她凭什么可以如此自信、大胆？她就是被盛赞为"近三百年来最后一位女词人"的"民国四大才女"之一的吕碧城。

1883 年出生于安徽的吕碧城家中是书香门第，但她少年坎坷，父亲在她十二三岁时就去世了，在那以后，吕氏族人就以吕碧城家中没有男丁可以继承家业为由，巧取豪夺、霸占家财，连她早年定下的婚约也被男方强迫退婚。无奈之下，吕碧城的母亲只好带着她们姐妹四人投奔当时在塘沽担任盐运使的舅舅严凤笙，从此开始了寄人篱下的生活。

20 岁时，吕碧城决心去天津城内探访女子学校。

女子学校对当时的中国来说还是个新鲜事物。

1900 年义和团运动之后，清政府在教育上提出了"兴学育才实为当务之急"的新主张，要求各省大力开办新式学堂。与此同时，西方新思潮的涌入让女性的自我意识开始觉醒，她们要求走出家门，拥有和男性一样的受教育权利，"张女权，兴女学"成为当时妇女解放运动的潮流。

这所学校就是在这样的时代背景下，由时任直隶总督的袁世凯督促，近代著名藏书家、后来在北洋政府担任教育总长的傅增湘兴办起来的。

吕碧城探访女子学校的这一举动遭到了舅舅的强烈反对，作为传统儒学教育培养出来的科举人才，严凤笙坚持封建礼教思维，认为女子应该恪守妇道，不可抛头露面。

面对舅舅的反对，吕碧城毅然离家出走，登上了开往天津的火车，可追求自由与梦想的代价是：从此失去舅舅家经济上的资助。后来听说，离开的那天，吕碧城其实身无分文。

正当吕碧城一筹莫展之际，她有幸受到天津佛照楼的老板娘收留，有了暂时落脚之处。然而吕碧城的出走，可不是为了换个地方继续寄人篱下。为了生存，她多方打听，探知舅舅秘书的夫人正巧此时住在《大公报》报馆中。于是，她立刻写了封言辞恳切的信向其求助。没想到，这封信被《大公报》的总经理英敛之看见了，他读了之后觉得此信文采斐然，兼之敬佩吕碧城生为女子，却有敢于冲破家庭桎梏的勇气，决心聘用她到《大公报》工作，就这样，吕碧城成为中国新闻史上的第一个女编辑，同时也是中国历史上第一位女性职业撰稿人。

连吕碧城自己也没有想到的是，她一鸣惊人，在报纸上发表的大量诗词作品，引发了文坛震动。人们纷纷打听这位名不见经传的作者是谁，著名的文学团体——南社也吸纳她为新成员，吕碧城声名鹊起。

　　得到肯定的吕碧城从此越发充满信心，她掉转话锋，开始大力宣言女性解放，接连撰写了《论提倡女学之宗旨》《敬告中国女同胞》等文章，其中说道："民者，国之本也；女者，家之本也。凡人娶妇以成家，即积家以成国。"又说，"有贤女而后有贤母，有贤母而后有贤子，古之魁儒俊彦受赐于母教。"前者是呼吁社会提高女性地位，而后者则是要求给予女性平等的受教育权。更令人敬佩的是，吕碧城不仅仅在报纸上为女权解放增加舆论力量，她还亲自筹办女学。

　　1904年9月，在吕碧城等人的奔走下，"北洋女子公学"成立，虽然在创办时间上晚于中国近代第一所女子学校，却是中国近代真正意义上的公立女校。之后，她又出任已更名为北洋女子师范学堂的监督一职，这大约相当于如今大学的校长，于是吕碧城成为中国历史上第一位担任此高级职务的女性。

　　一时间，社会上出现了"绛帷独拥人争羡，到处咸推吕碧城"的盛况，吕碧城在无数女性心中，成为超级偶像般的存在。

　　在吕碧城众多的仰慕者中，有一位和她一样，堪称巾帼英雄，正是与她并称为民国"女子双侠"的秋瑾。秋瑾与吕碧城渊源颇深，她曾经也用过"碧城"两字作为笔名，但两人相见之后，秋瑾"慨然取消其号"，而吕碧城投桃报李，为秋瑾主编的《中国女报》写下了词锋犀利的发刊词。1907年，秋瑾在绍兴遇难，无人敢为其收尸，中国报馆"皆失声"，只有吕碧城，她冒天下之大不韪，想方设法为其安葬，又在灵前祭奠。后来，她还用英文写下了《革命女侠秋瑾传》，发表在美国纽约、芝加哥等地的报纸上，让世界为这位革命志士的舍生忘死而震动。

或许正是经历了太多的凄风苦雨，吕碧城感觉到个人的力量还是太过渺小，她希望能够从更大的格局上为女性争取到更多的权益。民国成立后，她出任袁世凯的机要秘书，后又担任参政院参政一职，但政坛的黑暗内幕让渴望一展抱负的吕碧城失望至极，最终，袁世凯野心昭昭的称帝阴谋让这位横空出世之后就从无败绩的女杰尝到了失败的滋味，她辞职离京，前往上海。这一次，她选择下海经商，短短两三年间，得益于上海经贸的迅猛发展，以及吕碧城本人惊人的经济头脑，她迅速累积起了巨大的财富，在上海静安寺路自建洋房别墅，过起了纸醉金迷的奢华生活。

才华已经被世人公认，颜值也曾被人追捧过是"民国第一"，在外人看来身份、地位、阅历、金钱样样不缺的吕碧城，似乎已经十分成功。但她并没有就此停下脚步，1918 年，吕碧城只身前往美国，在哥伦比亚大学攻读文学与美术，同时担任上海《时报》的特约记者，撰写其在美国的见闻。

学成归国后没几年，她又用七年时间游历欧美，并以此作书，命名为《欧美漫游录》，先后连载于北京《顺天时报》和上海《半月》杂志。1928 年，吕碧城在日内瓦创办了中国保护动物会，成为中国第一位动物保护主义者。后来，她决意皈依佛教，在家修行，法名"曼智"。1943 年，一代才女在香港辞世，遗命不留尸骨，火化成灰后将骨灰和面为丸，投于中国南海。至此，传奇落幕。

吕碧城并不是民国唯一出挑的奇女子，但她却是唯一一个完全依靠自己的力量登上中国近代历史舞台，并且留下了辉煌成就的女性。在那个时代，未觉醒的女性以夫为纲、以子为贵，她们终生被束缚在道德的约束中，不曾知道理想为何物，也不曾为自由独立而努力过。而已成名的那些女性，她们或是依靠父辈的显赫声名，或者依仗自身的姣好容颜，或因与名人的绯闻轶事而名噪一时。只有吕碧城，她既没有在国内接受过新式教育，也没有在成名之前就有留洋背景，她所有的名声都是由她自己经营出来的，她用自己的毕生向世人证明，即使是女性，也可以不依附任何人，做出一番成就来。

有意思的是，吕碧城是个洒脱的"剩女"，其实盛名中的她怎么可能缺少追求者？事实上，许多当时赫赫有名的人物都曾是她的爱慕者，清末名士易实甫、著名诗人樊增祥、袁世凯之子袁克文、李鸿章侄子李经羲等，但她有一段很著名的评价流传至今，她说："生平可称心的男人不多，梁启超早有家室，汪荣宝人不错，也已结婚，张謇曾给我介绍过诸宗元，但年届不惑，须眉皆白，也太不般配。我的目的不在钱多少和门第如何，而在于文学上的地位，因此难得合适的伴侣，东不成、西不就，有失机缘。幸而手头略有积蓄，不愁衣食，只有以文学自娱了。"

黄柳霜：好莱坞第一位华人女星

　　1905 年，好莱坞首位华裔女影星黄柳霜在美国洛杉矶出生，这位和中国电影同年诞生的女星历经无声电影、有声电影、彩色电影，在世界影坛名声卓著。然而，就是这样一位在电影史上有着不可或缺重要地位的明星，在中国却没有几个人知道她的名字。更为不幸的是，黄柳霜的一生都被矛盾与质疑所困扰。

　　虽然是美国影史上第一位华人明星，但黄柳霜的人生起点并不高，作为广东移民第三代，她的祖父是最早一批参与加州淘金热的华工，当时的华工是美国社会的最底层，生存环境相当恶劣。后来还是在黄柳霜父亲的努力之下，家里才在唐人街开了洗衣店勉强维持生计。所谓穷人的孩子早当家，黄家八个孩子里排行老二的黄柳霜自然也是小小年纪就要负担家务，而也正是这个机缘，让在店里帮忙的黄柳霜拿到了一笔客人给的小费，8 岁的女孩子在看了人生中第一场电影之后便萌生了明星梦，继而改变了她的一生。

　　当时的唐人街因为充满了异域情调和神秘感，十分适合营造气氛，所以受到早期好莱坞电影的青睐，成为热门取景地。每每此时，黄柳霜都会去片场观摩学习，久而久之，现场工作人员就注意到了她。得益于此，黄柳霜在 14 岁时获得了首次上镜的机会，在电影《红灯笼》里扮演一个无名的小角色，这部戏成功打开了她通往好莱坞的大门。自此，黄柳霜就以好莱坞独有的中国娃娃形象跑起了龙套。两年后，她争取到电影《人生》的演出机会，在片中展现出极高的表演天赋，并凭借此片在美国影坛崭露头角。时隔一年后，黄柳霜等到了让她一飞冲天的机会——出演好莱坞首部彩色电影《海逝》。

黄柳霜后来自己在回忆这部电影的拍摄时曾表示，其实当时的她并没有掌握多少演技，只是利用了自己对中国文化的了解、中国服饰元素的运用和中国人特有的表达情感的方式去演绎这个角色。而正是这种细腻又含蓄的表演风格让观众对黄柳霜的演技好评如潮，风头甚至一度超过了男主角，连一贯带有种族歧视偏见的美国影评人也给予她高度赞扬。

《海逝》的成功让黄柳霜在好莱坞的路越走越宽，没多久，她又受邀出演了电影《巴格达窃贼》，在片中扮演一个漂亮的蒙古女奴。别有用心的导演特意为黄柳霜精心设计了一个符合西方人胃口的东方女性的性感特写，这个香艳的镜头后来被印成电影海报传遍世界各地，一举成为当年好莱坞最卖座的电影之一。黄柳霜也一跃成为好莱坞炙手可热的当红女星，20 岁不到已经参演了十几部好莱坞电影，登上了主流电影杂志封面。

但与蒸蒸日上的事业相反，黄柳霜在美国的华人团体和国内同胞之间的评价却十分不堪。在当时美国社会普遍的观点里，中国人愚昧、麻木，尚未开化，这种根深蒂固的思想也同样落实到电影里，导致黄柳霜出演的角色无一不是负面形象，不是堕落的风尘女就是死于非命的苦命女人，不懂反抗，只会依附男性、屈从于命运。这样的既定角色非但阻碍了黄柳霜在演技上的进展，也让她饱受谴责，她出演的电影甚至在中国遭到禁映。

黄柳霜深知凭借自己单薄的个人力量是无法改变整个好莱坞对华人女性的定位的，于是她选择通过衣着、发型、气质等，重塑西方人关于东方女性的想象。但即使这样，在拍摄电影《龙女》时，天津的电影杂志仍对她的表演大加指责，说："派拉蒙又用黄柳霜的妓女形象来羞辱我们中国人了！"等到1932年，首部以上海为背景的好莱坞片《大饭店》在上海上映时，黄柳霜这个第二女演员的名字不仅在海报上被隐去，连她的剧照也未能在海报上出现，可见国人当时对她的厌恶有多么深。

深受误解的黄柳霜并没有退缩，她顶着巨大的压力继续发展着自己热爱的电影事业。1936年，由赛珍珠所写的诺贝尔文学奖作品《大地》筹备改编成美国电影，因为该片描绘了中国农民的善良与纯朴，所以黄柳霜尽了最大努力去竞选电影女主角阿兰，却最终落选，而导演给出的落选理由居然是她太过东方了。一部讲述中国故事的电影最后不是由最合适的黄柳霜去演，反而是白人女演员路易丝·赖纳出演，且她凭借此片获得了第十届奥斯卡影后。所谓"成也萧何败也萧何"，黄柳霜凭借着漂亮的东方面孔在好莱坞一枝独秀，但同样也是这张脸让即使已经红到发紫的她，依然没有机会当上女主角，永远只能是个配角。夹杂在美国强硬的种族歧视和华人高亢的民族主义夹缝之中的黄柳霜心灰意冷，在愤怒伤心之下，她决定暂时离开伤心地，回中国寻根。

这次的故乡之行令黄柳霜记忆深刻，她在给美国友人的信中写道："虽然中国对我来讲是个陌生的国度。不过，我终于回家了！"黄柳霜在上海受到了著名演员胡蝶、京剧大师梅兰芳等社会名流的热烈欢迎。面对国内媒体的采访，她坦诚自己演过许多有争议的角色，但她也很认真地回应说："那些角色即使我不演，也会有别的白人来演，反而更没机会维护华人起码的形象。"这种真诚的态度让一直对她颇有责难的人们逐渐对她改观。这次寻根之旅对黄柳霜意义非凡，增强了她对自己身份的认同感，令她从长期以来游离于中西方文化的飘忽所带来的困惑中解脱了出来。

黄柳霜回美国不久后，抗战就爆发了，她忧心如焚，多次在电影界、慈善界的宴会上发表演讲，呼吁美国人民积极支持中国抗战，并且把自己在中国购买的众多珠宝首饰全拿出来义卖，所得的义款一分不取全部汇回中国。1942年，宋美龄访美，在好莱坞发表演说，现场三万听众齐聚唯独没有黄柳霜的身影，因为宋说："黄柳霜代表的是只有洗衣店、餐馆老板、黑帮和苦力组成的旧中国人形象。中国还有大批受过良好教育的精英，他们才能代表中国人形象。"可想而知，这话对一心想要为中国做点事情的黄柳霜来说是多么大的打击。

事实上，黄柳霜在成名后就接替父母成了家里的顶梁柱，她用自己拍电影赚来的钱供养全家，资助兄弟姐妹读书，全家除了她以外都接受了良好的高等教育，做了宋美龄口中的那些"新中国人"。但即使这样，恪守中国传统观念的黄父黄母，认为黄柳霜始终就是个上不了台面的戏子，全然忘记了她的付出和牺牲。黄柳霜本也曾经拥有过炽热的爱情，也因为当时加州法律规定华裔女子不能与白人通婚被迫斩断。游离在东西文化中，却被双方都不认可，这种自我身份的认同和文化归属让黄柳霜一生都深受其苦。1961 年，她在孤独中死去。

黄柳霜这一生，原本可以凭借她的才华、聪颖，以好莱坞首位华裔女演员的身份创造出一个惊天动地的传奇，却因着身份问题，她取得的傲人成就被有意无意地淹没在历史之中。她去世后，好莱坞很长一段时期都再也没有出现过华人女演员的面孔，直到后来卢燕、陈冲、刘玉玲等人的出现才稍有起色。但即使在今天，能晋身好莱坞担纲主演的华裔演员仍是凤毛麟角。由此可见，黄柳霜在她的时代，能够冲破桎梏，立足好莱坞是多么值得铭记的事。历史，应当还给她一个公正且清白的评价。

第四章

品衣食住行：掀开古人日常生活的面纱

衣、食、住、行，是人们最基本的生活需要。

现代人有着丰富多彩的生活，

先进的科技让人们可以满足各种需求。

那么在生产力相对低下的古代，

人们的衣、食、住、行又是怎样的呢？

古人有哪些时尚穿搭？

时尚这个东西，我作为一个"钢铁直男"，恐怕远不如女性的神经灵敏。但如果我们聊历史，关于古代的时尚，我想还是可以交流的。

每个朝代的流行也许不太相同，但有一个总的原则，那就是：在大多数情况下，时尚流行是由上而下，或者是由外向内这样两种传播路径。

先来说说由上而下，在您印象当中，官员上朝的时候头上戴的是什么呢？清朝的官员是顶戴花翎，明朝呢？元、宋、唐朝呢？其实，要论起来，古人穿的衣饰包括头衣、胫衣、足衣等。当衣和裳放在一起来说，指的是上衣。

而头上戴的，主要有冠、冕、弁三种。冠，就是古代贵族男子戴的帽子，历代不同，冠又是冕和弁的总名称。冕，是一种黑色的最尊贵的礼冠，各位想想皇帝戴的那个前后带玉串的帽子，玉串叫旒，据说天子十二旒，诸侯往下递减。弁就是比较尊贵的冠，爵弁就是没有旒的冕，皮弁是用白鹿皮做的，尖顶，很像后来的瓜皮帽。冕和弁都是要套在发髻上的，中间穿一根比平时用的长一些的簪子，叫作笄。这种头衣只能在贵族中流行，老百姓只能在头上戴块布，叫作巾。这块巾更实用些，既可以当帽子裹在头上，干活时累了好像也可以拆下来擦擦汗。还有一种叫帻的东西其实也是头巾，只不过是贵族戴在冠、冕、弁里面的。

至于帽子，据说是没有冠冕以前的头衣。我们对古代帽子提得较多的，是乌纱帽，今天代指官位。头戴乌纱帽就是当上官了，乌纱帽丢了，就是被革职。据说东晋的时候就已经有乌纱帽了，隋文帝杨坚时期，因为作为皇帝的他爱戴乌纱帽，于是官场中上行下效，官员间开始流行起来。

唐太宗李世民时期，提出自今以后"天子服乌纱帽，百官士庶皆同服之"。于是大家都要戴。这种流行，就很符合由上而下这个原则。关于乌纱帽，还有个小故事。在宋朝时候，乌纱帽形制发生了改变，原来那两边装饰的布带是软的，下垂的，但在宋太祖赵匡胤登基以后，两边那两个软脚，挺起来了，在两边各加一个一尺长翅。为什么会发生这样的变化呢？

原来，宋太祖赵匡胤因为是武将出身，大臣们好多都是原来一起战斗过的兄弟。虽然他创造出了历史上堪称奇迹的"杯酒释兵权"。但是还有许多不够资格被剥夺兵权，却又原来和赵匡胤一起打拼的手下。您想啊，原来的兄弟、大哥、老领导突然成为高高在上、唯我独尊的皇帝了，有多少人能马上扭转思维，以对待千古一帝的姿态来面对赵匡胤呢？

这些人造反倒不一定行，但是上朝时，也就是皇帝开会时候，交头接耳讲讲话，就实在是难以避免了。

这事就像是大课堂上小声说话的人。不仅不太好说，还存在今天说了，明天还这样的情况，很容易搞成皇帝像小学一年级的班主任似的，天天上朝还得强调纪律，这太讨厌了。而且作为开国皇帝的赵匡胤又不是居委会大妈，总在这个问题上发飙，显得太低级。所以人家赵匡胤就通过改造乌纱帽，实现让大家不在上朝时聊天的目的。

有一天上朝的时候，突然先给这些大臣们发这种两边不再软塌塌垂下，而是支起来很长的乌纱帽，然后告诉大家以后必须戴这个帽子上班。

大臣们最开始觉得很新鲜，为什么这帽子是这样的呢？挺有意思。帽子戴上，一开会，这才反应过来：第一，是支棱起来的帽子约束着两个人之间的距离不能太近，太近容易相互扎着。这样你离得远了就不好意思再小声说话了。第二，就算你这样也还要和旁边人聊天，只要你稍稍一转头，你的乌纱帽就开始晃了，那无比显眼啊。皇上要点谁的名，指责他开会聊天，也没法赖账，因为你帽子上的翅膀还颤悠呢，你说你没说话，行吗？

从这以后，这种制式的乌纱帽就在宋朝流行起来了。

再来说身上穿的。

中国古代衣和裳不能放在一起说，衣就是指上衣。上衣又分短的和长的，短的叫襦。其实说是短，它也不短，那为什么这么叫呢？主要是区别于一直长到脚脖子的深衣。襦这种短衣是老百姓穿的，深衣那样中款或长款是贵族们上朝或祭祀时候穿的，老百姓碰上需要穿礼服的重要日子，也穿深衣。

这也就是我们看电视、电影、小说里，一身短打扮的，要么就是老百姓，要么就是会武的，而官员们的服装是长的。

这只是最外面的一层，里面还有罩衣，叫裯。再往里就是内衣了，古代贴身穿的上衣叫亵衣。宋朝女性的抹胸，明清时期的肚兜，都是亵衣的范畴。亵衣一方面要护住肚子，免得宽松的大衣服里进了风，另一方面之所以用"亵渎"的"亵"字，其实是说这层衣物离身体最近，因为贴身，所以汗泥沾得最多。

再来说说裤子和鞋。

裤子叫胫衣，就是腿的衣服。古代裤子最初是没有裆，只有两个裤筒，套在腿上，上端用个绳带系在腰间。和帽冠及衣裳一样，也分贵族与平民。贵族穿的裤装叫纨绔，纨是织造得很细致的生绢，"纨绔子弟"本来是指穿着好衣服的人，后来这个词被用来代指富贵人家不务正业的子弟。

按我们前面提到的，时尚由上而下传播的这个原则，这种衣服是很难流行起来的。

同理，鞋也是这样，皮的、草的、麻的等，都是要限定在一定阶层里的。若真说起来，时尚流行也只能在特定圈层里流行。

真正做到全民效仿的，在古代一方面得靠皇上下令，另一方面流行的东西要么是创新的，要么是外来的，正所谓"外来的和尚会念经"嘛，别的不说，单是新鲜这一条，就很容易吸引人们追捧了。

历史上有名的全民改变装束有著名的赵武灵王的"胡服骑射"，还有北魏孝文帝的"全面汉化"。当然了，这种命令在下达的时候，一定会遇到些阻力。毕竟改变习惯，是一件很难的事。

　　但有些时候，帝王是不支持穿着外来服装的，比如，宋徽宗政和七年（1117年），下令禁止女性穿钓墩，违令者"以违御笔论"，是要杀头的。能导致这么严重结果的，是什么样的衣服呢？这个"钓墩"啊，其实就是一种契丹式的服装。也就是北宋前期和中期最大的敌人的服装样式。从宋徽宗后来的结局我们可以推想出，他对契丹是一种什么样的态度，所以才会下那么严格的命令。

　　但是命令归命令，人们对美和实用的追求是禁不住的。所以越到后来，随着制衣材料、染料的不断丰富，老百姓在服装上的限制也越来越少。

没有钟表，古人怎么计时？

关于古人是怎么知道时间的，我听说过最魔幻的说法是"早起听鸡鸣，夜晚听驴叫"。清早公鸡打鸣，这是常识，晚上驴会应时而叫，这恐怕没有生活经历的人还真不了解。驴这种动物据说是当年赵武灵王胡服骑射后引进中原的。南宋时有个很受理学家朱熹推崇的人物叫罗愿，在他写的《尔雅翼》里有一篇叫《驴》，这里就说，驴夜里会叫，而且叫的时间是有规律的。原文说："（驴）率以午及五更之初乃鸣。"午，就是午夜，大约是夜里十二点前后。五更，是凌晨三点到五点。五更之初，估计就是三点来钟的时候。整体看下来就是，驴在那个时间段一般会叫。这事我求证了一下在农村生活过的长辈，他们说确实会叫，但是不是晚上准时准点，记不住。我估计宋朝的驴和现在驴生活环境不太一样，或者南宋时候的驴和东北的驴也不太一样。不管怎么样，这就算是早上和晚上大概能知道时间点了。但是白天想知道时间怎么办呢？东晋有个叫许逊的著名道士，在一本被某百科称为"集各类占卜之术之代表作的古书"——《增补玉匣记》里写了一首《猫眼定时辰歌》，也就是说在东晋，就有人会通过观察猫的瞳孔形状来判断时辰了。北宋时，沈括在写到欧阳修一次和吴育赏画时，也提到猫眼会随着时间变化而变化：一早一晚瞳孔都是圆的，中午以前逐渐狭长，正午变成一条线，下午随着光线变化，再恢复圆形。但是，咱也不能随时带只猫上街啊，想知道几点，在兜里一掏，把猫拎出来，扒开眼皮看看，这不等着被挠吗？

所以这办法呀，不能说没用，但是实用性不高，也没那么准确。

但是，古代老百姓大多数对时间的准确性要求还真不一定要那么高。

先秦时期有一首《击壤歌》，意思就是或手拍地或用脚踩大地，打着节奏唱的歌。歌词是什么呢？"日出而作，日入而息。"

你看，对普通农民来讲，就是天亮了干活，天黑了休息，中间干活的时间里，问现在是三点还是三点半啊？这样的问题仿佛无所谓，所以知不知道确切的时间点，也就显得不那么重要了。

但是对城市居民来讲，时间就很重要了。比如，我后面会在宵禁的那篇文章里提到，官府的计时体系到了一定时间，就要打鼓关城门了，这时候你和他说，没到点儿呢，我家猫眼睛还长着呢，你一定会被赶到一边去。

所以您看，这里面说明两个问题：第一，尽管在古代，相对发展得较快的城市居民，对时间的关注更多，到规定时间开关城门，其实是城市达到一定规模后在安全保障上的需要；第二，官方是掌握着时间标准的话语权的。对一直以农业为主要经济支柱的中国古代社会来讲，掌握农时，是顺应自然、取得丰收的基础。所以我们的祖先很早就注意到时间的概念，并创造出计算时间的方法和工具。

先来说方法，中国古代主流的计时方法有三种，其中我们最熟悉的是时辰。在古代，一昼夜被分为十二个时辰，如果对应现在的 24 小时制，就是一个时辰是两个小时。

这是怎么算的呢？就是子丑寅卯，依次排列。其中子时是几点呢？是现在夜里 11 点到凌晨 1 点。各位您发现没有，在古代人的这种计时观念里，一天，是从半夜 11 点开始的。这个概念和现在的一天从夜里零点后开始，是如此接近。

那么，怎么确定这个时间呢？古人会使用一种叫作圭表的工具，这是一种由平行于地平面的圭和垂直于地平面的表组成的工具，作用是测量太阳的影子。由于我们国家处于北半球，使用的时候，表在南，圭朝北，然后观测太阳光在圭上投射的表的影子来确定时间，一天之中，表投在圭上的影子最短的时刻是"午时正"，也就是现在的中午 12 点整。于是，时间就这样被确定下来了。圭表更厉害的功能是可以帮助确定节气。一年中，表在正午时投在圭上的影子最短的那一天是夏至，最长的那一天，是冬至。

但是尽管用圭表定下了正午，可一年四季太阳升起和落下的时间是不一样的，剩下的时辰，要怎么细化呢？比时辰更细致的时间又怎么知道呢？这就说到第二个计时方法——刻。

像一昼夜被古人分成 12 个时辰一样，刻也是以一昼夜来作为一个轮回的。一昼夜，是一百刻（一刻等于今天 14.4 分钟）。

确定刻，用水漏。它一般是由铜制的漏壶，配件包括箭标（刻有刻度的标尺）、箭舟（就是会浮在水面上的浮标）、壶盖。

使用的时候，把水均匀地注到漏壶中，箭舟会随着水位升高而升高，水满到了一定刻度后，均匀地放水，然后观测。通过箭舟一点点下沉所指向的刻度，来计算细致的时间。学者考证，汉朝时漏刻计时的精确度就已经达到了一昼夜，误差只有一分钟左右的水平。

一昼夜百刻的计时方式一直到元明时期，有人开始使用回历的一昼夜九十六刻的计时方法，这为后来普遍使用西方人的24小时制打下了基础。其实据说我国在魏晋南北朝的时候也曾经使用过24时制，只是不知后来为什么又不用了。

第三个要讲的算法，是"更"，这是专属于夜晚的计时单位，从晚上7点算起，把一夜分为五更，大约也是两小时一更。这部分和前两个我讲到的计时法是有重叠的。比如，三更，是夜里11点到次日凌晨1点，也就是子时，所谓三更半夜嘛。"更"再细化，就是"点"，古人把一更分成五点，每点相当于现在的24分钟。按这个算法，三更两点，就是夜里11点48分，快接近午夜了。又因为古代有夜晚在街上巡夜报时的人，他们报时的办法是敲鼓，所以"更"也被称为"鼓"。不过，这个说法后来没怎么延续下来，因为现在，我们也常会称呼晚上为某单位值夜班的人为"打更的"，过去叫打更的，可我们不会叫他们"打鼓的"。

民间还有一些不那么精确的计时工具。有一种据说是晋朝僧人惠远发明的计时工具，叫莲花漏，它像一个漏了底的小船，把它放在更大的装有水的容器里，水会慢慢漏到莲花漏里面，像破船会慢慢下沉。如果莲花漏的大小、底下洞的大小都适当，它可以正好一个时辰沉到水里。

除了这种用水计时的，还有用火来计时的方式。过去看电视、电影、小说里面常提到一炷香的工夫。可是一炷香的工夫是多久呢？这要根据香的质地、粗细还有燃烧环境来算。要是在大风下，多粗的香也会很快烧完的。我在查找资料的时候，还看到有能烧12个时辰的香，这让我很惊讶，第一个念头是，那得多大啊。但仔细研究了一下资料，才惊讶古人玩法厉害。他们把香磨成细末，然后用模具做成弯弯曲曲像迷宫一样的造型，这样香没占多大体积，但是长度却增加了许多。更绝的是香上面，会覆盖相对应的盖子，盖子上还能有刻度，这样就能从香燃烧的进度看到具体过去了多少时间。

我还查到古埃及人，测定时间的工具也是日晷和一种用石头制作的水漏。在大石槽的内壁刻着刻度，外边刻着与时间相关的神的造像。也是通过观察流水来定义时间。

那中国人是从什么时候起使用西方的小时、分钟、秒的计时方法的呢？据记录，在崇祯历书中就直接使用了这个西化的单位。有学者认为，顺治二年也就是1645年，为翻译方便、学术交流时，正式地使用了西方24小时计时方法。后来随着晚清时期，西洋钟表大量流入中国，这种计时方式就在中国流传开来。

在辛亥革命以后，我国的民族工业有了一些大的发展，1915年山东烟台成立了第一家民族资本的机械制钟工厂——烟台宝时造钟厂，1931年更名为德顺兴造钟厂，生产的是宝牌座钟和挂钟。之后在上海、广东、天津、浙江等沿海地区相继出现了工业化制钟企业和手表配件厂。中华人民共和国成立以后，尤其是1954年国家第一个五年计划，推动了中国钟表业的快速发展，1955年天津试制成功我国第一只手表——五星牌手表，不久之后，上海、天津、北京、丹东、南京、广州等地先后由国家投资新建起了一批国营手表厂，到了1958年天津、上海等表厂就开始量产手表，并投放到市场。老百姓对时间终于有了准确把握的机会。

没有导航，古人出门怎么认路？

没有导航古人出门怎么认路呢？答案其实可以非常简单，就是走大路。为什么呢？因为大路都是官方修造的，方向明确，指示清晰，不遇到特殊情况，不容易走丢。

但您千万别以为这个答案就可以完美实现在古代进行跨城之旅。举例说明，我如果告诉你，我的工作室在长春下了高速南口，再往东南走 15 千米就到了。你怎么找？

是的，官道是国家的主干道，这样的道路是很难辐射到具体目的地的，人们总是要告别大路，走一段不那么好走的路的。

而且，中国的版图并非恒定不变，如果你感兴趣，可以去找找中国古代历朝疆域图。你会发现不仅朝代会变，路名会变，城市的位置也会发生变化。

有些地方曾经繁华但后来没落甚至荒芜，道路也就随之而经历了车水马龙和门可罗雀。如元朝的上都，今天再去，就完全是遗址，不了解内情的人，会以为就是土包连成片了。

回望历史，因为每一个朝代的建造能力、观念不同，对路的修筑也有不同的重视。总的来说，越接近现代，理论上路就修得越好，人们出行就越方便。

其实，人们出行的观念也随着时代的发展而变迁。最初的官道，也不是为了方便百姓出行而设的。

如秦直道，是秦始皇统一六国后，为阻止和防范北方匈奴的侵扰，令大将蒙恬率30万大军用两年时间修筑的南起陕西林光宫，北至九原郡麻池古城（今内蒙古自治区包头市西南孟家湾村）的一条南北长达700多千米的一条军事通道，它是当时咸阳通往北境阴山间最捷近的道路，大体南北相直，故称"直道"。而在秦始皇统一六国后第二年（前220年），修筑的以咸阳为中心的、通往全国各地的驰道，路中间则为专供皇帝出巡车行的部分，这说明这些道路都是为秦的中央政府实现对全国各地更好的守卫和治理而服务的。

所以官方修建的道路，主干线都是以都城为核心，向其他的大城市，以及地方上最主要的行政中心辐射，然后再以其中一个相对较大的行政区域为核心向更低一级的地区辐射。

从这个关系上我们可以推理出一个结论：主干线和都城向外的道路是最好的，越接近末端，道路的状况就可能会越差。

我们曾经学过这样的观点，过去的权力阶层，是不希望百姓的流动性太强的。这除了有管理技术不先进带来的考虑外——如果人员流动太大，地方税收和治安都会受到冲击——其实也有过去行路实在是一件不太方便的事情，成本太高，会消耗大量的人力和物力，不利于生产和生活的原因。

这种思想反映到现实生活中的典型，既体现在《论语》中的"父母在，不远游，游必有方"，也体现在唐代都城入夜后的宵禁制度与城里市和坊严格区别的规划上。

而如果一定要上路的话，首先要解决的，就是往哪走、怎么走的问题。先选通向目的地的官道，顺着大路把方向找对。

大路其实很好认，古人在筑路修桥的时候，有一套规定的标准动作，在《国语·周语》中就记录"列树以表道"，什么意思呢？就是在道路的两旁种树，这个树的意义，就是告诉你，这是人工修建的道路。像我刚刚提到的驰道，《汉书·贾山传》中讲，秦驰道在平坦之处，道宽五十步，在隔三丈的距离会栽一棵树，用以提示。

行人走在这路上，方向基本不会错。

可如何知道自己走了多远或走到哪里了呢？

古代经常会在交通要道，或者在主干道上设立邮亭、驿站和里堠碑、界堠碑等提示标志。虽然前两个都主要是为官方传递信息或执行公务提供服务，不对百姓开放的，但百姓毕竟可以看到，也可以去问个路。里堠碑和界堠碑就更有用了，里堠碑，顾名思义，就是计算里程的，碑与碑之间，有一个大致的距离，并会在碑上标识这些信息，像今天国道和高速公路旁的指示牌。界堠碑主要提示你现在身处何方，这些都能帮助行路人获取信息，便于自己掌握行程。

遇到一些要离开主路通往别处的岔路口，古人也会立上石碑来介绍岔路通向的地区和方向。

如果你要去的是一些人迹罕至的区域，连这种碑都没有，那你就只能找向导或自己碰运气了。

再来说地图，如果你幸运地在驿站买到了靠谱的地图，对行路是有极大帮助的。明朝时驿站会出售《一统路程图记》，据说这是记录十分清楚的路线图。可是，明朝以前怎么办呢？

《古杭杂记》中记载，南宋时有《朝京里程图》，凡是要到都城临安的人，都要购买这个地图，用以方便自己向都市行路。

但这是都城，所以您注意到了吗？有确切的道路指示的，要么是距离今天较近的朝代，要么是标识都城的。若论起小城小县来，别说是古代老百姓拿不到，即使是现代，我也只在小时候，在从事交通工作的父亲的书架上看到过一本，这种书还算是专业性书籍，要到书店的专柜去买，一般人用的都是在书报亭买到的针对某些大城市或旅游景点的地图。

而且，还有一件和现代不同的事情是：古代地图的绘图远达不到今天地图的精度。区位与区位之间，只是标注个大概的意思。想要完全按地图行路，是十分困难的事。

而一旦走错路，对古人来讲，是件非常麻烦的事。因为，他们主要靠步行。

虽然步行走得慢，看上去好像即使走错了，回头路也不一定很艰难、遥远，但走得慢也意味着找到驿站、里堠碑的速度也慢。您可以想象一下，走了好远才发现错了，要再回去，重新再走，对于远道行路的人，是件多么崩溃的事。

对了，您是不是在对我刚才讲的古人出行靠双脚走这件事进行想象时，想的是类似徒步健身一样的轻装上阵？

这是不可能的。

古人在路程开始之前，要准备的第一件事，就是要预估好一路上的吃食，并准备好。

庄子曾经说过，去近郊要提前准备三餐，去百里以外要连夜舂米，去千里之外则要提前三个月备粮。

您想想看，徒步还得带着这些粮食，出行还会是那么浪漫的事吗？

别急，您是不是也联想到换洗的衣服、睡觉的铺盖、喝水的碗、做饭的锅等一系列的东西？这回明白为啥唐僧师徒西天取经要四个人了吧，这是需要你挑着担，我牵着马，大师兄还得负责安保的基本配置。

这虽然是小说故事，但古人出行，特别是出远门，还真不是一个人能完成的事。即使是历史上真实的玄奘，一路上也有人提供帮助。

我国著名的旅行家徐霞客在每次远行的时候，都会雇上至少一个仆人。除了负担行李外，在漫长的旅途中难免会有头疼脑热，这时相互之间的照顾就很重要了，还有旅途中的解闷交流，极端情况下人多总要比人少更有安全感。

在塞万提斯的《唐·吉诃德》中，主人公已经落魄成那个样子了，还得有个随从，这不仅是骑士的颜面，更重要的是随从很实用。

说起唐·吉诃德，我们能想起他那匹又瘦又老的马，古人出行的时候，可不可以乘车或骑马呢？

说起来在中国，一直到元朝，许多人出行的主要交通工具都是牛车。马是达官贵人才有的座驾，老百姓想都不用想。老子那么厉害，出函谷关时不也只能坐在牛背上吗？

所以离今天越远的古代，你越会发现，如果不是有极重要的事情要出门，一般人既难以承担出门的消费，也不容易接受路途的艰辛。

对了，还有水路，在通常情况下，水路都是由比较熟悉这段航路的人来进行摆渡或承载着从 a 点到 b 点的运输工作，选择这样的水路出行，迷路的可能性比较低。

但这仍有局限，在熟悉地区以外的水域，找不着北也是分分钟的事，15 世纪哥伦布发现新大陆不就是典型的没找对路吗？

古人多长时间洗一次头发?

古人多长时间洗一次头发?这可是一个挺有意思的问题,因为即便在现代社会,人多长时间洗一次头发,都没有一个明确的标准。有的人一天洗一次,有的人是两天洗一次,有的人可能时间更长一点,并没有特别的规则。只是广告里总是提示你要每天洗至少一次,当然后面会提示你一定要用某一款洗发水或生发灵。和这种资本驱动下的商业广告行为比较起来,在古代,一向讲究规矩的古人,还真就约定过洗发的日期。

儒家十三经之一的《仪礼·聘礼》这一篇中,就明确提出"三日具沐,五日具浴","沐浴"这两个字,是什么意思呢?在现代的话语体系里,就是"洗澡"嘛,那不就顺便把头发给洗了吗?

但是中国古代语言,讲究的是一字一意。许慎在《说文解字》当中,是这么解释这两个字的,所谓"沐"是洗头发,"浴"是洗身上,"洗"是洗脚,"澡"是洗手。

造个句吧,比如,碰到寝室同学,问,干什么去?回答说,洗澡去。现代人都明白是什么意思,但同样的话,在古代的含义就是我洗洗手洗洗脚去。

当然,儒家经典有很多时候讲的是一种比较理想的生活状态,所以究竟古人真正是多长时间洗一次头发，也许真不太好说。

《汉书》里有一个词叫作"休沐"，从字面上的意思来说，就是休一个洗头假，像今天的法定假日一样。宋元之际，著名史学家胡三省给《资治通鉴》作注的时候写道，"汉制：中朝官五日一下舍休沐"，意思是说汉朝的官员，是每五天给你一个洗头发的假期。这既说明汉代官员对卫生状况要求高，也说明他们福利待遇好。

不过，假如不用这一天来洗头发似乎也没人能发现，《汉书·毡光传》里记录，毡光动不动就请个假，言称要洗头发去喽，然后让同僚来替他做工作。显然，毡光不太可能逃班去洗头，所以看起来，要想弄清楚古人多长时间洗一次头，还真不一定是一件很容易的事。

而且，古人洗头之麻烦，也是限制了他们频繁清理自己的重要原因。

有多麻烦呢？先来说水。

古人洗头也得用热水啊，但是热水可未必就很容易得到。

您还记得白居易写的《卖炭翁》吗？一个老翁，辛辛苦苦在山中烧炭，然后把炭推到集市上去卖，结果没想到，被黄衣使者白衫儿用极低的价钱把炭抢走了。所谓黄衣使者白衫儿，其实就是宫内的宦官。当初我们在学习这篇文章的时候，老师会讲，这篇文章通过描写卖炭翁的遭遇，深刻地揭露了宫室的腐败本质，对统治者掠夺人民的罪行给予了有力的鞭策与抨击，讽刺了当时腐败的社会现实，表达作者对下层劳动人民的深切同情。

各位有没有想过，一个宦官为什么要去抢炭呢？只能说明炭在当时是稀缺物资，烧炭并不难，但是假如炭稀缺了，那一定说明树成为稀缺物资，也就是说，在白居易所生活的时代，长安附近的树木资源，已经比较匮乏了，连皇宫里的宦官都把炭当作好东西来抢占。

那么，如果你生活在那时候的长安，拿什么来烧水洗头，而且是三天洗一次呢？这是古人洗头第一个难题，热水不像现代人这么容易且价格低廉地获得。

第二难，是古人缺少便捷的洗涤剂，如洗发水、润发露、香皂这类产品。那古人用什么洗头呢？有用皂角的，这是一种植物，把经过处理的皂角放在水盆里反复揉搓，或者碾碎，等它溶到水里之后，再把那个沉淀下来的杂质捞出来扔掉，剩下来这种黏稠的液体，就是皂角溶液了，用这个洗头，去污性很好。但皂角有个问题，就是它的味道非常大，于是有人也用木槿叶、茶枯来洗头发。茶枯是油茶籽榨油之后的残渣，并不是现代人泡过的茶叶。

刚刚说的这些洗发用品，听起来还都算靠谱，其他的比如用草木灰，其实大多数是用灶膛里的柴火灰，有钱人家用暖炉里的炭灰，东晋葛洪的《肘后备急方》里说过，用各种草木灰来洗头发，效果是比较好的。还有人用淘米水或发酵的米汤来洗头。

第三难是什么？那就是洗头的姿势。现代人习以为常的椅子是汉代传入的胡床在唐代时的升级版，但它真正流行起来是在宋朝。在这之前，中国人的桌、凳都很矮。那么，如果不洗澡的情况下，怎么舒适地洗头呢？如果你是有钱人，当然会有侍女帮忙，可如果你是穷人，那可太难受了。基本上，水盆要么放在地上，要么放在不高的小案几上，而你，需要跪在地上洗头，那姿势想想都很难受。

难怪大多数古人没办法每天洗头发。

可是不洗头发，难道不会痒、有味道、不清爽吗？

如果你真正了解古代老百姓的生活，就会发现，自己想得太天真了。岂止是这些，还会长寄生虫呢！

我小时候见过家里有一种齿非常密集的梳子，大人告诉我，这叫篦子，是梳头用的。事实上，篦子作用不只是梳头发这么简单，人们靠这东西把生在头发上的虱子和虮子梳理出来。虱子咬人吸血，虮子是虱子的幼虫。当时我问为什么不洗啊？老人们说，过去没有香皂那些化学清洁剂，单靠洗是洗不干净的，即使这次清洗得彻底，可是衣服、被褥到处都有可能藏污纳垢，再生出虱子来是很常见的事。

这段描述真是怎么想怎么别扭，古代人洗头发的障碍这么多，难怪他们不怎么洗。

没有冰箱，古人怎么存储食物？

这又是一个最开始想当然，查资料后十分惊讶的选题。其实您也可以先用过去我们学过的知识去试着回答一下这个问题：没有冰箱古人怎么存储食物呢？

最初，我的答案是两条：第一，挖个坑，把菜放在里面，坑里温度低，空气流通差，相当于天然的冰箱，小时候，我那住在平房的亲戚家里几乎都有这种菜窖。第二，用具有防腐功能的盐、糖、酒什么的腌制或泡制那些想要存储的食物。

比较这两个方法，第一个，存储时间相对短，但是能尽量保持食物的原味。第二个，存储时间长，但是食物的口感和味道都发生了很大变化。

这就是我最初想到的答案，和您想的一样吗？

但根据资料记载，我们的祖先远比想象中生活得更精致。先来做个归纳总结，古人存储食物的方法，大约分为五类：

第一类，是降温保温类，就是我说的挖菜窖那种方法。但是古人还想到把食物放在井里，或放在冰窖里。至于古人哪来的冰，我简单介绍一下南方是怎么得到冰的，您就明白了。在冬季，南方朋友把相对薄些的冰叠在一起，洒上盐水，一层盐，一层冰，直到薄冰变成像北方的冰那样厚厚的样子，就可以深埋在地底的冰窖中，等需要的时候取用。

另外，在我国明朝末年的小冰河期，整个中国的年平均气温都比现在要低，夏季大旱与大涝相继出现，冬季则奇寒无比，不光河北，连上海、江苏、福建、广东等地都狂降暴雪。虽然这种极端的气候变化使粮食大幅度减产，由此引发社会剧烈动荡，人口锐减。但这样，即使是南方，想得到冰也不是太难的事了。

第二类，是调味品腌渍类，这一点我也想到了，主要是用盐、酱、醋、酒、蜜糖来进行腌制。比较典型的代表食品，肉类有火腿、腊肉；蛋类有咸鸭蛋、皮蛋；蔬菜水果类就更丰富了。今天最著名的火腿恐怕要数浙江的金华火腿了，据说金华火腿之所以出名，除了腌制手法好以外，其原料也与众不同。据说，明朝时，当地人养猪是用白饭养猪，从不让猪吃不干净的食物。早晚用糠屑来喂，时不时还煮粥喂食，夏天要喂瓜皮菜叶等新鲜时令饲料，冬天要喂热乎的食物，既不让猪饿着，也不让猪冻着。您看，这简直像是把猪当宠物养，这样养出来的猪，据说肉细味香，不同别处。但这还不是最好的，当地最优质的火腿，原料出自水上人家。他们会把打鱼得来的细碎水产喂给猪吃。猪吃了这些，用今天的话来说，营养更均衡，肉质也就更不一样。用这样的原料制作出来的火腿，被称作"船腿"，是当地最好的产品。

再来说说腌制蛋，当人类饲养的家禽达到一定数量时，产的蛋吃不完，就得向外售卖。但问题是，蛋很容易变质，邻居也和你一样，住在水草丰美的地方，你家的蛋吃不完，隔壁家的蛋也吃不完，所以就近卖了，利润也很低。为了能提高蛋类的保质时长，人们发明了咸蛋。可咸蛋再好吃，毕竟略显单调。人们在尝试着对咸蛋改良的过程中，把鸭蛋和老酒糟一起加盐腌制，发明出了糟蛋。据说乾隆年间，浙江地方官吏还曾经把糟蛋作为贡品送给皇帝。由于腌制的配方调来调去，皮蛋就被发明出来了。关于皮蛋，还有一个小故事：传说江苏吴江县黎里镇有一个小茶馆，这个茶馆的主人养了很多鸭子。既然是经营茶馆，每一天都会有一些茶根儿，过去处理垃圾不像现在这么考究，茶馆老板图省事，就每天把喝剩的那些茶叶底子，倒在烧茶的柴火灰里，积累到一定时间之后，再统一打扫。有一天他在打扫的时候，在这一堆柴火灰里面，发现了几枚不知道放了多长时间的鸭蛋。这时候，鸭蛋皮上已经没有光泽了，茶馆老板是头一次见到这种样子的鸭蛋，也挺好奇，就想打开看看。结果发现那个蛋里边已经凝固了，乌黑透亮，蛋白上还有松针状的花纹，尝一口，发现味道很独特，因为蛋的外皮看起来坑坑洼洼，很像是牛皮，于是就取名叫皮蛋。

腌蔬菜就和刚刚提到的肉和蛋的方法完全不同了。古人是怎么既借用盐分来让菜保鲜，又没让腌制的菜太咸，同时又保持风味的呢？大多数蔬菜的腌制方法，都会分为两部分：第一部分，是先用盐把菜做成半成品，这一步是为了保鲜。第二部分，是根据自己不同的喜好进行口味上的调整，比如说，可以放酱里，做成酱菜，也可以直接加盐做成咸菜，还可以用糖醋来腌，用酒糟来腌，用蜂蜜来腌。

过去我以为东北的酸菜就是腌制菜的"王者"了，但一查资料，才发现，其实各地都有地方上的"腌菜之王"。

比如说梅干菜，秋天快来的时候，把吃不完的青菜，用热水焯过后晒干，放在瓷器里，等到来年夏天，把这个菜用温水泡一下，再把水挤出去，用香油拌好后，铺在米上，直接蒸熟。饭菜都齐的话，还可以用这菜来炒肉，想想那味道就很好吃。

还有笋，夏天可以做糖腌笋，方法是先去净皮，然后下锅煮熟，按口味加入酱油和糖。调好味后，用小火炖，不追求一次炖干水，而是炖一炖停一停，等汁水全熬干后，再把这笋捞出来晒干，放在瓷器里面，想吃的时候拿出来就可以了。还可以腌咸味的，把鲜笋去皮，加盐下锅，煮法和前面说的一样。熬干汁水后，已经燃尽了柴火灰的余温，将笋焙干。

第三类，干藏。就是用晾晒、烟熏、阴干等方法，把食物里的水分排出去，由此保持食材不变质。

第四类的结合，分别是密封类。就是用泥、油等把容器封好口，隔绝食物与空气的接触，从而起到保鲜作用，比较典型的是茄鲞。因为《红楼梦》的盛行，让很多人觉得，茄鲞是有钱人吃的，今天看来这道菜不很奢华但是一种很麻烦的小菜。

《红楼梦》里，是这样写的："你把才下来的茄子，把皮剶了，只要净肉，切成碎丁子，用鸡油炸了，再用鸡脯子肉并香菌、新笋、蘑菇、五香腐干、各色干果子，俱切成丁子，用鸡汤煨干，将香油一收，外加糟油一拌，盛在瓷罐子里封严，要吃时拿出来，用炒的鸡爪一拌就是。"

您听这一步步的做法，最后哪还能吃出茄子味呢？

其实茄鲞有农家做法流传下来。把茄子煮到半熟，取出来压扁，放点盐腌两天，然后拿出来晒干，再放入适合口味的卤酱，一宿之后，放到瓷器里。

最后一类存储方法，是我觉得最厉害的，依照食物相生相克的属性，用许多特别有趣的方法来储存食物。

比如说枣，把新鲜的枣放在锡瓶子里，封好，挂在井里，到冬天时再取出来吃，新鲜得如同刚刚摘下来一样。

再比如，存储梨，把它和萝卜放在一块，一个梨，一个萝卜，一个梨，一个萝卜，这样摆放，但注意别让它们挨着，就这么放，可以存很长时间。还有一种更有意思的办法，就是把梨的把儿，插在萝卜上，这样梨也可以存储很久。

说到存储水果，怎么能忘了果脯蜜饯呢？

蜜饯的做法其实运用了糖的保鲜功能。蜜饯这种说法，始见于明万历二十一年（1593 年）成书的《宛署杂记》。在万历朝以前，蜜饯本来是写作蜜煎或是糠煎，意思是，在蜜或糖的辅助下，把食材里水分熬出来制作的甜食。蜜饯在制作时，还会用到石灰和白矾，石灰用来防腐消毒，明矾则具有保持果品的硬度和脆度的作用。

对了，还有我们熟悉的果丹皮，这是清朝出现在陕西的食物，这是为了能时刻方便吃到山楂等水果所发明出来的一种办法。做法是先把果子放在锅里面煮，出汤汁，把残余的渣滓过滤出去后，用很小的火慢慢地熬成浓度很高的膏状物，再把这个膏摊在一个大而平的器皿上，等到水果膏凉了以后，自动就凝结了，剩下的步骤，就是大口往嘴里塞吧。

您看，在冰箱普及以前，我们的前辈们通过上面提到的五大类方法以及将其打乱，重新组合产生的多种多样的手法，不仅能够吃到跨季节的食物，还吃得很丰富多彩。虽然随着对饮食健康的要求不断提高，人们对腌渍食品的需求不再像过去那样热衷，但了解这些古人生活的历史，无疑让我们再次感叹古人改造自然的生存智慧和超乎想象的创造力。

古代有哪些餐桌礼仪？

估计大家小时候都被长辈教导过吃饭的礼貌，不能用筷子在盘子里翻找菜，不能用筷子敲碗盘，拿筷子的手势要规范好看，等等。这些贯穿在我们生活里的细节其实是我国悠久历史中礼仪文化在日常活动中的体现。

礼仪在群体活动中有多重要呢？

刘邦刚当上皇帝的时候，那些和他一起打天下的老哥们，往往因为是江湖出身，经历过南征北战后，在礼貌上都不那么太讲究。他们在宴会上对歌伎动手动脚的，醉酒撒泼的，一高兴拔出佩剑到处乱砍的，闹闹哄哄，搞得刘邦很郁闷，可又不好意思说什么。说实话，我觉得他也不知道该怎么办。

这时，一些儒生就给刘邦出主意，用儒家的方式，搞礼仪训练，果然经过了一段时间后，朝廷宴会时，秩序井然。

看到这样的场景，刘邦感叹："哎呀，今天我才知道当皇帝，是一件多么尊贵的事情。"

春秋左丘明所著的《左传·隐公·隐公十一年》记载："礼，经国家，定社稷，序民人，利后嗣者也。"但是，今天讲的"礼"既然是餐桌礼仪，那咱们还真得围绕着餐桌来说。

我们现在日常使用的这种高腿餐桌来到中国，已经有1000多年了。在这之前，我们的祖先用的都是矮桌，类似于大家看《红楼梦》里提到的那种可以摆在炕上的桌子。因为桌腿矮，人们都是跪坐在席上吃饭。受这种姿势限制，即使使用筷子也不可能夹到摆放得很远的菜，所以，那时候的宴会，都是把菜分成小份，吃饭的时候一人一个小餐，菜品放在自己面前的那个小桌上，自己吃自己的，这吃法，今天叫分餐制。

无论是分食还是合食，吃饭这件事从最初开始就不是一个人完成的。人们在一起吃饭的经验越来越丰富，于是关于共同进餐的种种礼仪，是非常注重彼此间的感受的。

既然要坐在一起吃饭，先来说说排座位。

在高脚圆形的饭桌没有流行起来以前，宴会用的是长方桌。

如果是一个朝南的饭堂，桌子南北向摆放，那么桌子西侧那一排第一个位子，就是最尊贵客人的座位。

西面，被认为是客人的方位，与之相对的东面，是主人的位置，今天我们经常说"东道主"，包括"东家"这个词，都是由这个观念衍生出来的，都是主人的意思。

最尊贵的客人安排完了，第二尊贵的客人，挨着坐就可以了。

最北面的位置是家中长者的位置。如果家里的长辈愿意出来与客人一起吃吃饭，聊聊天，那么他就要坐在这个面南背北的位置上。

如果分不清南北，古人大多数情况下是以右为尊的。还是以长条桌为例，入门正对着的那个是长辈位置，他的右手边是客人位，左手边是主人位。

这个习惯后来延续到今天的聚会上，有种说法，正对门的那个位置是买单人的位置。其实，就是餐桌上身份最尊贵的人的位置。以他为中心点，右手边是客人，左边是主人，说起来这才是真正买单的人吧。

还有一种圆桌的座位分配是一位客人配一位陪客，这样穿插着围坐。

入座之后，就该吃饭了，但是您先别急，最开始上的菜，是不应该吃的。跟今天许多非常讲究的宴席一样，过去的餐桌上不是每一道端上来的食物，都能吃。好些是摆盘儿看样儿的，您可以联想一下饭店上菜时，为摆盘好看放上的盘饰。比方说用萝卜雕个花啊，用西红柿黄瓜做个造型什么的。虽然是能吃的东西，但通常不会有人去吃。

不吃干吗呢？要是在宋朝，主人要先提一杯酒，欢迎大家。致过迎客词后，主人会提议先干一杯，但他不会先干为敬，这和现代不一样。主人会请最尊贵的客人先喝，因为客人们也都经受过相应的礼仪熏陶，会十分配合。依次把酒喝下。请注意，这个要按座位顺序喝，早了不行，晚了也不行。东道主是最后喝的那位，这样第一巡酒就结束了。这杯酒显然是为宾客们开胃用的，主人的酒一下肚，菜就一道一道地端上来了。

这时候上的虽然是用来吃的菜，但还真不能直接开吃，还得等主人让让菜。而主人要心里有数，哪道菜上了就可以开吃了，时机一到，他会向宾客请菜。但主人让菜之后，也要先由主人动第一筷，或最尊贵的客人动第一筷以后，大家才可以开吃。

布菜也是有讲究的，根据《礼记·曲礼》记载，如果是一人一桌那种分餐式宴会，菜肴中凡是带骨头的，都要放在客人面前小桌的左侧。切好的纯肉则放在右边，主食要靠着人的左手一侧摆放。

那个汤和羹一类的放在右手边，烧烤的肉类放得稍稍远一点，醋和酱料放得要稍近一些。葱和韭菜一类的作料放到旁边，饮料酒水放在同一个方向。

主人动筷后，酒宴的餐饮部分就算正式开始了。在过程中，主人要再敬几次酒，有说法讲一般是三巡、五巡或七巡，当然客人也要回敬。

有人在致祝酒词时，别人是不能在底下继续大吃特吃的，要把筷子放下，做出认真听的样子来。

高级宴会有乐队奏乐，职业乐队会配合情绪演奏不同的曲目。

风雅一点的客人还会作诗，兴致到了还可以玩一玩游戏。

对了，关于餐桌礼仪还有一个特别好玩的事。在宋朝，如果你参加宴会，席间吃的那些干果的核是要随身带走，不能丢在餐桌上的。

我想这应该是体现客人涵养，不给主人多添麻烦的表示吧。

说到不乱丢东西，在古代西方人的餐桌礼仪上，不扔才是没有礼貌的表现。

　　我看过一个资料，说 16 世纪时有人提倡，欧洲贵族吃饭时的骨头要丢到地上给狗吃，如果放在桌子上，那是没有教养没有爱心的表现。

　　古罗马时期，只有孩子和奴仆才坐着吃饭，真正的贵族吃饭是不坐着的，他们躺着吃。这让我联想到，今天如果你到欧洲旅行，可以要求酒店提供床上早餐的客房服务，感受一下古代西方传统的贵族生活。不过要小心，点餐时尽量别点汤。

　　我记得以前看过一篇文章，说中国为什么没有发明出餐巾纸呢？是因为中国人吃饭的时候，用的是筷子夹菜，用勺子喝汤，常规用餐时几乎可以避免把手弄脏，所以没有餐后擦手的刚性需求。但西方人吃饭时的主食面包是要用手撕的，这就是他们必须要有餐巾，后来还发明出餐巾纸的原因。但其实，古代西方的贵族是不用餐巾擦手和嘴的，他们用的是桌布，掀起桌布的一角，把自己清理干净。这么干的原因不是为别的，只是因为相对餐巾来说，桌布更贵，不是什么人都能用得起的，所以当然要给客人看看主人是多么富有。

　　再来说说面包，过去贵族们吃饭时有一种垫在肉底下的、当盘子用的硬面包。这样做可以让面包充分吸收肉的汁水，更加可口。但一般情况下贵族是不吃这种面包的，只是用它来喂狗或施舍乞丐。

　　我有一种感觉，要是穿越到古代中国，如果仔细观察，我还能在用餐时尽量跟上当时人的节奏，但如果到古代西方，那可真是一个头两个大了。

话说回来，虽然现代人的生活非常注重实用性，但必要的餐桌礼仪仍然是需要一代代传承下去的。也许会持续到未来世界人类不会再聚集在一起吃饭的那一天吧。

遇到宵禁，却来不及回家怎么办？

读历史有一种快乐，那就是我偶尔会碰到一些过去想不通的事情的答案。不一定是大事，很多时候，是那种小到最初只是动了一个念头，后来都想不起来的问题。所以当我遇到答案时，就感觉不是我找到答案，而是答案找到了我。

比如，小时候读书或看电视，偶尔会遇到有人借宿的情节，不是《西游记》那样的荒郊野岭，而是在城市里朋友突然间的意外到访。当然，有时故事情节就在这样的意外中延展开了，但我在读到的时候是非常不理解的，首先想到的是为什么要到别人家去住呢？住了以后还出事，难不成是故意的吗？紧接着又想到，家里的主人为什么要接纳借宿的人呢？又不是他自己没有家，这不是烂好人吗？

直到后来我读了唐朝历史才想通，这很有可能是为了躲避唐朝那堪称中国史上最严格的宵禁制度。

正因为如此严格的宵禁，才缔造了我曾在"一年开放一次的唐朝夜市什么样"那篇文章里向朋友们介绍的夜市繁华。为什么元宵节那几天长安的夜市那么受欢迎呢？就是因为平时实行的宵禁太严了。而且在元宵节这一天，全国上下只有长安，才开放夜市。真应了那句话，"有约束的自由才是真正的自由"。

天天让你随便玩，就觉得没意思了，不知道玩什么了，只有从来不让你玩，然后突然让你有一天随便玩的时候，你才会觉得这一天的珍贵。

说远了，咱说这宵禁制度，其实历史悠久。从商周时期就有了宵禁令，那么，如果违背了宵禁制度怎么办呢？在《史记·李将军列传》中，记录了这样一段故事。有一回，李广带着一个随从到郊外与友人聚餐，酒喝得比较尽兴，回来的时候，过了宵禁的时限。来到霸陵亭的时候，他被亭尉呵斥住了。亭尉问："什么人？干什么的？不知道宵禁令吗？"李广可是著名的"飞将军"啊，随从就说了，"别吵别吵，这位是从前的李将军"。那意思就是，想要个面儿，让李广顺利通过。没想到亭尉说什么呢？"过去的李将军？就是现在的李将军也得遵守宵禁"，于是硬把李广给扣下了，当然了，将军的面子还是要给的，所以并没有怎么为难，只是让李广在霸陵亭待到宵禁解除。

请注意，这是汉朝，要是在唐朝，可就不一定这么简单了。被后世誉为"花间词派鼻祖"的温庭筠，就曾经触犯过宵禁制度，结果被巡逻人员打得满地找牙。

温庭筠非常有才华，但终其一生在科举方面都非常坎坷。无论温庭筠的诗词多么潇洒，他的做派多么风流，可在他心里，对于没能像其他有才华的人，甚至那些才华都不如他的人一样，堂堂正正地通过参加科举考试，最终取得官员身份这件事，始终是无法释怀的。

但他恃才不羁、喜好讥刺权贵的性格，却造成他对功名求之而不得的人生现实。

想得却不可得怎么办呢？心情郁闷的时候，他会用酒精麻醉自己，而我要讲的这次犯宵禁，就是酒后发生的事。

《旧唐书·温庭筠传》中记录大约在温庭筠50来岁的时候，有一回借了钱到风月场所去喝花酒，喝醉了以后，就忘了宵禁，或者说，因为醉酒，没在乎。总之迷迷糊糊地就在大街上晃荡起来，结果就被巡逻的兵员抓住了。但是您想啊，温庭筠都已经醉到不在乎宵禁了，在言语上还能和这些巡逻人员说明白吗？估计当时这个话语，已经很不堪了。于是，巡逻兵就把温庭筠给打了，据说打得还非常严重，牙都给打掉了。温庭筠毕竟还是有些朋友的，挨打后就去衙门告状。巧的是，堂上坐着的，正是他原来的老相识、自己铁哥们的爸爸——老宰相令狐绹。但是之前温庭筠得罪过令狐绹，所以也许是因为令狐绹还没消气，也许是因为当天温庭筠的表现实在太恶劣。总之，令狐绹既没有给温庭筠撑腰，也没有处理打人的巡逻兵，这事儿就这么过去了。

您看，即便是像李广这样的权贵、温庭筠这样的名人，在触犯宵禁的时候，也都得老老实实地眯着，普通老百姓就更得遵守制度了。

按唐朝的规矩，每天日落前七刻，执金吾会敲鼓锣，有说敲三百下的，也有说敲六百下的。不管敲多少下，只要是听到了这个声音，就是告诉人们不要在外面浪了，该回家了。敲几百下的时间很长，这段时间就是让人们用来回到屋子里的。鼓锣敲完，店铺关门、城门关闭，如果这时候还有人在街上晃荡，对不起了，前面提到温庭筠的遭遇就是您的榜样。

可这是为什么呀？如此严格的宵禁制度难道不是扼杀了城市的活力吗？亏大唐还号称开放，这难道不是对自由最大的限制吗？

可仔细想想，这恰恰是为了更好地开放。正因为大唐是个开放包容的朝代，所以在以长安为代表的许多地方，都有来自世界各地的商人。

语言、文化的差异会很容易引发冲突，而且这还没算上那些居心不良的不法分子。在交通能力和信息传递能力都有限的唐朝，为了保障大多数人的安全，维护国家稳定，宵禁几乎是成本最低的手段。

所以，直到第二天的五更时分，开门鼓敲响以前，人们是必须执行宵禁制度的。不过，凡事都例外，一些较极端的状况发生时，比如说，家里有人生病需要去看大夫，或者要去请大夫时，你可以先出门，遇到巡逻人员，如果你能将问题解释清楚，是可以在夜间找大夫救命的。

您还千万别觉得麻烦，严格的制度能得以执行，恰恰是国家机构统治力的体现，如果这个力量减弱了，往往意味着国力衰败。比如，晚唐时候，宵禁就松弛了许多。五代时期宵禁，更是进一步放松。再到宋朝时，民间商业空前繁荣，北宋时期的汴京城，夜市经济之繁华，把都市变成不夜城了。

您也许会问，宋朝这不是没执行严格宵禁吗？这不是也行吗？

一方面，和国家政策有关，唐宋制度在许多方面都有不同，另一方面，请您想想南宋是怎么来的。到了元明清三代，宵禁令卷土重来，而且更加凶猛，特别是明清时期，不仅仅会像唐朝一样关城门，就连在大街的交叉路口都要拦起栅栏，还要设关卡设卡房，就今天的话来说，就是岗亭，岗亭里面由官府的衙役看守着。这个制度一直延续到民国时期，在被炮火侵扰的那些岁月里，北平城的宵禁也时断时续。一个国家弱不弱，在入夜后的大街上都能看出来。

但是，尽管在中国古代大多数时间里，宵禁是严格的，但这个制度不是没有漏洞，这个宵禁，不是非要让人回家，享受甜蜜美满的家庭生活，而是要求人们不再逗留在室外，不能在街上行走，也就是说，如果你去找一家旅店投宿，或者像我开篇时讲的那样，到朋友家里去借住都是可以的。

顺着这个思路来，我们也就理解了，为什么古人约朋会友，有时候玩得晚了，就直接招待客人在家里住下，一方面是自身安全了，另一方面也不会违反宵禁制度。

宵禁制度是如此古老却又十分有效，直到今天，在一些国家和地区，当犯罪率上升，仍然会有人提议实行宵禁。而按照我们刚刚说到的道理，能不能顺利地执行宵禁，就要看这个国家的能力如何了。

皇帝吃的粽子是什么味道？

其实这个答案非常简单，粽子这东西，南方人流行吃咸的，北方人流行吃甜的。所以只要看首都建在哪儿，就很好分辨了。明朝朱元璋估计吃咸粽，而朱棣迁都北京后，朱明皇室的餐桌习惯也许会发生改变。

元朝皇室吃不吃粽子不太好说，但我知道清朝入关以前，是不吃粽子的。可他们也过端午节，吃的节令食物是一种叫椴木饽饽，说起来是用椴树叶包上黏高粱米，然后上锅蒸熟。是不是很像粽子？对，这感觉就是粽子的翻版嘛，为什么要用高粱米呢？这就和当时的地理环境有关了，东北显然不是糯米的产区，适合包粽子的芦苇叶也不那么易得。与其费尽心思从南方远路运输而来，不如因地制宜，开发出具有当地特色的食物，于是椴木饽饽就成为粽子代替品。

直到问鼎中原后，每逢五月初五坤宁宫还是会用椴木饽饽来祭祀神明。而皇上却已经开始在端午节吃粽子了。

这并不是皇帝嘴馋，而是因为清朝皇族本身就是少数民族，治理一个汉族这么大的疆域，总是有一些不自信的。元朝抗拒汉化的后果又是前车之鉴，所以清朝皇族力求充分融合，在允许的范围内尽量尊重汉人的生活习惯、宗教信仰、文化传统等。

皇帝当然要率先垂范，吃粽子看上去只是件习俗，其实和说汉话、写汉字、学经典一样，背后有着深远的政治考虑。

既然皇帝要吃粽子，那御膳房等机构就得准备充分点，绝对不能丢了皇家的气派。根据乾隆朝的《御茶膳房》的档案记录，一进五月，内宫要置办的膳食里，就都有粽子了。而且人家皇上吃粽子还得讲究规矩，一盘不能多也不能少，必须是 18 个。要是人多了，或是请客，论盘上就显得小家子气了，所以当时讲究叫摆粽方，一份粽方要摆 200 个粽子才行。话说这一定吃不了哇，怎么办呢？您先别着急，这还算不上多，等到了正日子，那粽子多起来，才叫壮观呢。

还是《御茶膳房》里记录的，为了制作粽子，有一年，用了糯米一千三百七十三斤九两、白糖五百七十七斤、奶油九十四斤、香油六十三斤六两、澄沙二十八斤八两、蜂蜜三十三斤四两、核桃仁四百三十五斤、晒干枣十七斤八两、松仁八斤七两、栗子十二斤、黑葡萄八斤二两。光听这些原料的数目就已经挺惊人的了吧，但这还没说完呢，不算包粽子的叶儿，光是捆粽子用的那个细麻绳，就用了十八斤。您想想，这得包出多少粽子。

宫里的粽子都是用糯米或者大米来制作的，包起来比较麻烦，所以御膳房人手肯定不够，于是每到临过节的时候，都得从别的部门调来许多帮厨的。要不然，那一方二百多个粽子顿顿往上摆，根本干不过来啊。

但您千万不要以为只要肯吃苦，日夜不停地包粽子煮粽子就能把任务圆满完成了，那是不可能的。皇帝没事会提各种要求，比如，吃包枣的、放葡萄干的粽子许多年了，腻了，今年想吃点新鲜的，管事的领导就得创新，但这个创新还要在规矩里——皇上吃的粽子造型不能变，馅料的风格不能变，据说当时的工作流程是这样的——要提前向皇上汇报今年粽子的口味、种类，皇上满意了才能向内务府造物处领取原料，然后开包。对了，忘了跟大家确定了，清朝皇帝吃粽子，都是吃甜的，所以，大厨们也只能在甜东西里做文章。不过您还真别说，御厨的确不一般，他们居然想到在粽子里包奶酪，也想到吃粽子不蘸糖，而是蘸各种蜜卤。珍妃的堂侄孙在《老古董》这本书里有一篇叫《清宫过端阳》的文章，里面就提到了宫里用民间吃不到的玫瑰卤和桂花卤蘸粽子吃。当然，也不是所有创新都能成功。溥仪被赶出紫禁城之前，有一回浙江遗老进呈 50 个火腿鲜肉粽子给端康皇太妃、同治的瑜太妃，两位太妃吃了以后很喜欢，就让御膳房仿制，可这时皇上的大清国已经亡了，御膳房也不像以前那样人才济济且资源丰富。一帮末代御厨琢磨了很长时间，试了好多回，都没做出让太妃满意的肉粽来。于是咸粽子最终也没在清宫里流行起来。

这一段历史暮气太重了，我们还是说回清朝国力鼎盛时皇上过端午吃粽子的事吧。清乾隆十八年（1753 年），这一年端午皇帝的餐桌上，摆了 1276 个粽子，皇后的餐桌上摆了 400 个粽子，剩下其他的参与节日聚会的重要皇室人员餐桌上的粽子，加在一起，有 650 个。这些粽子他们至多吃两个，也就是说呢，光是摆着看的粽子就有 2000 多个。

吃不了怎么办呢？皇上当然要妥善利用了，会把这些在自己面前摆过的粽子赐给大臣们。皇后和贵族们也会依样照办，要知道得到御赐的粽子，可不仅仅是荣光的问题，有多少人想试试皇上吃的东西到底什么味儿啊。

拿我来举例，你以为我不想想尝尝各国领导人的伙食都什么样吗？就像我们现在好奇皇上吃甜粽子还是咸粽子一样，我们都是好奇心很强的嘛。

关于皇上吃甜粽还有一个直接事例，有一次道光皇帝和大臣周文勤闲聊，聊着聊着就聊到了粽子，皇上就问，你吃粽子蘸不蘸白糖？对方说蘸啊，皇上又问，那你白糖多少钱买的呀？

请注意，皇上为什么没事问这么市井的话题呢？这是因为道光一朝，由于皇帝的平庸，朝政颓废，后宫贪污侵占之风恶劣。皇上自己也知道能力有限，但实在要为这个国家做点什么，只能从自己的吃穿用上节省。他节省到大夏天吃西瓜都舍不得，只能和皇后喝水解暑。

其实我们都知道，皇上就算啥也不吃饿死了，又能省多少钱呢？但皇上的账不是这么算的，《清稗类钞》上写了这么一个故事，说道光皇帝问潘文恭，市场上鸡蛋卖到多少钱一个。这本是再简单不过的问题，但潘文恭却因为怕得罪了宫内负责采买的宦官，没敢正面直接回答。后来还是皇帝自己解嘲说，自己吃一个鸡蛋，要 1200 枚钱。而这时候，据说，市场上的鸡蛋大约 8 枚钱一个。中间的差价，全让太监们私吞了。

正因为有这层考虑，我前面才说，道光皇上问周文勤吃粽子蘸不蘸白糖，白糖多少钱一斤买的，这个题目恐怕对周文勤来说，也是挖了个容易得罪人的坑。周文勤是怎么答的已经不重要了，我写这段道光皇帝与周文勤的对话，最重要的意义在于，它说明了皇上吃粽子是蘸糖的。

古人也爱吃烧烤吗？

2020 年美国一部关于谁做的烧烤更好吃的真人秀节目上线了，这让许多朋友突然眼前一亮，原来外国人也这么喜欢烧烤。

据说当年远征高卢的恺撒回到罗马时，欢迎仪式上的主菜就是在古罗马人厨房里，家家必备的，用石头建造、用红砖在外边做装饰、非常大的烤炉里烤出来的。

那时的烤炉之大，可以在炉膛里进一步分割成好几个小隔断，可以同时烤制不同的食材。

中世纪欧洲国王的厨房也非常大，据说，亨利八世把他位于汉普顿宫的都铎御膳房扩建成 55 间房子，占地 2800 平方米，有 200 个人在这里工作，每天供应 600 道餐。根据汉普顿宫的记载，伊丽莎白一世时期，御膳房每年要烘烤 1240 头公牛、8200 只羊、330 只鹿、760 头小牛、1870 头猪和 53 头野猪。

根据英国 19 世纪中期一位女仆——汉纳卡尔维克的日记记述，在圣诞夜的前一天，早晨起床之后，女仆们在厨房生火烹煮肉类，吃过早餐，就要整理主人的长靴子、磨刀并清洗早餐用过的餐具，接下来清扫马路和清洗门前的地毯，准备迎接访客，然后准备晚餐，烘烤明天要端上餐桌的烤鸡。

是的，全球各国各族人民，都爱吃烧烤类的食物。

这也许不难理解，人类饮食生活的开端是用火烧烤食物。所以，我们喜欢吃烧烤，也许是因为存在于我们基因记忆中对食物的理解，也许和好吃没有什么关系。

不过，问题是，从远古时期粗糙的烧烤到今天丰富多样的美食，中间到底经历了多久？古人吃的烧烤是什么样？这个答案可能远超你的想象。

在汉代以前，中国的烹调方法已经十分复杂了，肉类细切叫作"脍"，粗切成片叫作"轩"，去骨叫作"脱"，去鳞片叫作"作"，把碎米羹或汤里，让这一锅东西变成糊糊状，叫作和"糁"。

食物改变形状的方法越多样，做出的菜品越丰富。

记录先秦制度的《礼记·内则》当中，曾列举过八道食谱，分别被称作：淳熬、淳母、炮（páo）、捣珍、渍、为熬、糁、肝膋。

在八道食谱里，用到烤这种方法就有两道，比如"炮"，就是把小猪或者是羊的腹部剖开，清理干净内脏后，放入香料。用草包裹起来，外面涂上红色的土，再放在火上烧烤。直到这一步骤，是不是像极了我们常见的叫花鸡？但下面的步骤就开始复杂了。

等到泥干了后，要趁热搓去食材皮膜，再把豆粉加水揉好了之后，抹在上面，接着放到小鼎当中煎熬，鼎里面的油，要足够没过食材。同时还要再准备一只大锅，把里面放上热水，把盛着食材的鼎放到热水中。注意水不能跑到鼎里边去，三天三夜不熄火，直到肉炖烂，吃的时候，用醋和酱来调味。

虽然听起来就很费时费力，但是您也不必惊讶，《礼记》本就不是记录老百姓生活的作品。

不过，下面要介绍的"为熬"就相对简单些了。这手法很像我们今天吃的肉干，就是把牛肉先捶打一顿，去掉肉上面的薄膜和筋。然后再撒上各种调料，比方说，姜末、盐一类的。在食材入味后，要烤干了吃，如果是羊肉、鹿肉，也可以这么处理。如果不太爱吃肉干，也可以在食用的时候提前把肉干用水泡发，再和酱在一起煎熟。

我读到这一部分的时候，特别想到，谁说牛肉干是蒙古人发明的？

如果说起和今天烧烤最相似的，恐怕就要算西汉时期的烤羊肉了。其居然也是把洗净的羊肉块儿，排干水分之后，穿在竹签上，放在炭火上烤，连炉子都和今天的烧烤炉无比相像。不太一样的地方是，西汉烤羊肉块大，通常是一串上面是一整块肉，而且在羊肉烤熟后，西汉人是蘸酱汁吃的。酱汁是用米酒、盐、豆酱、茱萸调制而成，可根据各人的口味配成不同的风味。

这也难怪，因为今天流行的辣椒、孜然等调味料，那时候还没有传到中国。人们当然有符合当年食材特点的饮食方法。

除去调料促成口味的发展变化外，这段历史能帮助我们观察到食材从烹饪到入口，变得越来越方便了。今天的烤串，即使以块大著称的新疆大肉串，食材的大小，也被调整到可以一口吃下，而不必需要额外的工具再改刀。

如此一来，效率大大提高。

千万别小看了这一点点的变化，环顾我们现实生活中的用具、电视、HIFI音响、电话、汽车内的零件，有多少东西设计的都越来越小，越方便使用，这是人类制造能力不断突破技术瓶颈的体现。

不过，如果再说回吃，古时候就有，今天变得更方便的吃法，还有一种和烧烤一样深受人们喜爱的烹饪方法：火锅。

前面提到《礼记》中记载的六种烹饪方式里，有一种叫"渍"，这是怎么做的呢？首先，把新鲜的肉类，切成薄片，然后浸泡在酒中，腌一段时间。腌渍好之后，拿出来煮熟，蘸醋或者蘸酱吃。

各位吃友，不，各位听友，如果把刚刚那段用酒腌渍的步骤挑出来。再看这个过程，把肉切成薄片，煮熟了蘸调料酱吃。这不就是火锅吗？

今天在网上能看到一个说法，说火锅是蒙古人发明的，因为他们骑马打仗，炖煮大块肉类很麻烦，他们就把这个肉切薄，在锅里涮一下就熟了，这么吃很快，吃完了直接打仗去了。后来随着蒙古人征服中原，火锅也就传入到内地了。

对于这种说法，我只想提一个逻辑上的问题，再快的火锅是不是也得烧水、切肉、拌酱料？您知道鲜肉在没有被冻上的情况下，想快速切成薄片有多难吗？

再说，打仗之前不要准备粮食的吗？蒙古骑兵们日常吃的牛肉干、乳酪是备少了吃光了吗？骑兵的优势不再是闪电般冲来，打完就闪电般撤退，改成日日夜夜的长期战、消耗战了，对吗？

最后一个问题，如果您去过蒙古大草原的话，您会发现，那边的火锅，煮的还是大肉块儿呢。

当然，不抬杠的说，不能以上面的推测来排除火锅是蒙古骑兵在战斗中曾使用的方法，正如人类文明在很久以前是在世界不同地区分别发源的一样，没法说谁学谁，谁就是"始祖"。

但根据今天出土的汉代文物，我们能清晰地看到，在蒙古骑兵出现以前的千年，西汉就已经有火锅了，甚至还有九宫格和鸳鸯锅。

历年出土的画和石刻，这些文物还提示我们，汉代肉串烤的食材一点也不比今天少，兔肉、鹌鹑、知了、烤鱼等。甚至我们常在电影中看到的西方人今天常用的烧烤方式，用一根长叉子叉住鸡翅远远地送到火边烤的方法，西汉也用过。

这就像刚才提到的火锅之发明，文明在多点起源，早期人们可能都做过各种尝试，中国人的祖先用过刀和叉子，谁能说西方人就一定没有试过用小棍呢？但后来根据习惯或烹饪方式的不同，选择了最适合自己的那种，经过不断淘汰和演进，成为今天的样子。又或者古代人类在地球各区域间的交流，远超现代人的想象。毕竟历史不仅需要文字记录，也需要文物证明，有时，还需要合理地推演与想象。

清朝有什么"热门美食"？

旅行到各地，您一定很乐意尝尝当地的小吃，体会不同的风味。如果我们可以穿越，回到过去，那各个朝代有什么好吃的东西呢？今天，我们就先来说说清朝。

说起来，清朝好吃的东西太多了，与如今相比，煎炒烹炸等烹饪手法相差不远，而且，今天能够吃到的大多数食材，清朝都有机会吃得到，所以除了口味可能更接近现代人的偏好之外，菜品的数量种类也是历代中最丰富的。这件事情怎么量化呢？其实我们在皇帝的餐桌上就能够看出端倪来。唐代皇帝的御膳，一般情况下，一餐是九盘菜，凑一桌。宋朝的《玉食批》里说皇上有一顿饭吃了好多菜，有30道那么多。这和慈禧太后动不动一顿饭就100多道菜的排场比起来，差距简直太大了。

因为之前的介绍，所以我们知道，这并不能说明前代的皇帝勤俭节约，主要原因就是：食材变多了。

明末清初的时候，南美洲引进了很多的外来物种，而其中比较典型的土豆、番茄的到来，也让明朝人的餐桌丰富起来。可是这些食材的真正流行，恐怕要等到清朝了。比如番茄，虽然在16世纪就传入了中国，但最初是被当作一种观赏的花来种植的。直到 100 年以后，才慢慢地开始被食用，而食番茄的流行，恐怕是19 世纪的事情了。

中国古代有一个特别好玩的现象，就是凡是我们所能吃到的东西里边带胡字的，一般的都是两汉、南北朝时期从西域传过来的，比如胡椒、胡萝卜这些。假如带一个番字，一般情况下都是明朝以后传进来的美洲的农作物，比方说番薯、番茄，等等。而带洋字的，像洋葱、洋芋也基本都是外来的。

正是因为烹饪手法和食材的接近，对于今天的我们来说，清朝的美食更容易想象。特别是许多清人留下的笔记中，也记录了各地盛行的各类美食。即便放在今天，都可以称得上是"网红食品"啦！

依我个人的习惯，请人吃饭时，如果对方是上了年纪的朋友，一般会选择本国菜，无论是川鲁闽粤、湘沪杭港、安徽河南、新疆陕西、山西湖北等，本国的都说不过来了。总之，各有特色。如果请小辈，我一般会选择西餐，好不好吃不重要，形式新颖受孩子们喜欢。假如客人是同辈，我可能会请他们吃日餐、韩餐、东南亚菜，既有传统食材又富有国际感。不过，这些丰富的菜品，可不光是咱们现代人能吃得到，在清朝，一样可以吃得到。

比如河豚，早在魏晋南北朝时代，人们就已经发现河豚是非常棒的美味，只是因为河豚含有剧毒，不是每个人都有敢冒生命危险去品尝美味的勇气。但为什么到了清朝，爱吃河豚的人就越来越多了呢？难道清人不怕死吗？

这是因为，在明朝的时候，江苏常熟一位叫李子宁的人研究出了一个安全烧制河豚的方法，大大提高了人们吃河豚的安全指数。这才使得清朝的人能放心大胆地吃河豚。据说，李子宁的这个方法得提前一年做准备。首先制作烹饪河豚的酱料，要选取上好的黄豆，颜色必须纯正，据说假如说这个豆色不纯的话，哪怕是酱做好了，做出来的河豚也容易中毒。除了颜色有要求，碎的、坏的，被虫咬的全都不要。然后把精选的黄豆下锅，煮烂，搅拌入淮面，做成"酱黄"，再加上细盐，覆盖上纱罩，放在烈日下晒熟。最后把酱黄封在瓮里，贮存到第二年就可以用了。

除了酱料，宰杀河豚的手法也要很特别，河豚的毒液在肝脏、卵巢、鱼子和血液中，所以一定把以上提到的部位切下来扔掉。切的时候要非常小心，千万不能切破，让毒液沾到鱼肉上。处理过这些，还要把鱼肉比较肥厚的地方的血丝，用银针挑干净。为什么要用银针呢？因为古人认为银针可以验出有没有毒。把血丝都挑出去后，河豚还不能吃，要连头带肝脏整个丢掉。几道工序下来，河豚能吃的部分只剩下整条鱼的1/3左右了。但这还没完，接下来要把鱼皮剥下来，放在开水中余烫。用小镊子把鱼皮上面的刺拔掉，把鱼皮切成小方块，连同鱼肉一块去骨放猪油爆炒，炒香后，放入刚刚提到的河豚酱。千万别以为这样就大功告成了，在烹煮的过程当中，一定要把锅盖盖严实了。在最后起锅的时候，要在锅上面放一把大伞，因为据说如果你掀锅盖的时候，突然升腾的热气，把炉灶上的烟尘带到锅里，那这锅河豚还是有毒。只有严格按照操作流程办事，才能吃到安全又美味的河豚。您还别嫌麻烦，钓河豚，更难。

清初，屈大均在作品《广东新语·卷二十二》里，为我们描述了广东人钓河豚的景象。广东省沿海在秋潮来临的时候盛产河豚，正是钓河豚的好时机，钓法是把一根大绳系上千百根小绳，每一段小绳上都绑着一个鱼钩。钩子上不需要挂钓饵，所以被称为"生钓"。

河豚是一种很爱生气的动物，一生气就变得胖鼓鼓的。河豚一碰到鱼钩就不肯走了，非得和鱼钩较劲，一钓就钓上来了。而且成群游过的河豚中，只要有一只被钩子钩住，其他所有河豚都不服气，都要跟鱼钩比武。这样，有可能一下子钓上许多条河豚。但是，用这种办法钓上来的，多半是母河豚，母河豚多籽，味道不好吃。只有在海面上撒网，才能钓到公河豚。渔人在网间系上数以千计的鱼钩，然后撒网到水中，海面上水域宽广，一套网中上千的鱼钩，就是要提高钩子碰到河豚的概率。公河豚腹部的肉非常鲜嫩，被食客们称作"西施乳"，由此可见当时人们对河豚的美味的推崇。

今天我们说"食在广东"，看来，在几百年前的清朝，广东人对美食的追求就已经很著名了。其实，除了广东，在清朝文人笔记中也有天津，江苏苏州和淮阴，以及上海的人喜欢吃河豚的记录。

说过了河豚，我们再来说说生鱼片，千万不要以为生鱼片在日餐中吃得比较多，就认为这是传统的日本菜了。其实，我国很早就有生吃鱼肉的菜品了。在唐代，叫作"鱼脍"，清朝叫"鱼生"。清朝海边人喜欢吃鱼生，特别是广东地区。广东东部喜欢吃鱼生多一些，广东西部呢，喜欢吃腌鱼。这是因为东边靠海，可以吃到比较新鲜的鱼，生吃比较方便；西边靠山，没有办法吃到很新鲜的鱼，就只好腌着吃。

尽管如此，鱼生和生鱼片还是有很大区别的：首先，鱼生要切得特别薄，其次，鱼生不蘸芥末，而是要蘸一种姜、辣椒和老醪糟混合在一起的汁来吃，据说吃起来清凉可口，是海边人家的挚爱。

清朝还很流行吃鳖，江浙一带有一种很特别的烹饪方法。他们先把活鳖放入加了八分满清水的锅中，盖上一个有好几个小洞的锅盖。要放块石头或砖，把锅盖给压住了。然后用小火慢慢加热，水热起来以后，锅里边的鳖，受不了热，就会冒出水面，沿着锅盖找到个小洞把头伸出来，张嘴吐气。这时候旁边的人就把提前准备好的调料——一种用姜汁、辣椒末、酒、醋、酱油调成的汁，用汤匙一勺一勺地灌到鳖的嘴里。这种酸甜苦辣的滋味鳖哪受得了啊，所以才吃一口，鳖就又扎回到水里面去了。可是，过不了多大一会儿，又受不了热，鳖就又把脑袋钻出来，这时候旁边人再把调料灌到鳖嘴里。在这个过程中，火候要控制好，既让鳖感觉到热得受不了，即使伸出头来会被灌一嘴辣汁，也忍不住要出来换气，还不能让水太热把鳖烫死。等到调料灌得差不多了，是不是就可以煮了呢？不行，不但不能煮，反倒要把火调小，等水温回落。在这个时间，调料在鳖的身体里面消化吸收，并随着血液循环到身体各处的过程，这时候不能掀开锅盖，要是让鳖跑了，可就白忙活了。等到时间差不多，再点火，这一次是要把鳖煮熟，听说，这样煮出来的鳖肉，满身都是香气，吃起来滋味特别足。

　　说过了日餐，再来说说清朝能吃到的西餐——咖啡、牛排、红葡萄酒，在清末，已经随西方人的到来，传到了中国。不过，今天人们酷爱的汉堡、薯条、可乐，那时可是真没有。

第五章

探经济乾坤：古代经济也繁华

我们生活在经济高度发达的年代，

古代的经济面貌，对我们而言似乎有些陌生。

延续千年的重农抑商国策，

和《清明上河图》中街市林立、车马繁华的景象，

到底哪个才是古代经济真实的写照呢？

本章内容，为你讲述你不知道的古代经济状况。

古代人能买得起首都的房子吗？

对大多数现代人来讲，在首都，乃至一些一线城市买房，恐怕除了没钱不能买以外，还有资格不够不能买、相中的地方买不起，买得起的相不中，咬牙买了一套却离自己工作、生活区域太远等痛点。坊间段子说，要是按平方米算，北京二环一套住宅里单是厕所那么大地方的价格，就够在小城市买套房了。这让一些在北京靠租房生活的朋友非常尴尬，不谈买房，觉得自己的日子还算过得去，一提房价，就觉得郁闷。

不过，冷静下来想想，在古代，就能买得起首都的房子吗？

在唐代，如果想在当时的国际大都市长安买一套房，你首先要考虑的问题是，你有没有资格买。

一套宰相住的、占地 5 万平方米的大宅院，在唐代，官府标价是 500 万文钱。在玄宗朝安史之乱以前，开元通宝的含金量最高，如果简单按与人民币 1:1 的比例来算。一套这么大的住宅，不过才 500 元钱。假如用安史之乱后，开元通宝贬值到与人民币 10:1 的价格来算，这套大豪宅简直便宜得像白给一样。但咱还不能着急下结论，唐代鼎盛时期都城长安的房子这么便宜，从道理上讲，不现实啊。事实正是如此，这房子虽然不贵，但是想买，需要满足一些附加条件，比如，你得是个三品官以上的官员。如果你仗着有钱任性，做工作走后门买了这么一套大宅院，那你千万要当心别被官府发现，因为如果身份与住房不符，这就叫"逾制"，放在唐代，搞不好是要被砍头的。就算是从轻发落，也很有可能发配到边远山区，挨打是免不了的，估计从此跌入人生低谷，妥妥地当一辈子失败者。

当然，这只是极端现象，刚刚我介绍的是唐代能够进行流通买卖的房子中，级别最高的。

虽然都城长安的皇城和官府办公用房是不能用来买卖的，但长安城在规划的时候还是给普通老百姓，以及外来人口设置了居住空间的。在长安城里，三大皇宫区域都在北城，其中最重要的大明宫坐落在长安城的东北角，其周边就成了全城地价最贵、最能彰显身份的居住区。长安城的西侧住的大多是胡商，既然不远万里来到长安，他们手里一定有足够的资金，所以西城居民最有钱。而城南一侧呢，才是普通的老百姓建筑规划用地。

唐代最著名的买房故事，恐怕就是白居易了，据说他在 50岁左右，才在都城买了房，之前都是租房住，并且还有过一段在长安城外买了个房，将母亲安置在那里，自己则在假期时才回去看看。这相当于今天在北京二环内工作，然后在通州买了套房吧。

官位最高做到相当于今天的公安部部长这个级别的白居易先生，不买房的原因可能很多。除了太低档次的不符合身份不能买，高的又买不起这种尴尬以外，唐朝的限购政策恐怕也是阻碍他买房的重要原因。

在《唐会要·卷八十五》里，有这样一段记录："天下诸郡逃户，有田宅产业，妄被人破除，先已亲邻买卖。"意思就是当时全国不管是哪个城市的地块和房产（主要是针对逃户），如果持有人想出售，须要先问问亲戚和邻居，看看他们想不想买。只有在他们不愿买，或者出的价太低的情况下，地或房子才能卖给其他人。

假如你急等用钱，又没法问遍该问的人，不得不卖房，同时必须得有见证人签字画押、买卖合同、缴税证明、政府公章才允许买卖，如果不按程序办事，会被追究责任的。

这样严苛的规定是为什么呢？一方面，这种规则保护了当时的宗族制度。宗族制度是我国古代的社会基础，在这个概念下，一切的不动产在法律和道义两个层面都是个人与族人所共有的，尤其是房和地这种很可能是由祖上遗留的财产，如果未经叔伯兄弟同意就出售，很可能在伤害其情感的同时，也损害了他们的利益，很容易滋生矛盾。

为了维护这种基础制度的稳定，减少宗族内部的纠纷，朝廷才规定在卖房前一定要先征求亲属的同意。

从另一个角度看，这种规则也为了便于亲邻检举，有助于朝廷准确把握每一户居民的情况。可以说，这是朝廷人设置的交易障碍，目的就是减少住房交易，增加居民迁徙的难度，尽量把百姓都固定到土地上，这样，无论是统计人口、征收赋税、勘破案件的成本都会相应降低。

所以，像白居易先生这种外来户，想要在长安买套房，并不是件容易的事。

房子买不到，买地自己盖房子成不？

也不太成，因为差不多的好地方，都被特权阶层占下了。

李显和韦皇后的宝贝女儿——长宁公主，她在成家以后，首先在洛阳建造了自家的房子，然后，又借着自己公主的身份，陆陆续续收购那些长安城里没落的官员的房产。唐初有一个宰相叫高士廉，他的房子就让长宁公主给买了。之后，她还找了一个机会，把附近居民的地盘给买下来了。有了这些地，她就可以打造属于自己的超大的豪宅。在唐朝，特权阶层有机会比普通人得到更多的土地资源。所以，唐代普通百姓想要在首都买个合适的房子，不光是钱的事。

但这事到了宋朝就简单多了，都说宋朝商业发达，还真是这样。首先，为了避免特权阶层霸占太多的房产，北宋的真宗在大中祥符七年（1014年）发布一个诏令：现任京官除所居外，不得于京师购置产业。意思是，现在在京城里做官的这些官员，除了你自己的那个之外，你不能够再有更多的产业了，这就限制了官员多吃多占的情况。

官员不多占，土地和房子是不是就可以卖了呢？宋朝执行一种叫"实封投状"的房地产销售制度，简单理解，很像今天的拍卖。也就是说，宋朝朝廷卖房子，不定价。而是首先由政府公布一下地块和底价，有意向的买家，就把自己能出的价钱写在纸上，装到信封里边，然后在规定的时间、规定的地点，投进朝廷指定的标箱里面。到期后，朝廷指派官员当众开箱，把这些信都拿出来，念出投标者的报价，出价最高的，就可以买得到这块地皮了。这听起来公平公正公开，但是这个制度带来了一个问题，就是出钱少了，是真买不着房啊。都买不着，房价就涨起来了。

涨到什么程度呢？

据说，宋朝的大文豪苏轼，名满天下，可他在开封没有房，一直是租房住。后来到了晚年，实在坚持不下去了，就向弟弟借了3000贯钱，然后在江苏常州买了自己的第一套房子。

按理说，这不是都城，和咱们的主题没啥太大关系，但是我们可以参考一下苏轼买房花了多少钱，从而感受一下当时的房价。按照金钱的价值比例来说，那个时候一贯等于1000文。而当时地方上的一个基层公务员，月薪大概是4500文，这在当时算是比较体面的收入了。尽管如此，这个基层公务员如果想在江苏常州买一套苏轼同款的房子，需要不吃不喝不花钱，存五十多年的钱才行。江苏常州的房价尚且如此，首都开封呢？当然，也许苏轼老先生住得比较豪华也说不定，假如房价都这么恐怖，首都的穷人可怎么活呢？

这个事还真有皇帝关心。

明朝开国皇帝朱元璋，是穷苦出身，所以他非常在意穷人的福祉。洪武五年（1372）八月，朱元璋下了一个诏令：南京的官员，责令他们在龙江找一块闲置土地，盖上二百六十间房，给那些没有房子的南京人居住。

一个月之后，朱元璋又给华亭县的官员下了一个圣旨，要求他们对宋朝留下来的养居院进行翻修，给县里没房的人居住。华亭县这个地方，今天叫上海。

但是好景不长，朱元璋死后，这种命令就没有人再执行了。所以，如果洪武初年生活在都城南京，你可以不用买房。听起来是不是特别美好？但比这更美好的，是清朝。

清初，有大批旗人从关外来北京定居。人多了房子不够住怎么办呢？不着急，朝廷早就想到了，房子是统一规划统一盖的，盖好了之后，按照官衔来进行分配，一品官给你二十间房，二品官给你十几间房，三品官给你十二间房，四品官给你十间房，五品官给你七间房，六品和七品官给你四间房，八品官给你三间房，九品官和没有品级的普通旗人，每人能分两间房。过去我们听说过铁杆庄稼，但我真没想到旗人的待遇这么高。

但是，事物都是有两面性的，高福利是很舒服，却容易养成懒汉。

到了乾隆朝，官员们发现，房子越盖越多，但还是不够住。仔细一研究，原来，很多好吃懒做的旗人发现，生孩子国家给分房，房子能卖钱，所以他们就拼命生，再把分来的房子偷偷卖了。钱花没后，就再生，再申请，再卖。这么一来，钱花光了，家人还得养活啊，许多旗人家就这么败了。针对偷偷卖房，乾隆皇帝搞了一些改革：第一，就是我们不给旗人免费分房了，如果家里添丁进口，那么跟国家申请，确实符合条件的话，可以去用低廉的价格买新房；第二，如果实在想卖国家给你的房子，那也可以。首先你得先把这房子从国家手里买下来，然后再卖就行了。这一买一卖之间听起来似乎国家没那么吃亏了，但是仍然给旗人留了很大的利润空间。比如说，乾隆四年（1739）有一个叫作额森特的旗人，用 57 两银子买了一座在正阳门外高井胡同的有三间正房、两间厢房的小型四合院，而这个四合院按照市价至少值 500 两银子。说到底，朝廷还是偏向旗人的。

所以，您发现了吗？其实越接近现代，在首都买一套房子，相对来说就越容易。这和人与土地间的束缚在不断减少有着直接联系。从历史的角度看，城市从未像此刻般庞大。现在有许多人在讨论，未来我们是不是真的需要那么多超级大的都市。不管怎样，首都的房子在正常情况下一定价值不菲。而买房的意义，除了有一个住所外，也是在选择一种生活方式。你的生活方式是怎样的，其实在于你自己的选择。

唐朝官员的工资有多少？

在唐朝当官能赚多少钱呢？这篇文章看起来更像是在做数学题。因为唐代官员的工资组成比较复杂，不光是钱，还有许多物和其他收益，分别是禄米、月俸、职田和力课。

禄米，顾名思义就是用米来结算的俸禄，为什么是米呢？答案其实非常简单，因为民以食为天，给钱能吃吗？

虽然在今天看来，有钱就能买到吃喝，但是请不要忽略了现今城市中商品流通的能力与唐代的比较。在商业并不很发达的年代里，无论是对国家来说还是对个人来讲，发米都远比发钱要实际得多。

所以禄米，就相当于官员一年的基本口粮保障，每年在秋收后一次性发放，而且除了某些确实不出产或交通不方便的地区，按照规定，禄米发的，都是大米。您别看今天在城市里吃个大米饭不算什么，但在粮食生产力远不如今天的唐代，大米可是硬通货啊。

禄米发放的量，根据官阶由大向小逐级递减。

在唐代，正一品官，禄米700石，从一品官，600石。正二品500石，从二品460石。正三品400石，从三品360石。正四品 300 石，从四品 260 石。正五品 200 石，从五品 160 石。正六品 100 石，从六品 90 石。正七品 80 石，从七品 70 石。正八品 67 石，从八品 62 石。正九品 57 石，从九品 52 石。

有人做过换算，唐代的一石相当于今天的 85 斤左右，结合现在大米的市场价，好像很容易就能算出唐代官员的年收入了。但别急，这只是官员收入的一部分，您先听我慢慢说，等一会儿我们一起算这笔账。

刚刚跟您说的，是唐代京官禄米的标准，也就是说京城以外的官员有另一套标准。平均算下来，京城以外的官员在禄米收入这一部分，要比京官低 10% 左右。

正一品 650 石，从一品 550 石，中间我们省略不说了，正九品 54.5 石，从九品 49.5 石。

单从禄米这一部分看，京官比外员待遇要好些。但是到了"职田"这一项，京官就要比地方官少了。

职田就是朝廷根据你的职务大小分配给你的土地。假如按照我刚才说的，国家给发土地那还买什么房子，自己盖就得了呗，但是，问题就来了，这些土地啊，首先不都是空地，好多都是有人家在那儿住，有农田，在耕种的。其次，这个地给到你，并不是让你把那些住户、农民，全都撵走，你自己当地主，把别人家房子给铲干净了。国家分配的土地，只是把出租权给你了，你可以收取这块土地的租金。

当然，如果耕地多，种得少，您也可以自己雇佣农民来种地。

如果你说，我就把我家盖在这儿，仿佛也不是不行，但是您想啊，如果你身为官员还没套房，那级别一定不高，级别低的官员一定分不到什么城市核心位置。也就是说，很有可能，你这房就盖在郊区了，每天上班路上都不一定够时间。

如果即使是这样，你也想盖个乡间别墅，那就谁都没招了。

说回职田，在这一项目上，京官就远没有地方上的官员占有优势了。

因为京城官员扎堆儿，地块空间有限，所以他们得到的职田的量比较少；地方上闲置的地比较多，地方官分到的职田就比较多。

这正好和禄米形成了一种互补，我们再来看一下职田是怎么分的。先来说京官，一品京官，可以分到1200亩，二品京官分到1000亩，三品分到900亩，四品分到700亩，五品分600亩，六品分400亩，七品分350亩，八品分250亩，九品分200亩。地方上的官员没有一品，注意，地方官和外官不一样。地方上最高就二品，他们能分1200亩。你看这就和一品京官一样了，然后三品官是1000亩，四品官是800亩，五品官700亩，六品官500亩，七品官400亩，八品官300亩，九品官是250亩。

要是这些地都租出去了，能得多少钱呢？

唐朝朝廷规定，职田收租，上限不能超过每年每亩六斗粟，一百斗相当于一石，按唐代的算法，2石粟等于3石稻子，等于1.2石米。

再来看看月俸，月俸就很有意思了，一开始是发实物，什么蔬菜、水果、肉、鱼、笔、磨、纸、砚等生活必需品。

为什么要发这些东西呢？其实这和发粮食的思路是相同的。

在经济不发达、交通欠发达的时候，发你钱，不如发你粮食合用。因为在这种情况下，很容易出现有钱也买不到货的情况。

但是到了后来，商品经济发展得越来越好了，交通越来越发达了，用钱买东西越来越方便了，这时候，就不发实物改发钱了。从这一点看得出，月俸是比较灵活的。京官的月俸也有标准，以乾封元年京官的月俸为例，一品官 11 贯，二品官 9 贯，三品官 6 贯，四品官 4.2 贯，五品官 3.6 贯，六品官 2.4 贯，七品官 2.1 贯，八品官 1.85 贯，九品官 1.5 贯。

那地方官的月俸是多少呢？这就不太好说了，因为月俸出自财政，所以富庶的地区，官员得到的月俸就多一些，贫瘠的地方，地方财政收入低，官员的月俸也就相应少一些。

但按照正常的规矩来算，京官月俸的收入，要大于职田加上禄米收入的和。所以想来，财政好些的地区，官员收入一定很可观。而即使是相对贫困一些的地方，有朝廷整体的数据做保障，应该也不会太差。

唐代官员官方收入的最后一项力课，就是朝廷配给你的勤务员出的钱。

官员根据等级不同配的人数也不一样，通常是一品官配 96 人，二品 72 人，三品 48 人，四品 32 人，五品 24 人，六品 15 人，七品 4 人，八品 3 人，九品 2 人。

虽然官员可以派这些人做许多种类的工作，但他们不是奴隶，只是来服役的。所以会出现你没相中配给你的人，或者对方也不愿意伺候。

如果出现这种情况，这些服役的男丁只需要每人每个月交两百多钱，就可以免除服役了。

而官员得到这笔钱，相当于增加了收入。

说完这些，就可以回到我们今天的主题了，在唐朝当官，能赚多少钱呢？让我们以级别最低的京官为例，把上面提到的几项收入加在一起来算一下。

从九品的京官，禄米一年能够拿到 52 石，职田一年收入大概能得到 72 石。月俸这部分，要把钱换成米，从九品的官，1.5 贯一个月，一年大概能领到 18 贯，一贯大概能买 10 石米，这 18 贯就是 180 石。再加上力课，4.8 贯换成 48 石大米。这样结果就出来了，一个在京的从九品官员，全年总收入，是 352 石大米。

如果换算成现在的人民币是多少呢？

根据学者的研究，唐朝的一石大米相当于现在的 85 斤，这样算下来就是 29920 斤大米。

如果按照现在大米的市场价，我们选个中间值大约 3 元吧。这位京官的年收入是 89760 元。但是当年的大米产量和今天大米产量怎么能统一呢？在过去，大米是多么贵重的精制粮食啊！

所以，我打算再用如今绿色食品大米再算一次账。我查了一下，市面上普通的绿色食品大米大约要 10 元一斤。这么算下来，唐代最低品级的京官年收入大约是 30 万。

　　说起来，唐代官员的收入和宋朝官员收入比较的话，高级官员这一部分是宋朝收入更高，到了明朝，官员收入极低。清朝雍正以前，也不高。所以唐代基层官员的收入在以后若干朝代中是最高的了。

大唐最爆款的商品是什么?

大唐的爆款商品,其实是茶,而且销售火爆并不是内部消化,主要是出售给游牧部落,或换取优质战马。

在秦统一六国以前,中原地区的各国就已经从游牧部落购买战马了。在丝绸之路上,用丝绸换马的交易,从汉朝起一直持续着。

因为当时丝绸价值可观,是西域商人主要购买的商品,所以很多时候,朝廷用丝绸来当作士兵的薪水。甚至当雇佣游牧部队时,支付的报酬也是丝绸这种中原王朝的特产。

这种以丝绸易货的方式一直持续到唐代。

这并不是我们第一次提到类似的交易方式了,我在上一篇文章里就提到了,唐代官员的主要工资,不是用钱而是用粮食来支付的。

但是为什么后来是由茶叶来替代丝绸,唐代的茶叶交易又到底火爆到什么程度呢?

许多人认为,因为陆羽当年写了一部三卷本的介绍茶叶从制作到饮用知识的《茶经》,所以游牧部落就开始喝茶了,这个观点听上去,其实挺震撼人的,让我想起几年之前常听到的那句"文化的力量是无穷的"。但是,如果仔细推敲,我们会发现里边有一点疑问，就是游牧民族为什么要读《茶经》呢？

即使是商人们先接触了茶，觉得很好喝，带回自己的家乡贩卖，当地的老百姓也得能接受才行呀。就算老百姓很喜欢茶，但是真的喜欢到要用自己最富价值的商品——战马来换的程度吗？

要知道，从汉朝算起到唐朝，几百年来战马一直是中原王朝的刚需，是能为部落带来巨大的收益的。

保持了几百年的传统，因为一部书就完全改变了，这种情况会出现吗？

当然，如果陆羽的身份很特殊，有着别人无法企及的影响力和渠道，可能又另当别论。

但真的是这样吗？

让我们来认识一下写出《茶经》的陆羽，他本是一个弃婴，是唐代开元年间的后期，在湖北的一座寺院里面长大的。青年时期他在江南各地四处评鉴茶叶，居无定所，24岁的时候定居在浙江湖州，结合经历和见闻写出了《茶经》。陆羽的身份，用今天的话来讲就是草根啊。一个名不见经传的人，怎么会拥有巨大的影响力呢？

让我们再来看看和陆羽差不多生活在同一时期的邢州刺史封演，我在节目当中提过他写的《封氏见闻录》，今天我们还是要引用他书中写的内容。

他写过在泰山灵岩寺有一位高僧，每日严格遵守着过午不食的规定，但到晚上却没有出现饥饿造成的萎靡，反而精神得很，修行状态明显好于他人。

大伙都很好奇这件事，仔细观察后发现，原来这是因为虽然高僧在午后不再吃饭了，却饮茶，是茶起到了提神的效果。

这个方法，迅速在佛教界传开。

说到这儿，我们可以说回陆羽，您还记得他是在哪儿长大的吗？是在寺院，而且陆羽主张要喝清茶，就是用水煮过茶叶后，沫儿和茶渣都不要，只要茶水。而且这水还不能太多，同样的茶量，茶里边的头三碗是最好的。

这与过去喝茶的方式大不相同，以前喝茶，要在里面加葱姜、红枣、桂皮、薄荷等香料，喝的时候是连这些一起喝下去的。

陆羽的做法，被很多人理解成追求纯粹的茶香。

可如果与刚刚说到同时期僧人对茶的功效的需求，结合陆羽的成长经历，我们会发现，其实陆羽的这种提倡，与其说是重视茶的香气，不如说是重视茶里那种能够刺激中枢神经，使人保持兴奋的茶碱的浓度。

因为只有纯茶水，茶碱的浓度才更高，提神的效果才更好，对修行人士才会更加有效。

那么，这和茶叶被游牧部落普遍接受有什么直接联系吗？

关于这一点，民间自有一套说法。

在我刚刚开始喝茶的时候，朋友给我讲过普洱茶的故事，他告诉我草原游牧部落必须得喝普洱，因为他们总吃肉，不吃蔬菜，不喝茶不行，不喝茶他们受不了，会得病。

那哥们儿说得认真，我那时候正处于对茶的好奇中，就来者不拒地接受了这个说法。

但是后来越想越不对劲，先按逻辑来说，草原部落饮茶的历史，有史可查的也不过就一千多年，可在这之前人类在草原上生活的历史何止千年。也没听说因为吃肉就都得病的啊，再说草原上没有穷人吗？从古到今都是天天吃肉的吗？于是我以为这是商家为了突出某种茶的减肥刮油效果的说辞。

直到读明史时发现，《明史·食货志》里有这样一句话："番人嗜乳酪，不得茶，则困以病。"这说法和我刚才提的差不多，只是把吃肉换成了吃奶制品，因为这个生活习惯，就必须得喝茶，不喝就得生病。

这在逻辑上和刚才吃肉那段一样，说不通。

其实，真正让茶从唐朝走向草原并且成为大唐最爆款商品的原因，就在我刚刚讲的历史中。

安史之乱时，朝廷不得不向生活在草原的回纥求援，并做了大量利益上的许诺，其中包括广开贸易市场。

因为处于混乱，唐军对战马的需求越来越大，但也正因为这样的混乱，朝廷经费有限。要是按惯例用丝绸交易，恐怕根本支付不起费用。用茶叶来做交易正是在这时被提出的，没想到，回纥不仅欣然接受，感觉还有点高兴。

那么回纥又为什么愿意用马来换茶呢？

这背后也有宗教方面的原因。回纥很早就接受了西部草原的商人带来的摩尼教与佛教信仰，其中摩尼教对修行和饮食有着比佛教更多的戒律。

回纥人是因为信仰上的约束，才使他们产生了与僧侣一样，对不吃东西又能保持兴奋的需求。从这个角度来说，茶叶对于他们，属于刚需。而除了回纥以外，吐蕃、党项等许多民族，在那个时期也加入了信仰佛教的群体。于是茶叶也就在他们生活中，成为不可缺少的部分，也让茶有机会成了大唐最爆款的商品。

依靠茶叶生意，不仅让大唐一举摆脱了丝绸产能不足而引发的经济困难，彻底改变了唐朝与游牧部落交易的模式，也为唐朝创造了可观的收入。

在陆羽去世后，今天江西景德镇的浮梁县，成了当时最有名的茶叶交易市场。

每年出茶 700 万驮，纳税 15 余万贯，因为茶叶销售得实在太火爆，唐朝设置了茶叶税。到唐后期的宣宗年间，茶叶税的收入已经达到每年近 80 万两，成为军费开支的重要来源。

茶与马就这样从此紧紧联系在一起。

古人被借钱时怎么办？

在日常生活中，借钱这件事我们已经司空见惯，人们囊中羞涩时，往往会向亲朋好友寻求帮助，这就给被借钱的人出了一个难题：通常大家都乐于向对方施以援手，也有助于增进彼此情义，但是往往还是会担心借出去的钱无法及时收回，那么大家知道古人在遇到被借钱的情况时会怎么办？

一般来说，亲朋好友间的借钱往往是依靠双方信用和关系来进行的，因此通常只有口头承诺，也不明确还钱的期限。而且古代乡村是典型的熟人社会，是否守信是对一个人非常重要的评价标准。俗话说："好借好还，再借不难。"一个人如果欠债不还便会出现信用危机，此后很难再跟熟人借到钱，失信成本是非常高的。如果出现对方抵死不认的情况咋办？欠款在周朝时期便出现了借贷凭证，《周礼·天官·小宰》记载："听称责（zhài）以傅别。""傅别"便是指借贷凭证，出现债务纠纷官府也是通过借贷凭证来进行判定，而且统治阶层还设有"司约"等专门的官职来负责保管诸侯之间的契约。在没有纸的时代，人们往往是在木头或竹子上刻上特定符号，表明借贷的数目，然后一分为二，双方各执一半作为凭证，偿还之后将之烧毁，整个借贷过程便告结束。到唐朝时，即使是亲人之间借钱也订立契约已经成为惯例。这种形式的凭证直到清末民初还在广西的一些边远地区存在。

除了订立凭证，还需要双重保险，那便需要有人从中做担保。但是一般来说非亲属的第三人多是充当见证者的角色，并担负督促借钱人还钱的义务，除非他在契约里声明"代还"，否则是不需要代借钱者还钱的，民间有所谓"媒人不挑担，保人不还钱"的说法。因此通常还是由借钱者的儿子来承担连带责任，就是所谓的"父债子偿"。此外，人们还会要求借款的人提供抵押物作为保证。古代的"贴"字，左边为"贝"，右边为"占"，此字最初的意思便是以物品作为抵押，向别人借钱，可见借钱时抵押物品的历史非常久远。这一习惯发展到后来甚至需要抵押人质。

西汉时期淮南有"赘子"的习俗，就是指人们被借钱时会要求对方将其子女交给自己作为人质，如果三年内无法偿还债务，人质就会成为被借钱人的奴隶。但宋朝法律便严厉禁止这一行为，还明文规定，以人质抵押借债的，要杖责一百，人质放还，债务也不能再追讨。当然为了维护正常的社会秩序，历代律法中对于欠债不还也均设有专门的惩罚，但是很多人都是因为贫困而不能按期偿还，所以官府还专门设置了三个月的缓冲期，令其有时间筹措资金。

为了能够有效收回借款，人们还在思想层面巩固欠债还钱的观念。"有恩必报，欠债必还"，这是几千年来中国人形成的道德观念，宋朝便有"杀人偿命，欠债还钱"这句谚语。而且自古以来，人们都坚信如果欠债不还，会遭到天谴。魏晋南北朝时期的《辩意长者子经》中把欠债不还与不孝敬父母、偷盗为生等行为并列，还将其与因果轮回相联系，认为欠债不还是畜生的行为，因此转世将变成畜生，经常做重活累活，死了还要被剥皮。《幽明录》一书以小说主人公的口吻描述在阴曹地府看到欠债不还的人会转世为驴马牛鱼鳖之类的动物。人们还相信如果欠债不还，不仅本人遭报应，还会令子孙遭殃。古代最恶毒的诅咒就是断子绝孙，古人认为前世如果有人欠钱不还，债主会在今生变成他的子孙，然后很早去世，使欠债的人遭受极大的痛苦。此外，人们还要发毒誓。明清时期要想加入秘密组织洪门便要立誓，其中有一条便是"所借兄弟钱财物件，有借有还，如有欺心不还，不念情义者，五雷诛灭"。

不过，古代平民在面临借钱时尚可以委婉拒绝，但商人更多时候都会面临无法拒绝提供借款的情况。由于经商获利颇丰，所以在官府的眼中无疑是块肥肉，地方官乃至皇帝都会向他们借钱，那么商人们又会有怎样的反应？东周最后一位君主周赧 (nǎn) 王想要号召六国攻打秦国，但当时周王室领土早已被诸侯瓜分殆尽，财力极为匮乏，为了能够出兵打仗，皇帝便向富商地主们借了大量的钱，但是后来仗没打成，欠下的债也无法偿还，那些富商地主们纷纷去找周赧王要钱，面对债主们的追讨，周赧王只能狼狈地躲在宫中的一个高台上避而不见，这便是"债台高筑"的由来。当然皇帝被讨债情况是极为罕见的，一般来说商人都不会指望借给皇帝的钱能够收回。唐德宗时期，由于战争军费耗资巨大，当时有大臣向皇帝表示，富商们聚拢了大量财富，建议向他们借款五百万贯，德宗准奏，首先在京师发布了"借钱令"，商人的家中都被搜刮殆尽，就像被盗了一样。此后历代唐朝皇帝都在向商人借钱，甚至地方上的节度使、观察使也纷纷向商人借钱，最初他们向商人表示，打完仗就还钱，但事实上都是有借无还，相当于变相征税。后来商人们害怕再被皇帝大臣"借钱"，只能贿赂宫中的太监和朝廷重臣，请他们说服皇帝退兵，以减少自己更大的损失。

皇帝向别人借钱如此雷厉风行，那么皇帝被借钱时态度如何？虽然说皇帝坐拥天下，居于绝对的主宰地位，但是他们也有自己的"私房钱"。宋朝时，为了应对打仗、饥荒等一些突发事件，宋太祖赵匡胤专程设立"封桩库"，最初储备的钱财是由朝廷支配并不是皇帝私有的，但后来逐渐变成皇帝的内库，当国家遇到紧急情况便需要向皇帝借钱，一般来说朝廷都是可以及时偿还的，但皇帝还非常不情愿掏自己的口袋。而且如果遇到朝廷还不上的情况，官员就要面临被罢免的风险。宋太宗、宋真宗时期，朝廷经常需要向内库借钱，皇帝为了不借钱给朝廷，总是找各种借口搪塞。

明朝时皇帝更是明确表示不会借钱给朝廷，当时政府没钱支付军饷，但皇帝却表示："谕廷臣足国长策，不得请发内帑。"意思便是要大臣想长远的办法，不要打内库的主意。到了明末李自成起义时，朝廷需要拿 100 万两银子作为军费，崇祯皇帝仍然不愿动用自己的内库，而是选择向大臣借钱，还美其名曰"捐款"，然而大臣们想尽办法逃避捐钱，有的甚至在家门口贴出"此房出售"的字样，表明自己非常穷困。崇祯的岳父周奎是当时有名的富豪，因此崇祯密令周奎要捐银 10 万两，但周奎声称自己最多只能捐一万两，并进宫向女儿周皇后哭诉，周皇后只能暗中给了他 5000 两银子，结果周奎最终只捐了 3000 两，崇祯搬起石头砸自己的脚，借钱不成反而倒贴了 2000 两银子。直到李自成攻入北京，崇祯于煤山自尽时，人们发现崇祯的内库竟还有 3700 万两白银，黄金珠宝无数，崇祯可谓是爱财爱到亡了江山。

虽则借钱一事古来有之，但随着社会的日益发展，人们对借钱的准则也有了相应的法律意识和制度保障。俗话说无规矩不成方圆，良好的规则基础才是稳定情谊的最佳保障。

古人做生意有哪些花样？

近些年，"双十一"已经逐渐由"光棍节"演变成人们的购物狂欢节。每到双十一我们都可以领略到商家层出不穷、花样繁多的营销手段，不论是淘宝平台的"助力养猫""红包满减"，还是各个店铺的打折抽奖、直播促销，各种活动和套路都在激发大家的消费欲望，那么古人在做生意时又有哪些花样呢？

古时商人往往被称为"商贾 (gǔ)"，但其实"商"和"贾"是有区别的，古人把奔走贩卖的称为"商"，在固定场所经营店铺的称为"贾"，这便是"行商坐贾"的由来。大多数的行商都是一些小商贩，他们一边敲打器物，一边沿街叫卖。这看似简单，但其中有很多门道。不论是叫卖的旋律，还是使用的器物都很有讲究，需要让顾客通过声音很快就可以分辨出卖的是什么物件。一些行业的小贩还会自觉地统一服装，也是为了方便顾客辨认。还有一些商贩为了招揽生意，可谓绞尽脑汁，比如，卖眼药的小贩，会身穿奇装异服，浑身挂上成串的"眼球"，帽子上面也嵌着几个，吸引大家的注意力，在当时颇受顾客的欢迎。

开店做生意的商人花样更多。最基础的是商家会把写有店铺、所卖物品名称的布条、木板或者实物挂在店面前，称为"幌子"，这可以算是最早的广告形式，后来各地店铺使用的招幌广告做得越来越大，一些大的店铺会在当街树起一个木制的招牌，高过房顶，黑地金字，它可以使人在很远的地方就可以找到店铺所在的方位，又叫"冲天招牌"。有的在招牌顶端还要雕刻上元宝或者如意，非常阔气和醒目。一些店铺还会在门口搭建装饰豪华的彩楼欢门①，比如张择端的传世名作《清明上河图》中就可以看到很多店铺的彩楼欢门，极尽铺陈之能事。

除了门面装潢豪华，古代商人还非常重视店内的布置。不同的店铺有不同的装饰风格。茶舍的装饰强调清雅，注重店铺的品位，会在不同季节插当季的花，挂一些名人字画，满足文人群体的需要。一些茶舍为了招揽顾客，还会组织乐队演奏乐曲，消费者在店里边听音乐边喝茶，非常惬意。很多酒楼则建得非常气派，屋宇雄壮，雕梁画柱，金碧辉煌，既反映店铺的实力，也迎合达官贵人追求奢侈的消费心理。

除了店铺装潢要好，服务员的颜值高也有助于提高销量。《史记·司马相如列传》记载，司马相如和卓文君私奔到成都后，无以为生，不久便又回到了临邛，为了二人的生计，司马相如把马车卖掉，买了一个酒舍，卓文君在垆前卖酒，自己则负责清洗酒具，生意做得非常好。

此外，古代商家虽然不会请代言人，但是也有利用名人推销

---

① 当时酒楼及其他店面前以杆件绑扎而成的店面装饰。

的理念。我们都知道伯乐相马的故事，伯乐作为一名相马大师，有人便看中了他的名人效应。据《战国策》记载，有一个商人在市场上连续卖了三天马，始终无人问津，于是只能请伯乐前来帮忙，伯乐在马周围观察一圈，临走时再回头看了一眼，结果马的价格在一天中涨了10倍。魏晋时期的名士谢安风流倜傥，是大家关注的焦点，谢安的同乡从广州贩了5万把扇子到建安，但是时节不对销量不佳，为此他特意请谢安拿着一把扇子到大街上摇了几下，结果扇子很快就被抢购一空了。有时，如果不能请到名人帮忙带货，一些商家还会假托名人的名义来进行宣传，这在图书行业经常出现，一些书商常常在书的封面写上某某先生编辑、某某先生评点，都能促进图书销量。当然，和皇宫攀扯些关系也是非常有用的营销手段，许多点心、土特产常常打着贡品的旗号进行宣传，知名度大涨。

为了做生意，延长店铺的营业时间也非常重要。宋朝以前集市都有固定的地点，并且朝开夕毕，管理严格。宋朝打破了唐代的坊市制度，没有营业时间和营业地点的限制，这极大地促进了商业的繁荣。最繁盛时期，汴京有店铺两万余家，光有名的酒楼便有72家，可见经商者之多。因此，宋朝的夜市经济也非常繁荣。夜晚杭州大街上仍然是车马喧嚣、买卖不绝、热闹非凡，直至三四更时游人才会变少，但到了五更，卖早市的人又开店了，商人可谓是24小时都可以赚钱。

除了夜市，古代的节日庆典更是商业盛会。古代虽然没有双十一这样专门为消费而生的节日，但是商人们会充分利用元旦、中秋这样的传统节日来做生意。《东京梦华录》记载，到了元旦，北宋都城开封各处都会搭起彩棚，摆上衣服鞋帽、吃喝用品。正月十五的上元灯会，京城要亮五天的灯，集市通宵开放，在中秋、重阳等重大节日，大大小小的商店都会将店铺的彩楼欢门装饰一新，并且与节日氛围相匹配，比如，重阳节就会以菊花装饰。在节日期间，商家们还会进行一些促销活动：在宋朝最为流行的当属"关扑"——以售卖的商品作为彩头，商家和消费者约定方式，比如，抛掷铜钱猜正反面，通过游戏来决定商品归属，这在当时深受民众的欢迎。但是由于关扑在本质上具有赌博性质，当时甚至出现了职业关扑者，所以宋朝政府对此进行了限制，只在"元旦""寒食""冬至"三个节日，才可以进行关扑促销。

除了传统节日，宋朝商人们还会通过参加评比活动来进行宣传促销。比如，卖酒的商家会参加官府组织的评比，结果出来后商家们会组织一场盛大的游行活动，队伍最前面由几个大汉举着三丈有余的横幅，标明哪个商家的酒被选为第一，该店的老板还会穿一身华丽的服装，骑着高头大马紧跟其后，旁边有人捧着官府发的奖金、银碗等奖品，后面还有一支庞大的表演队伍，吹拉弹唱，吸引人们聚集观看，商家便会乘机让一些年轻人沿街请人们试饮，并赠送点心，可谓是集展览、表演、促销等于一体。

商家做生意花样多，但当店铺生意越做越好时，不免会有一些山寨出现。在没有专利保护的古代，假冒名店的情况经常发生。

清朝，有一家剪刀很出名，就有许多店铺也用同样的名称，为了区别真假，真店就在店名前加上了"真正"两个字，结果假店也跟着加，还在前面加上"老"字，显得更加正宗，导致一般消费者根本分不清谁真谁假。有的店铺深受山寨的困扰，有的商家便另辟蹊径，通过打假来为自己做宣传。清朝有一个卖纱线的店铺名为"继昌仁记"，他们便专程在包装纸上宣告自己改名了。店家表示自己开店已有 29 年，但是深受假冒店铺的困扰，因此专程改名为"同记和合"，并声明："若见有所售绉 (zhòu) 纱纹理疏松，表面粗糙不平者，即此已可断定其为冒牌之劣货，断非本号之织品。"这一举动一方面是为了提醒顾客注意分辨，另一方面其实也是宣传自己商品的一种方式，有助于提高产品的口碑。

听了古人花样繁多的经商之道，我们会发现，今天很多做生意的门道其实都凝聚着古人的智慧，如今中国商人遍布世界，我们要想把生意做大做强，还是可以从古人那里汲取很多有益的经验的。

在宋朝点外卖，贵吗？

宋朝就有外卖了，这事儿您知道吗？

背后的逻辑是这样的，宋朝重视商业，来往的商贾和雇员流量巨大，催生城市餐饮业的高速发展。发展到一定程度时，价格和便利性又吸引普通百姓进行日常性餐饮消费。宋人吴自牧在《梦粱录》里说，当时的百姓，平常家里都不开火，吃饭都在外面点着吃。

既然能方便到如此程度，想来在宋朝下个馆子一定不会太贵。但"不太贵"又是什么概念呢？

让我们先来看看，宋朝人能赚多少钱吧。

先来说官吏，北宋初期，基层官吏的月收入只有一两贯钱，好一点的四五贯钱，到中后期的时候，可以达到十几贯钱。

一贯是多少呢？大多数情况下，一贯是 1000 文，那一文钱是个什么概念呢？这事我们一会儿细说。现在，为了方便算账，不妨简单粗暴点，一文相当于现在的一元人民币算，注意，我再说一次，这个是为了说起来方便才这么算的。要是这么算，相当于基层官员一个月收入 1000 ~ 2000 元，好点的 4000 ~ 5000 元，后来，一个月工资 1 万多。

这么算，您听着是不是有点感觉了？别着急，官员工资啊，不太作数，因为他们还有福利待遇，还有"灰色"收入，毕竟历代都有贪官嘛，许多当官的不靠工资活着。咱们也不能光看做生意的商人。北宋真宗在位期间，宰相王旦曾说过，都城开封"资产百万者至多，十万而上，比比皆是"。这种富人的收入与消费也很难解答我们今天提出的外卖贵不贵的问题，所以我们还得来说说老百姓。好在关于宋朝的资料特别多，提到老百姓日常收入的也不少。比如，有说"负薪入市得百钱"的，就是背着柴火到市场去卖，赚了大概 100 文钱，咱还是老规矩，粗暴点，按一文相当于一元钱这么算。那就是赚了大约 100 元。然后，还有记录说"卖鱼日不满百钱"，就是卖鱼一天赚不到 100 元；还有"力能以所工，日致百钱"，就是出力气打打零工，一天收入大约100 元。怎么样，听起来是不是更有感觉了？

好，大约知道了收入状况，下面就该说说下馆子，叫外卖要多少钱了。

宋神宗年间有个日本的僧人叫成寻，他把自己在中国的见闻写成了一本《参天台五台山记》。在书里，他记录了自己雇佣民夫的花销，其中一项是吃饭，13 个被他雇佣的人，吃饭，还喝了酒，最多一次花了 158 文，最少一次，花了 98 文。虽说包雇员食宿，不会吃什么大餐，但普通百姓当作日常饮食的饭菜，也不是什么山珍海味啊。这样一算，还真是不贵，但这不是在京城，会不会物价偏低呢？那我们再来看看北宋末期的东京，小吃店里的煎鱼、鸭子、炒鸡、兔、煎燠肉、梅汁、血羹、粉羹之类，每份不过 15 钱，"菜蔬细精，谓之造虀，每碗十文"。你看这菜价，肉菜大约 15 文、素菜大约 10 文。后来到了南宋，商业就更发达了，《西湖繁胜录·一卷》里说，那时候的瓦市里，"两人入店买五十二钱酒。也用两只银盏，亦有数般菜"。说的是，买 52 元钱的酒，不仅给你用银质的酒具，还会赠送几样下酒菜。如果不喝酒，只想吃饱的话，在瓦子中还有许多饭店，其中"大店每日使猪十口，只不用头蹄血脏。遇晚烧晃灯拨刀，饶皮骨，壮汉只吃得三十八钱，起吃不了，皮骨饶荷叶裹归，缘物贱之故"。你看，壮汉这个词很有视像感，吃肉，老爷们甩开腮帮子吃一顿，38 元一份的肉都吃不完，需要打包。

不过，如果是请客吃饭，要多少钱呢？说出来更惊人，苏东坡曾经记录过这样的一件事，说两个朋友为争其一幅字打了个赌，赢的拿走字，输了的要请客吃饭。餐标是 500 文餐，注意，是三个人。

我震惊了，请苏东坡这样的文化名人吃饭，三个人连吃带喝才 500 文。而且，中间还有"聊发少年狂"的苏老夫子的一幅字，这真是太有性价比了。

但您以为这就是全部了吗？更震惊的还在后面，还记得我们之前是把 1 文钱当 1 元钱人民币算的吗？我当时说是为了方便算账，其实也是为了方便大家代入自己的收入。

接下来，我们就来算算，一文钱到底相当于今天的多少钱。

古代货币换算现代货币怎么算？一般情况下，人们会用两个比较流行的公式，一个是用黄金做参照物，另一个稍麻烦点。1两黄金等于10两白银，等于10贯铜钱，等于1万文铜钱，如果这么算下来的话，那么一贯铜钱就是1000文铜钱。不过在经济不太好的时候，偶尔一贯也能换800或者850文，我们就大概取那么个意思。

我数学不太好，就不丢人了，直接拿现成的数据说吧，几年之前有人按国际金价算过，结论是宋朝1贯铜钱大概相当于今天的465元人民币，您看，连500元都不到。

再把这个代入到前面所说的物价上，刚才咱们是按1000文等于1000元人民币算的账，即使如此，已经让我觉得吃饭不贵了，想想两个人有酒有菜在使用银质餐具酒店里喝一顿，只要52元。壮汉吃顿肉，38元，现在按国际金价换算出来的结果，还得打个五折。

那您说，这是不是很便宜呢？真是想想都不淡定了。

对了，说了这么多在饭店中的堂食，我们还没说外卖呢。这样的菜价，在酒店里打包一定是不太贵了，即使是找小厮跑腿，小费也不至于贵过饭菜。更何况宋朝外卖的主要形式，是那些挑着吃食走街串巷的小商贩。

这样的卖法，因为没有店租、伙计的成本，往往价格更加实惠。如此这样，难怪书里说，当时人们都不在家做饭呢。

看来，在宋朝下个馆子，点个外卖，可真是不贵。

清朝官员攒多久工资才能买套房？

清朝的官挣工资，多久能买套房？这个问题表面上看其实并不难，因为在《大清会典》当中，明确记录了官员收入的数字。

关于清朝的房价，我在《古代人就能买得起首都的房子吗？》那篇文章里也提到过，乾隆年间，北京一个普通四合院的价格大约是 500 两银子。

用这个价格一比照房价，这答案不就出来了吗？

好，那我们就按这个思路来试试。

《大清会典》规定，一品官到九品官的年薪，是在 180 两到 33 两之间逐级区别的。

而且对应每一两银子，还会发给大约 200 斤米。

然后京官有时候还能领双倍俸禄，吏部、户部、礼部、兵部、刑部、工部六个部的正副部长，在领米的时候，还能再加一倍。

要是这么算，一品官不吃不喝，用不上 3 年就能在北京买一套普通的四合院了。这题仿佛解出来了，但问题在于：第一，那么大的官会住普通的四合院吗？第二，不吃不喝的话，用不上三年，不到 10 天就得归西了。所以理论上的事，算不得数的。实际操作起来，按这个工资数，清朝的官买不上房。

为什么这么说呢？让我们以京官为例。

　　这个账不能拿高官算，太个别，我们用普通的中级官员来算，收入就按五品官的一年 80 两白银来说事。

　　首先，你可能是外地人，所以得先从地方上赶到北京上任，怎么去呢？你需要路费，需要交通工具啊。至少得有匹马或一辆车，把你的行李带到京城去，假如你已经成了家——要知道古代人结婚普遍较早，和珅 18 岁就结婚了。而且通过科举考试这种事可不像今天大学毕业，20 多岁就完成了学业，即使读到博士，顺利的话，不到 30 岁也完成了。古代科举考试，动不动就有大龄或超大龄考生参加。如果你常听我节目，一定听过那句唐代时流行的"三十老明经，五十少进士"，在唐代 50 岁考上进士算小的。

　　前面我节目里提到的中国近代著名实业家张謇，42 岁才当上状元。

　　各位朋友，40～50 岁这个年纪，即使当今社会，我查了一下资料，我国城乡居民人均预期寿命从中华人民共和国成立初期的 35 岁提高到 2018 年的 77 岁。其中中国男性平均寿命为 73.64 岁，中国女性平均寿命为 79.43 岁。我们来一起想象一下，即使在平均寿命 77 岁的情况下，如果你已经四五十了，然后还和家里人要上班时去的路费。这事还是怎么听怎么别扭是吧。

　　所以，把你和你的家眷还有你全家人的行李都需搬运到京城去的费用，也是一笔不小的开销。

那这个钱怎么办呢？通常情况下是借，同乡的有钱人一般情况下是愿意资助这样的官员的。把这钱当感情投资也好，拉拢关系也罢，总之你是可以拿到钱的。

因为这种事情几乎是官场当时的潜规则，所以即使不缺少路费，新任京官也是会去拜访一下同乡有名望的人。

他也许不会空手去，也一定不会空手回。

好，到了京城，甭管住的是租的房还是待遇房，身为京官，是不是得有个交通工具？买匹马或者驴拉车之外，还得需要马车夫，平时你工务繁忙，家里至少得有一个人帮忙管家。买车算一次性投入，我们忽略不计。雇人，可是一笔不小的开销。

清朝打零工的工人根据技术难度区分，日薪在30文到200文之间，固定工人月薪在300~1500文。如果在有钱人家做长期工，年薪通常在3两到20两之间。我们还是取个不太高也不太低的值，就按年薪10两算。

对了，关于一两银子换算多少文铜钱还需要和大家说明一下。

清朝的货币是银、铜双本位制，白银和铜钱都可以花，这个比例也不是恒定的，不同时期比值会根据政治经济情况发生变化。

但普遍来说，道光帝以前，1两白银可以兑换1000文铜钱。

后来因为英国商人向中国走私鸦片，并且只收白银，导致了大量的白银流向国外，银价就跟着涨起来了。咸丰年间，1两白银，就能换到2200或者3000文钱了。

但我数学不太好，还是选个简单的算法，按1两银子换1000

文那么算吧。

这样算下来，清朝五品官在京城没算上房租和装修买车钱，单算最低配置的仆人支出，年薪 80 两就只剩下 60 两了，但这还没算吃饭和穿衣呢。

刚刚说过，官员的俸禄里有米，所以我们单算菜。

清朝鸡蛋 3 文到 5 文一个，鱼 20 文一斤，猪肉 30 文一斤，牛肉 25 文一斤。如果按今天吃饭餐餐有肉的标准来算，请各位自行想象每年的肉钱。

再说穿衣服，一尺棉布的价格在 10 ~ 20 文，丝绸比较贵，要 50 ~ 100 文，做一件普通的长袍，大概需要 21 尺的布料，那么这个成本算下来，不算人工，布料大概需要 400 文铜钱。一年，总是要有几件衣服吧，当官，还得有体面的衣服，普通布料可不行。还是那句话，请自行想象每年在服装上的开销。

算完了吗？别着急，我说的还只是一个人。别忘了，你可是有家眷的。家里至少有一个老婆、一个孩子，再加上你的两个仆人，也就是说一家至少 5 口人的吃和穿需要你来承担。

其他的吃穿住行、子女教育、医疗、养老、个人的应酬、交往等，所有的这些钱放在一块儿，都得从你只剩下 60 两的年薪里出。

这么算下来，中层官员 80 两的收入，在清朝就保持一定水准的生活都有困难，还怎么能有薪留下来买房呢？

话虽如此，我们却分明看到当官仍然是大多数读书人的梦想。

如果是普通人，参加科举，为改变命运、进入上层社会而努力，这说得通，但还有人花钱买官，这仿佛就说不通了。

先来说下买官，这事清朝是有渠道的，学名叫"捐纳"，这是早在秦汉时代，就已经出现的现象了，通常是在国家需要用钱的时候，会向民间寻求买家。只要你出了一定额度的钱，朝廷就可以给你个官当当。

但也不是什么官都能买的，吏部和礼部的官不卖，因为吏部是人事部门，礼部是教育部门。这两个部门的官位要是卖出去了，被人胡搞，朝廷会乱套。

另外，中央六部的部长，地方上"一把手"的总督、巡抚，这个级别的官不卖。

不过三品道台以下，你出13000两就可以买走了，五品的知州，需要4280两，七品的知县只要3700两。

这可不是小数目，即使是捐七品官的钱，也能在乾隆年间在京城买5个半的四合院。这个价钱够我刚刚提到的给有家人管家的仆人，不吃不喝得干370年的。

那么问题就来了，在当时要是当官如此清贫，入不敷出，为什么还有那么多人趋之若鹜呢？

答案也许很简单！

当然了，认真想的话，其实还要考虑到职业理想、个人价值的实现等。但我们还是暂时忽略不计，在巨额金钱面前，梦想往往弱小得可怜。

贪污腐败，这是人类拥有权力以后难以摆脱的问题。

在清雍正元年，出台了一项打击贪污腐败的薪给政策——"养廉银制度"。

后人解读为高薪养廉，让官员的薪水高到足够支撑相当体面甚至富足的生活，用这种方式杜绝贪污。养廉银高到什么程度呢？通常是我前面提到的基本工资 10 到 100 倍。还是以年薪 80 两的五品官为例，10 倍就是 800 两，100 倍就是 8000 两，足够买豪宅了。

不过，中间的价差是怎么形成的呢？其一是官阶大小的限制，其二，是因为养廉银出自地方税收。也就是说，如果官员任职的地区富庶，拿到的养廉银就高，或者说是全额。但如果是经济欠发达地区，养廉银拿得就少。

但不论怎么样，如此算起账来，清朝官员，至少是雍正帝以后，鸦片战争以前的官员，想靠朝廷给的收入买房，恐怕就不是什么可望而不可即的事了。

古代重农，为何山西人偏要经商？

古代中国人人都种地，为什么山西人却经商呢？

对于山西人的经商传统，雍正皇帝曾有评语："山右大约商贾居首，其次者犹肯力农，再次者谋人营伍，最下者方令读书。"这话的意思是说，在山西，聪明人都去经商，有把子力气的人去种地，啥也干不了的人才去读书。这话有些夸张，但在山西，这种重商传统把一代代最优秀的山西人吸引到商业中来，前赴后继，最终成就了晋商明清五百年的商业辉煌。

但在重农抑商思想深厚的古代中国，为什么山西人会是特例呢？让我们来看看山西的地理环境。首先，山西土地贫瘠，不大适合农耕，因此安居乐业的农耕文明就不容易扎根。其次，古代山西基本上属于中国的边境，刘邦被困的白头山，李渊起兵的地方，都是山西。这种地理特点带来战乱的同时也带来了边境贸易的可能。在这样的环境中长期生存，人们就必须富于冒险精神和诚信品质，而最适合这种品质的商业文明也就随之诞生了。

但是，有土壤有条件是一回事，能崛起又是另一回事了。

明朝初建时期，朱元璋的心腹大患是北方蒙古人，所以他一方面重修长城，一方面在边关囤积重兵。但问题也随之而来，粮食供应怎么办。当时边境常年驻扎 80 万雄兵和 30 万匹战马，人吃马嚼的能把中央财政活活吃垮。朱元璋推行过屯田制，然而这一带自然条件实在恶劣，没成功。后来又让各地政府拨粮饷，然而路途遥远，运费都已经超过粮食价格了，这让百姓苦不堪言，常有为此倾家荡产者。所以这条路也走不通。朱元璋洪武三年（1370 年），明朝开始实行"开中制"。所谓"开中制"大概是这么个意思：让商人运送粮食和军需物资到北方边疆，以所运之粮食换取"盐引"，然后凭借"盐引"到指定盐场支取食盐，再到指定地区销售。

要知道，盐业是政府财政的命脉，开句玩笑话，历朝历代对贩私盐的禁绝力度堪比现代禁毒。贩私盐，那是杀头的买卖。如今政府让出一块利润出来，谁占领谁就可获暴利。这时候，山西人的经商传统和临近北疆的地理位置起到了至关重要的作用。山西不产粮，但山西近邻的河南、山东却是产粮大省。很长一段时间以来，山西商人就开始从事把粮食从内地贩运到边疆的贸易活动，可以说是轻车熟路。更重要的是，以山西运城为中心的河东盐场自古都是产盐重地，这简直就是左右逢源。纵横天下的晋商从此应运而生。

晋商们深知，他们的财富，是公私合营的产物，要想垄断这条财路，就必须能够影响政策，这就需要朝堂之上有自己的代理人。

这实际上是中国所有商帮都不得不面对的问题。而明朝山西蒲州的张、王两家，就是官商一体的典型。张、王两家的势力在嘉靖年间发展到了顶峰，那种辉煌，恐怕连《红楼梦》中的四大家族都难以比拟。

明朝嘉靖二十年（1541年），王家的王崇古考中进士，最后做到了兵部右侍郎、宣大总督。到了嘉靖三十二年（1553年），张家的张四维中进士，他更了不得，在著名的万历十五年（1587年），张居正去世后出任内阁首辅大学士。这还不算，张、王两家以及其他山西巨贾都和红楼四大家族一样是姻亲关系，张四维的母亲正是王崇古的二姐，因此他俩是舅甥关系。有这样的背景，张、王两家在商场上无往而不利。

然而成也官商败也官商，当政策发生了改变，曾经的利益就很容易丧失。到了明朝中叶，盐业政策由"开中制"转向"折色制"。按照新的制度，商人不用再到北部边疆纳粮以换取盐引，而是可以直接到内地盐运司纳银换取盐引。这样，晋商的地理优势就没有了。而围绕着两淮盐场崛起了另一个传奇商业集团——徽商，而两淮的核心城市扬州也取代太原和大同，成为中国新的盐商中心。至此，围绕盐业而崛起的晋商，结束了历史上的第一个巅峰。

如果说晋商是因为盐业而崛起，那么，他们又通过金融业铸就传奇，当时有个词形容晋商创办的票号，叫作"汇通天下"。咱们再来看看这个故事。1914年10月的一天，天津《大公报》刊出了一条轰动中国商界的大新闻，"天下票号之首"日升昌宣布破产。这是则令人伤感的旧闻，山西票号被称作是"现代银行的乡下祖父"，而开先河者正是日升昌。

提到日升昌，就不能不说雷履泰。日升昌的前身是"西裕成"颜料铺，东家姓李，而雷履泰正是大掌柜，也就是CEO。"西裕成"颜料铺的生意做得很大，在全国各地都有分号。故事发生在清朝嘉庆年间，当时社会上并不太平，所以民间远途运送银两是十分危险的事，需要雇佣保镖。那也是镖局最后的辉煌了，等到票号业务遍布全国，银子变成银票，就不再需要保镖保驾护航了，再到后来火车进入中国，抢钱变得越发得困难，保镖这个行当也就随之没落了。

"西裕成"颜料铺的东家为自己的商人朋友提供了这样一种方便，把钱存在他北京的颜料铺里，然后拿上凭证回到平遥的颜料铺兑换，而西裕成则从中收取一点费用。这不就是异地存取吗？大掌柜雷履泰敏锐地意识到这就是商机，于是建议东家不必再经营颜料铺了，索性经营票号，于是在道光三年（1823年），中国第一家票号日升昌成立了。

在日升昌票号最深的院落里，挂着一块道光皇帝所赐的匾额，上面写着"汇通天下"四个大字。这说明了日升昌在票号里的地位。但真正做到汇通天下的，可不是光靠日升昌一家票号。整个清朝全国票号一共是51家，其中43家是山西人开办的。晋商的这43家票号，在国内外一共开了600多家分号，注意还有国外，这才是名副其实的"汇通天下"。

山西票号之所以后来能够被认为是"现代银行的乡下祖父"，除了出现时间早之外，很重要的一点是现代银行的很多经营模式都能在票号身上找到雏形。比如，东（家）掌（柜）合伙制，也就是今天的股份制和职业经理人制度。当时票号的股份制实现了两权分离，也就是经营权和所有权的分离。这基于两点考虑，首先是票号的股东往往不再是一家独资，若干股东扯起皮来，很影响办事效率；其次票号业务专业性极强，很多股东都是外行，所以只能交给职业经理人来代理。而且东家还不能给票号推荐人才，尤其是不能让"三爷"——少爷、姑爷和舅爷进入票号，以免给掌柜制造不必要的麻烦。

除了经营有方，山西票号能够兴盛的另外一点就是紧抱朝廷的大腿。咱们就来说说最著名的一次"抱大腿行动"。1900年，对中国人来说是糟糕的一年，这一年八国联军打进了北京城。但是对山西票号来说却是辉煌的顶点，因为他们接待了从北京逃难出来的慈禧太后和光绪皇帝。他们入住的就是著名的乔家大院。这件事是乔家高德通票号大掌柜高钰一手操办的。高钰和跟随皇帝西行的内阁学士桂春是好朋友，通过桂春的关系争取到了这次千载难逢的接待机会。这一次，乔家不仅花费巨资把乔家大院装饰一番作为太后和皇上的行宫，而且还慷慨解囊，借给慈禧太后30万两银子。

你想想，面对这样的雪中送炭，慈禧太后得回赠什么？当然是特权和来自政府的生意。山西票号的大部分收入，都来自政府这个超级大客户。这既让他们盈利模式变得轻松，却也丧失了分摊风险的能力，和政府形成了一损俱损的关系。这和当年的盐商何其相似。由于形成垄断，不再经历市场风浪，所以晋商们的思维模式也趋于保守，当西方银行进入中国之后，票号的东家们不顾众多大掌柜的联名呼吁，拒绝转型。然而当辛亥革命爆发，紫禁城的王孙贵族们如雨打风吹去，以公款业务为经营支柱的票号一下子断了财源，这时候民间的金融市场已经没有他们的容身之地，就这样，山西票号成了大清王朝的殉葬品。

回过头来看历史上晋商的起起伏伏，过去的盐业专营和后来的煤炭经济的没落都没有票号的没落那样令人遗憾。因为前两者的崛起，一次是源于特许经营，一次是源于资源垄断。只有票号，是彻底来自市场、民间智慧的产物。它热情地向我们展示了中国人的创新智慧和契约精神，只是这精神夭折了，没有长大成人。以时代的眼光看，夭折来自战争，来自王朝更替，而以市场的眼光看，夭折来自官商合流。权力带来的商业束缚和垄断经营，让企业变得保守而又脆弱，既失去了变革的勇气也失去了竞争的能力，终究失去了上岸的机会，和那个同样保守又脆弱的帝国一道，被3000年未有的大风浪掀入了历史的深海。

第六章

惜学、仕浮沉：学业维艰事业难

现代人想要实现人生价值，可以有无数种选择。

但是在古代，对大部分平民出身的人来说，

参加科举、以才求官才是唯一的出路。

所以说，与现代人相比，

古人的求学之路、职业生涯，实在是道阻且长。

让官员痛失前程的"普通话"来自哪里？

今天，我们大部分人都使用普通话进行交流。但是"普通话"这个名词却是近代才有的，在很长一段时间里，我国的官方语言都不是以北京官话为标准的，那么历朝历代的官方通用语叫什么？它们又都是哪些地方的方言呢？

虽然古代没有"普通话"这一名词，但这个概念却由来已久，只不过每朝每代的称谓有所不同。先秦时期就已经出现了通用语，当时作为天下共主的周天子经常要与诸侯联络，但是《礼记》记载："五方之民，言语不通。"面对这种情况，就急需一种统一的语言来方便交流。于是，周天子所在地镐 (hào) 京和东都洛邑，也就是现在西安和洛阳一代的方言就成了通用语，其中主要还是以镐京周边的秦晋方言占主导，称为"雅言"。"雅"通"夏"，意为华夏的语言。春秋时期孔子作为鲁国人周游列国讲学，能够拥有三千弟子，也是用雅言来传授学问，否则各地学生如何能听懂孔子的山东话。

此后，每个朝代的通用语也多是以都城所在地的语音为标准，西安和洛阳在很长一段时间内也成为北方语音的权威地。其中秦汉时期仍长期定都长安，因此仍以秦晋方言为通用语，称为"通语"。到了东汉乃至魏晋南北朝时期大多建都洛阳、开封，因此河洛方言逐渐超越秦晋方言，成为当时的通用语，直到晚唐，洛阳仍被认为据天地之中，语音最为纯正。

到了魏晋时期，通用语越来越为人所重视。当时五胡入华，一方面加速了北方方言的大融合，另一方面，一些少数民族建立的朝代也迅速汉化，最有名的当属北魏孝文帝进行的汉化改革，他不仅将都城从平城迁到洛阳，还要求大臣学习汉语，也就是当时的通用语，并且规定30岁以下的官员在朝堂上不讲汉语一律免官，30岁以上的还有一个改正期，但也要尽快学会，为此甚至拿岳父李冲开刀。魏晋时期还非常重视门第，当时南朝齐武帝想帮南昌人胡偕之与贵族联姻，但胡谐之一家语音不正，为此齐武帝专门派几位宫人教他说官话，过了两年皇帝问他语音是否改过来了，结果胡谐之表示，自己家里人多，宫人少，因此不仅没有改变自己的口音，宫人的口音反而被带跑偏了。

到元明清三代均定都于北京，按理说应该以北京话为通用语，但是由于北方长期战乱，民族大融合，北方语音已经发生很大的变化，而北人南迁使得江淮地区的"中原之音"反而更为纯正，因此南京话在此后很长一段时间成为通用语。不仅如此，如今南方方言普遍比北方方言更接近古汉语。客家话、粤语中便保留了很多古汉语的特性，如果用客家话来朗诵唐诗宋词，韵律会比普通话吻合得多。

其实不论历朝历代的通用语如何变化，民众普遍使用的还是方言。安土重迁，由于地域阻隔，很多中国人一生从未离开过当地，所以方言造成的交流障碍也相对较小，但是对官吏来说，语言可谓是一道门槛。

古代官员有异地为官的籍贯回避制度，最初一般限于州郡，此后范围逐渐扩大。宋朝官员如果在某地超过三年，就视同是籍贯地，不得在此为官，到明朝甚至有"南人官北，北人官南"的原则。建立这一制度目的是避免官员结党营私，排除人情、乡情的干扰，但同时也为官员们带来了一个巨大的难题。这些官员们自身口音尚难改变，还要用相当长的一段时间去学习各地方言，可谓难度颇高，因此官员在处理政务时通常都要依赖通晓当地方言的下级书吏杂役辅助。但是即便如此，语言不通也令官员颇为头痛。唐代柳宗元被贬至广西柳州任刺史，虽然寄情山水，但是也深受语言不通的困扰。由于他听不懂当地少数民族的方言，所以必须有翻译在场才能办公，从而工作效率大大降低，正常只需一小时办理的公务，得用一天才能完成。正因如此，在回避制度上规定最为严格的明朝，对广西、四川边远地区、湖广一些少数民族地区也放宽了籍贯限制。

对官员来说，听不懂方言很崩溃，但自己说的方言皇帝听不懂更是痛苦。众所周知，福建话是非常难懂的，当地有的县便有数十种口音。其实不仅福建话，南方方言普遍比北方方言更难懂。我国幅员辽阔，有"十里不同音"的说法，但是北方方言在语音、语法等方面分歧都不是很大，只是在一些用词上表现出各地特色，因此北方方言的一致性更强，融合度更高，通行区域也非常广泛，从东北满洲里到西北甘肃酒泉再一路向南至南京等地都属于北方方言区，人们使用方言沟通不会有太大问题。反观南方地区，由于地势复杂交通不便，方言的融合度远低于北方地区，所以方言的差异性很大，很多地方翻过一个山头，口音就大不一样了，其他省份的人便更难听懂了。

正因如此，古代福建人为官可谓困难重重。早在宋太宗时期，皇帝很赏识福建人刘昌言，想要提拔他作为近臣，但是当时很多大臣认为刘昌言是福建人，恐怕没法与皇帝沟通，赵光义为此怒斥："我自会得！"但是很快皇帝就打脸了，不久赵光义又无奈表示，刘昌言说的话"朕理会一句不得"！也就是说他一句都没听懂。当然福建人因口音问题影响仕途的例子不止一件。到明朝，类似的事情再次发生，明成祖时期有位进士名叫林廷美，长相非常好看，朱棣便想任命他为近臣，但是在问他籍贯时，林廷美用一口福建话回答，结果遭到朱棣的嫌弃，便决定任他为京官，可林廷美还没退几步，朱棣又把他叫了回来，表示他没福气，又把官位改为山东某地的知州。

历史上能听懂方言最多的皇帝当属康熙，当时有很多南方人冒充北方人进行科考，康熙表示十三省方言自己都能听懂，并且通过听对方说话就能进行辨别，因此冒充的人在他这里是无所遁形的，看来康熙对自己的语言天赋很有自信。但是到他儿子和孙子那里就不一样了。雍正皇帝听不懂福建、广东等地官员的方言，因此下旨在全国建立正音书院，教授官话，甚至一度规定读书人如果听不懂官话就不能参加科举考试，但是这一旨令推广不力。到了乾隆时期，皇帝意识到这个问题需要从根源也就是老师身上抓起，因此下令老师必须学官话。

但是直至晚清，朝廷里由于方言造成的交流障碍依然非常普遍。慈禧垂帘听政时，为了在召见地方官员时沟通方便，还打破室内除了军机大臣不得有闲杂人等的规矩，允许内臣随同以充当翻译。作为慈禧太后对立面的光绪帝也深受语言不通的困扰。康有为和梁启超作为"戊戌变法"中的两个重要人物，他们都是广东人，讲一口粤语，因此他们向光绪皇帝讲解变法思想时由于言语不通，彼此词不达意，光绪接见其他大臣都谈很久，但是和康有为不到十分钟就结束谈话了，梁启超也由于不会官话，只得了个六品小官。到了清朝末年，甚至还出现了外国人说的官话比中国人说的话还容易被理解的情况。末代皇帝溥仪在自传《我的前半生》中便曾经提到他的英文老师庄士敦说的中国话比陈师傅的福建话还好懂。

虽然说古代很早便有了通用语，但是没有哪个朝代真正实现通用语的普及；虽然秦始皇时期就实现了书同文，但直到中华人民共和国成立前都没能实现语同音，这是因为一种通用语从确立、推广到真正普及的每一环节都非常艰难。

直到清朝末年，在全国范围内向全民推广"国语"才开始真正尝试，但是由于当时内忧外患无暇兼顾，所以很快就成为过眼云烟。民国建立后，当时的民国政府教育部专门召开过读音统一会，但是会议持续讨论了一个多月，南北双方各执一词，始终难以形成统一认识，最终只能将北京话与南京话杂糅在一起，形成一种人造语言，也没能普及开来。

中华人民共和国成立后，国家于1956年召开了全国文字改革会议，最终确定汉民族共同语是"以北方方言为基础方言，以北京语音为标准音，以典范的现代白话文著作为语法规范的普通话"。但是北京话中的很多用词与普通话也并不一致，而是有所谓的"京腔"，这是由于普通话的采集地并不在北京，而是在河北省承德市的滦平县，所以说今天我们说的普通话其实可以算是河北话。

读书人为什么喜欢宋朝？

我在上学的时候就非常喜欢一句歌词，是这么唱的——"我不怕痛不怕输，只怕是再多努力也无助"，这个词让还是初中生的我莫名感觉到一种不屈力量和与命运抗争的勇气。

"努力、奋斗、终生学习、遇见更好的自己、未来的你一定会感谢今天努力的你自己"等许多充满正能量、励志色彩的词汇包围着现代都市人。

这让我们发现自己处在历史上一个较为开放的社会，生活在较为多元的价值观中，能接纳很多人不同的生活状态。

但回望历史，我们会发现在许多时代，封闭的制度让努力失去意义。所以如果从这个角度来理解今天我们所说的这个专题，为什么读书人很喜欢宋朝呢？最根本的原因是在宋朝读书人如果努力，会有更多机会获得成功。

谈及古代读书人改变命运的可能性，就不能不说到科举制度。

古代的科举考试更像政府公职人员考试，通过科举之后是要做官的。在科举产生以前，大多数情况下，官员的产生自一种察举制度，简单说，就是推荐制，虽然有一定的标准，但需要有地位的官员推荐才行。

我们可以想象一下，某人的政治前途完全要由具备推荐权的人来打开大门才得以实现，这就容易产生腐败、虚假表现。

科举制的一大进步，允许自由报考。

小时候我看《西游记》里，常提到唐僧的通关牒文，通关我理解，文也能明白。可这个牒是什么呢？CD、DVD，还是盘子？唐僧的护照和盘子有什么关系呢？

后来才知道所谓牒，就是证明文书，用现代的话语来讲，大概可以当作身份证明、简历等文件吧。

科举报名，可以"怀牒自列于州县"，就是你自己带着你的身份证明到州县相关部门报名去。而且报名时并不考核你是私立学校毕业、公办学校毕业，还是在家自学。

这已经是巨大的进步了，不是吗？但其实进步也是有过程的。

在以开放为著称的大唐盛世，科举却有着一项在今天看来非常难以理解的条件限制，那就是对家世出身的要求。

在唐代，如果你生在从事工商业的家庭，那么，你就不能够参加科举考试。

我在开篇所提到的那句歌词，放在这儿正合适，"我不怕痛不怕输，就怕是再多努力也无助"。你书读得再好，只要你不满足家世方面的要求，也不能够参加到科举。

我们之所以说读书人最爱宋朝，其中一个重要的原因就是，报考条件对家世的限制已经放松了。

宋朝读书人在谈及本朝的科举考试制度时，很自豪的一点就是宋朝科举的"取士不问家世"原则。也就是理论上来讲，考生可不可以参加科举、朝廷录不录用某位考生，并不取决于考生的家世背景。当然，虽然也有特殊情况发生，但能把参加科举的尺度放宽，已经是科举制度的又一次进化了。

从唐代的限制到宋朝的不限，中间走过了什么呢？其实主要源于唐中期以后，人口的流动，加上政府权力的不断萎缩，造成了即使对身份限制的规定仍然存在，但是官方已经没有办法切实地掌握每一个人的出身背景了。

考生在报名时如果刻意隐瞒自己工商业的出身，负责科举考试具体工作的官员，是没有能力、精力，也没有权限去查证这件事的。

五代时期，天下纷乱，更没法对每位考生的出身进行严格的考核。宋朝立国后，朝廷干脆不管了。

现在想想，在民间俗语中流行的"英雄不问出处"等理念，也许与宋朝取士不限家世的做法有着某种联系。

可是仅仅报名不受限制了，还不足以支撑"读书人喜欢宋朝"的观点。其实我个人觉得最重要的是，在宋朝参加科举，也许更容易成功。

让我们来看一下数据，对比唐代，科举是每年开榜，也就是一年一次。在唐朝存在的 290 年时间里，举办了 266 次科举考试，总共取士的人数达到了 6603 位，平均算下来，朝廷每年录取进士 23 位左右。

再来看看宋朝，宋朝差不多是 320 年，一般情况下，是三年开一次榜，实际宋朝前期也是每年开榜的，但后来乱的时候就不能正常开展科举了。所以在 320 年的时间里，共举办了 130 次科举考试。尽管数量上远不及唐代，但宋朝的 130 次科举考试，共录取进士 10 万多人，也就是说平均每年录取 300 多位进士。

如果再对比元朝，我们会发现平均一年录取 12 位进士，明朝一年录取 89 位进士，清朝每年录取 100 位进士。

这样对比下来，我们能清晰地看到每年平均录取进士最多的是宋朝。这意味着同样的分数，在别的朝代你根本考不上进士，但宋朝因为扩招，你就能考上，然后当上官员。

所以，如果单纯从这个角度上来说，假如您要参加科举考试，会不会也希望在宋朝考呢？

读书人会喜欢宋朝，还有一个重要指标。

那就是从宋朝官员结构组成来看，大部分高级官员是通过科举考试考上来的。

古代有个词叫作"荫补"，什么意思呢？就是如果一个人的父亲或祖父做了高官，那么儿孙就可以靠这种关系进入官僚队伍了。当然最初的身份相当是实习，在实习期满后，有可能转为正式官员。这种制度因为很像一棵大树为树荫下的区域遮挡了阳光，提供了凉爽，所以被形象地称为"荫补"。

宋朝当然也有无法避免的情况出现，但是通常情况下，荫补人员的官阶不会高，只能停留在下层官员的阶层。如果想要提升，也必须通过科举考试。

其实在宋朝，除了荫补外，下层官员的产生方式还有一种叫"杂流"。所谓杂流是指这个人最初可能是在官府里打杂跑腿的，但后来可能是因为干得好或领导喜欢，对他加以提拔。最终，这个人也可能获得正式官员的身份。但如此出身的官员，地位可能还不如荫补，所以如果想要再提升，也需要通过科举考试。

但并不是所有人都能如愿过关，所以中下层官员的级别往往就成为这两类官员的职场天花板。而上层官员中，出自科举的比例就非常可观了。

有数据显示宋朝的宰相里边98%以上都是科举出身，唐代的369名宰相出自98个家族，而宋朝的134名宰相，来自126个家族。这说明，靠裙带关系成为上层官员的事例在宋朝并非主流。

在宋朝不仅参加科举考试改变命运的通道相较唐代更宽，考试录取分数也更低，相比之下高官走上巅峰青史留名成为人生赢家的概率也更大，再加上朝廷中对文官地位的普遍认同和社会上对读书人的尊重等一系列的线索，都把我们指向了本文的主题——读书人会喜欢宋朝。

中国古代有职业女性吗？

从小在家学习缝缝补补，针线刺绣，有钱人家的女孩也许会学学读书写字，长大以后遵从父母之命、媒妁之言，嫁后相夫教子，没钱的得洗衣做饭，有钱人家的夫人每天赏花看戏养鱼念佛。但不管有钱没钱，女子基本上不用工作，大门不出二门不迈；偶尔有外出工作的也是生活所迫，干的大多都是见不得人的营生；等岁数大了，没了姿色，还可以当个媒婆啥的，你会不会以为古代女性的日常生活是这样的？

我猜对了吗？

可事情真的是这样吗？《水浒传》里的孙二娘，经营了一家卖人肉包子的黑店，可是武松他们进店后，见到女性服务员有没有惊讶呢？并没有，这个情节提示我们，起码在《水浒传》成书的元末明初，甚至在《水浒传》所描写的宋朝，女性经营饭店并不是什么稀罕事。

实际上，节目开篇时讲到的那些对古代女性生活的描述只是一种想象。在古代，女性也是有职业的。

比如，自卖为丫鬟婢女。在《红楼梦》中，贾宝玉身边的袭人丫鬟，许多都不是终身为奴，而是在卖身入府的时候已经约定了时间。南宋词人周密在《癸辛杂识》中记载了南宋曾做过翰林院华文阁大学士的高文虎，就曾经买过一个何姓女子服侍自己。说是买，其实是有年限的雇佣，在合同上表明了薪水及年限。不过这位女子的身份，是介于护工与妾之间的一种模糊存在。其实，所谓卖身为婢，并不代表把自己的全部卖给了主人家，可以任由主人为所欲为。在许多人家，婢女的工作更倾向于私家服务员。宋朝经济发达，随之而来的是服务业人员的大量缺口。面向大众的各种生意买卖需要服务人员，许多大户家庭更是会雇养一些这样的女孩服务。宋朝有个人叫洪巽，写了一本《旸谷漫录》，这本书里写到当时的女孩子长大后从事服务业，一般有十种就业方向分别是："身边人、本事人、供过人、针线人、堂前人、剧杂人、拆洗人、琴童、棋童、厨娘等级，截乎不紊，就中厨娘最为下色，然非极富贵家不可用。"

这里说的"厨娘最为下色"，恐怕意思是身份最低，但相应的，身份低却可以用薪水弥补。谁也不必瞧不起谁。因为她们的薪水高，所以只有极有钱极富贵的家庭才用得起。

宋朝笔记小说里，关于某人自视有些条件，就请了一位女厨娘回家服务，结果被薪资待遇吓得不轻的段子特别多。

比如，宋朝郑望之的《膳夫录》里讲，宋徽宗时期的宠臣太师蔡京，家中厨房有数百名婢女服务，有的人只是专职负责切葱。再比如，《旸谷漫录》里讲了这样一个故事：

有一个当过两任太守的官员退休了。这个太守在宋朝相当于知府，是地方上的最高行政长官。话说这位官阶不低的官员退休之后，打算享受生活，吃得好些，因为过去曾在某聚会上吃过一次京城的私家女厨师做的菜，觉得非常好，于是也想请这么一位女厨师来为自己服务。

如此退休官员，当然要请一位够格的女厨师，于是他托朋友在京城寻觅，还专门提出，来回路费和薪水都按京城规矩来，不用给自己省钱。等了一个来月，朋友回信，说请到一位手艺精湛、还能写会算的20来岁的年轻女厨。

一切都已谈好，没几天就能到了。果然，三天以后，这位老爷收到一封信，信上说自己就是那位厨师，由京城某大人介绍，来尊府上谋事做，希望大人能赏脸派几乘四人抬的软轿来接一下自己和助手。

来信言辞得体，字迹清秀，像是出自女性之手，这让退休官员首先感叹到底是京城来的，文化素质就是不一样。

有了第一印象的好感，官员虽然觉得一个厨师提出如此要求未免有些夸张，但一想到对方是京城请来的，到这个小地方还是要有些排场的，加上自己花大力气请来的厨师如此出场，那些自己请来试菜的客人也会备感新奇。最重要的是，老爷有这个条件。说到底，面子还是长在自己脸上，于是他就按女厨师提的办了。估计决定后，还得自己说服一下自己，生活需要仪式感嘛。

结果没想到，一共用了五台轿子，才把女厨师连人带行李接回府上。

安顿好住宿以后，女厨师又梳洗打扮得鲜净素雅，才出来见退休官员，举止言谈大方从容，一看就是见过世面的。

官员心里已经等不及想要试试菜了，于是约好第二天中午先试试家常菜，一共四个菜，老爷点两个，女厨师自定两个，分量按五个人吃饭准备。

等想好需要什么，厨娘只要提个单子，请下人去市场买回来就行。

让官员老爷惊讶的是，女厨师提的材料，足够二三十个人吃的量，但由于是新请来的，多问显得小气，于是照单全收，交代给仆人置办齐全。

家里来了这么一位大厨，全家上下都很好奇。第二天女厨师做菜时，仆人们都挤到厨房看热闹。只见她先吩咐助手把工具摆出来，除了灶要用主人家的，其余那些大锅、小锅、水盆、汤盘、勺子都用自己的，而且都是银子打的。菜刀、菜板那些不能用银质品，却也都是高级货色。助手洗这些工具的时候，女厨师进屋换了身工作服。说是厨房里穿的，但同样质地剪裁都很考究，最吸引眼球的是围裙，居然是用一条赤金链子挂在脖子上的。

接下来就开始堪称奢豪地做菜了，15个羊头每个只切面颊上的几片肉。摘菜只要最中心部分的3厘米，剩下的全部扔掉。仆人们看得惊讶，女厨师说这算什么，在京城时做过一道鸡舌羹，用了100只小鸡，扔点羊头和小菜就大惊小怪。

等饭菜做好后，果然与平常不同。主人和客人都很满意，餐后喝茶的时候，女厨师又换了一套衣服来到厅前，手持一份大红帖，对主人说，刚才的小吃，不知合不合大人口味？还请大人随意赏赐，然后双手呈上那大红帖。退休官员接过帖子一看，里面列的都是名门大户，赏赐的内容也很惊人。要么是帛100匹，要么钱二百千，最少的是帛50匹。我们之前算过宋朝基层官员一个月大约收入是4500文。赏赐二百千，就是20万啊。老官员心脏病差点就犯了，但是客人们都在，脸面不能丢。于是硬着头皮按帖子上最低档写了一下。女厨师接回帖子，只是淡淡说了声谢，就转身下去了。剩下心在滴血的老爷继续在朋友们面前强颜欢笑。

如此厨师，根本不是退休老爷能养得起的，于是女厨师只工作了两个月左右，就离开了。

您看，这样的女厨师，难道不会令我等搬砖人士在加班工作之时羡慕羡慕吗？

各位，您可是现代人。您都羡慕，在古代更是这样了。

北宋京城汴梁和后来南宋都城临安的普通人家都流行着一种观点，那就是生儿子不如生女儿，生女儿将来有地位，有高薪啊。于是出现了洪巽《旸谷漫录》记录的"京都中下之户不重生男，每生女则爱护如捧璧擎珠"和陈郁在《藏一话腴》中写到杭州"风俗尚侈，细民有女则喜，生男则不举陈郁"的情况。

当然了，宋朝女性能做的不仅仅是服务业，如果不愿意为有钱人服务，完全可以靠手艺赚钱。

北宋都城汴梁，有国有纺织厂，叫织绵院。这座创办于967

年的工厂最鼎盛时有 600 位织匠，其中绝大部分是女性。而且因为织的是蜀锦，所以好多女工来自四川。也就是说，在北宋时女性就可以外出在"国企"打工了。

如果不凑巧没有那么好的手艺，你也可以到纺织行业的其他环节工作，像染院、文绣院等，而且不只限于都城。宋朝纺织业发达，大城市里都有工厂，女性完全可以挑选自己喜欢的城市生活和工作。

读完这篇文章，是不是颠覆了您对古代女子需不需要，或者能不能出来工作的想象呢？

座位也能影响考试成绩吗？

科举考试的座位，是怎么影响考试成绩的呢？

我们首先得先知道，座位是怎么坐的。中国古代科举考试的考场，叫作贡院，贡院里最重要的建筑，是号舍，排号的号，宿舍的舍。

号舍是由一间又一间小屋组成的，你可以把它理解成是一个个小屋拼在一块儿组成的一长排平房。

明清时期，号舍大小是有标准的，每一间号舍都是三面有墙，南边敞开的，因为号舍是考生考试的地方，为了方便监考，是不装门的。

每间号舍宽三尺，纵深四尺，后墙比前面的房檐高，有八尺，前边的房檐低，大约高六尺。如果按清朝一尺相当于今天 31.1 厘米的这个标准来计算的话，每间号舍的面积只有 1.16 平方米。

过去的乡试和会试都在这里考，考生从点名入场到交卷离场，完成一场考试需要三天两晚，而完整的考试，是要考三场的，加在一起就是九天六晚。在这些时间里，号舍既是考生答题的场所，也是他们生活的地方。

可是这么小的一块空间，怎么睡呢？我第一次实地参观复原的号舍时，很惊叹那种设计，每间号舍都配一块 1 寸 8 分厚的木板，大家都管这个叫号板，吃饭、睡觉、答卷都少不了这块板。使用方法是这样的，在每个号舍两边的墙上，分别在距离地面 1 尺 5 寸高和 2 尺 5 寸高的地方，分别留了一道正好能放下那块木板的砖缝。考生可以根据不同功能的需要，把号板放在这个高低两个不同的位置，再配合号舍里那块固定不能动的木板使用。比如，答题的时候你可以把号板搭在高的地方，然后坐在固定的那块板上，这就是一套桌椅了。

等到要休息的时候，把号板从高的地方拆下来，放在低的地方，正好和那块固定的、之前坐着的那块木板拼成了一张硬板床，考生可以铺上自带的寝具，在号舍里休息睡觉。

每间号舍都有一个单独的编号，考生要对号入座。

在开考前，考生会拿到自己的考号，考场外会有场中号舍的分布图张贴公布，考生需要按考号寻找自己所在号舍大概的位置。

这个环节很重要，因为有些贡院是很大的。以清朝为例，最著名的是北京的顺天贡院和当时南京的江南贡院。两个贡院，一南一北，所以在当时就分别被称为北闱和南闱，大概的意思是北考区和南考区。

根据道光年间的史料记载，顺天贡院里的号舍就很多，以至公堂为界，东边的号舍称为东文场，有 60 排，4474 间号舍，平均一排 74.5 人，别问我 0.5 人怎么算，您先记着这个数。从理论上来说东文场能容纳 4474 位考生在一起考试。至公堂的西边是西文场，有 58 排，共计 4851 间号舍。后来扩建，在东文场的东北侧又加盖了 11 排，共 221 间号舍，被叫作小东天；在西文场的西北边也新建了 47 排，共 874 间号舍。这样算下来，东西两侧加在一起，一共是 176 排，10420 间号舍。你可以想象一下，今天什么考试会同时有 1 万多人在一个考场考。而且，一场就得考三天，考足三场才算完，这段时间，无论是对考生或监考老师来讲，都可以称得上是场灾难。但请注意，南京的江南贡院比顺天贡院还要大，清朝末年时，江南贡院的号舍达到了 20644 间。

现代人恐怕很少会有这样的经历了，两万多青年男性共同在某露天场所的一个又一个小平房里生活九天。

先不去说硬板床舒不舒服，夏天有没有蚊子，换地方睡不睡得着，只说两万多名考生，怎么可能整齐划一，到时间就睡觉，不让说话就不说话，贡院里安静得像小时候写作文，对，静得地上掉一根针都听得到。怎么能静成这样呢？

再加上人睡觉后发出的声音，是自己控制不了的呀。打呼噜、磨牙、放屁，加上监考人员的巡视，值夜打更人的报时等等，能想到各种可能出现的声音让考生睡不踏实。

假如你是一个睡眠质量不太高的考生，又不走运分到晚上很吵的邻号，睡眠不足的你怎么可能写出好文章、考出好成绩呢？

而且，不光是号舍左右两侧的邻居发出的声音会影响到你，前后的考生也会发出声音，一排号舍与另一排号舍之间的距离只有 4 尺，那可真是鸡犬之声相闻了。

如此说来，似乎只有祈祷分座位的时候，不要分到中间，如果在两边是不是就能清净些呢？其实并不是，先说排头的号舍，邻着通道。凡是考试时在门口那张桌坐过的朋友都知道，来来回回只要走过一个人，你一定会知道。精神不集中的话，思路被打断是分分钟的事。还有那种你正专心答卷，突然间伸过一只手来，说"同学我看看这题"，拿起你的卷子后，对班里同学说："考生们注意看一个某页的第某道题啊，这题是某某意思，请大家注意，不是某某意思。别答错了啊，审好题。"然后把卷子还给你，这种事吓死人了，好吗？

排头的号舍就在监考的官员必经之路边，这类被影响是肯定的。而且中间部位的号舍考生一抬头就是前排号舍的墙。

排尾就更崩溃了，这种号舍被称作最"底号"。底号有什么问题呢？它挨着厕所，在考试的几天里，考生们的吃喝拉撒都在号舍区，今天不知道有多少孩子见识过老式的露天公共厕所。想象一下考试期间，你在号舍里吃饭睡觉写卷子的时候，隔壁间传来的味道。如果赶上某考生坏肚子，那可真是百花齐放、"芬芳"满院。而且我们刚刚算过账了，以道光年间顺天贡院为例，东文场60排号舍，4474间，平均一排74.5人，就按74人算吧，74人共用一个厕所。这套流程要循环74次，我就问你崩溃不崩溃。

假如有考生鼻子不灵，耳朵不聪，是不是就能在分座号的时候百无禁忌、随便安排了呢？并不是，就算没在底号，万一分到"小号"或"席号"，更难受，简直是老天爷直接取消了你的考试成绩。为什么这么说呢？

先来说小号，什么是小号呢？顾名思义，就是比标准尺寸还小的号舍，里面连一张席子都放不下，考生在里面只能蜷曲着休息。但为什么会有小号呢？是儿童款吗？并不是，号舍建小的原因是，建筑方偷工减料、管事的人拿回扣了。

事情就摆在那儿，谁都看得到，但因为上面有人贪了钱，不会有人来管，考生分到这样的号舍，也只能自认倒霉，后悔自己为什么不是个瘦小的人。

但最崩溃的，还是席号。

这种号舍都是老旧破的，破到风风雨雨挡不住的程度。万一被分到这样的号舍里，你只能祈祷不要下雨刮风。因为破旧，顶棚漏雨，这听起来仿佛也没什么。可是，科举考试的试卷有着非常严格整洁方面的规定，污损的试卷，或者是添注涂改的地方超过 100 字的话，收卷的老师，当时叫受卷所的官员，就会把这个试卷剪下一个角，并且写明原因，然后这些考生的名字会跟那些违纪者的名字一起用蘸着蓝色墨水的笔，写在一张榜上，把这个榜贴在贡院门外，凡是登上了这个榜，就会被取消应试资格。也就是说假如你的试卷被雨水打湿了，或者让风一刮扯了，那就坏了，一定会被负责收卷的官员给挑出来，你答得再好都没用。

讲到这里，我实在忍不住设想这样一个场景，假如某人考试时被分到了临近厕所的底号，并且还是一间老旧的偷工减料的号舍，考生拼劲力气克服困难把文章做得非常满意，在最后要交卷时刮风下雨把试卷弄脏了。结果试卷作废，白忙活一场，三年以后还是如此不幸，历经几次后，不知道这位考生会不会崩溃，最终走上自暴自弃的道路。

想在元朝当官有多难？

假如你是个生活在元朝前期的读书人，那我要向你表示抱歉，因为你读书入仕的通道没有了。也就是说，哪怕你是个"超级学霸"，也不能考试了。

郁闷不？读书人的志向怎么办？先天下之忧而忧的情怀怎么办？修身齐家治国平天下的终极目标怎么办？

但是等一下，在解决这个问题之前，是不是有个更紧迫的问题需要我们解决？

如果不开科举考试，那些朝廷的官员们，打哪儿来的呢？总不能没有人干活吧。难道元朝没有官场吗？

当然有了。

元朝建立之后，忽必烈按照汉族模式制定了一套从中央到地方的完整官僚系统。我们简单介绍一下，中央的第一大机构是中书省，这是全国最高的行政机构，民间通常会称之为宰相机构；第二大机构是枢密院，这是管军事的；第三大机构是御史台，是管监察的，既然他是管监察的，所以他就是独立于行政和军事以外的一个机构。

既然有这样的一个机构就一定需要官员啊，对不对？得上朝，得有文武百官，这是排面儿。但是元朝的统治者和之前中原王朝的统治者显然政治理念完全不同。

我们过去讲过清朝康熙、明朝朱元璋、唐朝太宗再加上秦始皇，他们都如何如何勤政，但元朝很难找出一位勤政的皇帝来。

元朝皇帝甚至普遍不怎么上朝，除了过年过节发表个讲话、有大型活动露个面什么的以外，平时基本上不出现。

这种行为模式背后的思路是这样的，在蒙古贵族的眼中，国家呀老百姓呀什么的，都是皇族的私人财产。换成是正在听节目的你，你会每天查一遍你的钱吗？

可是毕竟元朝皇帝拥有的是一个国家呀，他得想办法管理。

好，现在请您和我一起设想一下，假如您是一位大富翁，有很多很多的产业，您会天天给自己拥有的所有公司开会吗？会每天巡视一遍在全国各地的大别墅吗？

肯定不会呀。怎么办呢？您至少会找一个大管家，然后让这个大管家来给您管家，至于自己，就干点想干的事就行了。

而对元朝皇帝来说，中书省就是大管家，由他们来代理皇帝的工作，只有遇到实在决定不了的事情，他们才去找皇帝。对了，我们刚刚说的是中央的情况，在地方上还有一个行省制度。什么叫行省？简单说，就是大管家也管不过来全国的事啊，所以他就会派一些手下到地方上去做当地的大管家，这个手下到了地方上，再组织自己的团队，手下一批人帮他来做事，中央就把地方上的事交给当地的大管家了。这个制度，叫行中书省，也可以叫行省，如果再简单一点的就叫省。今天我们国家的一级行政区还叫省，这个叫法就是从元朝那个时候演变过来的。

现在您一定更加确定，元朝不仅不是没有当官的，恐怕当官的还挺多，如果不开科举考试，那官员们从哪里来呢？

首先，我想和您说的是，即使在那些科举盛行的朝代，科举考试也不是产生官员的唯一通道。而在元朝，当官的，特别是高级官员，一定是蒙古贵族。

元朝时，皇帝的臣民被分为四等。所谓四等人，是不同等级的四个阶层，第一等是蒙古人，第二等是色目人，第三等是汉人，第四等是南人。对于不同的等级，政策不一样，越往下就越受歧视，受压迫。

在这里我们还是要再强调一下，这是所谓的四等人，不是元朝朝廷颁布的标准，不是有个什么文件，而是一种潜规则。

因为元朝经历的战争中，会波及许多地区不同民族的人，他们被战争旋涡卷到中原地区，所以元朝社会是一个相当多元的社会，这些人来自不同的地区，又在不同时间加入到这个队伍中来，其待遇当然是不一样的。在官场更是如此，而元朝官场除了由蒙古贵族担任高官以外，大多数管理岗位是从吏这个群体中提拔上来的。

所谓的吏，是区别于官的政府部门工作人员，他们可以由官员自行招募，依附官员存在。比如郭嵩焘在考中进士以前，曾经给浙江学政打过工，那时候他的身份其实就是吏。虽然都是在衙门里办公，但吏更像是临时工，而且吏是吏，官是官，他们之间的身份是不能流动的。

在大多数情况下，吏干一辈子也当不上领导。所以郭嵩焘也是在后来通过科举考试后，才获得了当官的资格的。

直接把吏提拔成为朝廷中有品级的官员，那是不行的。可是，这个界限在元朝被突破了，不管你是不是吏，只要领导觉得你干得好，就可能直接就把你提拔上来做官。

但是尽管如此，因为我们刚刚所提到的四等人制度，蒙古人最容易被提拔，其次是色目人。这并不是因为他们的能力强，而是，同样作为外来的群体，都一样不是汉人，所以相互间的信任更容易建立。另外，色目人在当地没有势力根基，被提拔起来后，往往忠诚度较高。而处在第三等的中原汉人，各方面都不如色目人，更别提蒙古人了。

而南人是最后才被纳入元朝朝廷统治的，所以南人的地位最低，人事方面最不受重视。整个元朝，担任宰相的基本上都是蒙古人，其次是色目人，汉人很少，而南人几乎没有。

那些南人，本来在宋朝的时候，文化程度就很高。现在不开科举了，也总得活着呀。于是许多人流落民间，带着满腹经纶投入到了文化产业中，元杂剧、散曲、小说就慢慢发展起来了。另一方面，在读书人的不断呼吁下，元朝中期终于重新开了科举，但是考试内容发生了巨大变化，首先，吟诗作赋肯定不考，原因是蒙古贵族看不懂。

那考什么呢？考儒家经典吧，先考《四书》再考《五经》，《四书》是必考科目，内容都是重点，《五经》是选考科目，选一个就行。考的内容就是在经典里挑一句话，这就是题目。然后考生从这句话入手，写一篇文章。但是，文章要求必须以程朱理学对儒家经典的解释为主。为什么这么考呢？因为里面讲的是伦理道德，对巩固统治是有帮助的。请大家注意，元朝科举考试的考题设置，影响了后来的明朝和清朝，也影响了后来中国读书人在学术思想上的走向，程朱理学在宋朝之后有如此高的影响力，元朝的科举是非常重要的一个环节。但是，元朝科举考试的效果并不太好，所以后来的读书人很不喜欢元朝。

　　关于做官，还有一个有趣的现象，到了元朝中后期的时候，贫富差距不断加大，有钱的越来越有钱，穷人就更穷。

　　元朝是一个非常重视商业的朝代，而江南地区经济一直比较发达。在社会稳定后，南人群体里有钱人不再想通过科举当官，因为他们可以花钱来买官，甚至可以因为有钱，直接影响时局，这还当什么官呢？

　　而这个时候，元朝社会的主要矛盾，就已经不再是民族矛盾，而是阶级矛盾了，还记得朱元璋为什么造反吗？不是因为统治者是蒙古贵族，而是因为他吃不上饭，活不了了。

在考官眼皮底下替考的奇才

考试作弊，恐怕是很多人都曾想过的事。不过，大多数人对作弊的设想应该都是打个小抄，而且大多是为了提高自己的考试成绩，可是今天我要向您介绍的这位科举考场中的作弊者，不是自己抄，而是替别人作答，据说他就是堪称"史上最强枪手"——温庭筠。

他有多强呢？

宣宗大中十二年（858 年）的科举考场中，温庭筠被安排在了离监考官员视线最近的位置，用我当学生时的语言来讲，就是考试给安排在前排第一桌了。想想都知道，这个位置太难打小抄了，更何况温庭筠不是打小抄，而是帮别人答卷。在考官眼皮子底下想当枪手，这简直是不可能完成的任务。但神奇的是，在所有考官都以为这回阻止了温庭筠给别的考生当枪手的时候，却爆出温庭筠仍然设法帮八个考生写了文章的消息。这让这场考试所有的考官都丢尽了脸，他们不仅像以往那样把温庭筠从考试中淘汰，还向朝廷报告，将他赶出了京城。

温庭筠是怎么做到这种近乎奇迹的事呢？答案恐怕只有他自己才知道。

我所知的是，给别人当枪手，温庭筠已经不是第一次了，而且每次被发现，都被取消成绩。有资料说，他一生至少参与了五次科举，最后那次，是在 55 岁时参加的。看起来，他仿佛对功名执着到了一定程度。按这个思路想下去，他应该认真面对科举，起码对自己更负责些，认真答卷就好，但他不，偏偏要帮别人答。让人简直怀疑，他到底是来求功名的，还是来当枪手赚钱的。

　　虽然他所生活的唐代，科举制度还不太完善，对替考等作弊的处罚也没有什么明确的规定，但是，这真的是他屡次作弊的原因吗？

　　温庭筠本名叫温歧，字飞卿，生于太原，是唐太宗贞观初年的名宰相之一尚书右仆射温彦博的后代。温庭筠在少年时，即展现出了过人的才华，文房的《唐才子传》里说他"少敏悟，天才雄赡，能走笔万言。善鼓琴吹笛，云：'有弦即弹，有孔即吹'"。

　　同时，他的书法和骈文在当时也都很有名气，人们把他和李商隐、段成式三人的文风称作"三十六体"，这并不是说行文有三十六般变化，而是因为这三个人在家族中都排行第十六，"三十六"，是三个"十六"的意思。

　　如此名门之后，又才华横溢，按理说，温庭筠的人生应该像开了挂一样才对，就算不是步步高升，也不至于混到要靠当枪手过活呀。

　　事实上，官场的大门，最初对温庭筠是敞开的。

　　唐文宗开成四年（839 年）的时候，他参加了京兆府，被荐居第二，要知道，在当时得到京兆府的推荐，等于得到了官方的背书。不发生意外的话，在第二年礼部组织的进士考试中，他几乎妥妥地会高中。

但令人意外的是，在拥有如此优越条件的这次考试中，温庭筠却弃考了。

这是为什么呢？有人考证说，在温庭筠获得这次考试机会之前的一两年间，曾经和太子李永关系密切。但后来，太子生母失宠，唐文宗李昂听信宠妃杨贤妃的谗言，想要废除太子改立别人，虽然在群臣的阻止下暂时没有对太子李永下手，却将太子身边数十人杀害或驱逐。

李永受了这场莫名其妙的打击，却无处释放，既无法向父亲表明自己的冤枉，也不能对谁说说心里的委屈，而且还要承担着不一定什么时候就会被父皇杀掉的巨大心理压力，抑郁成疾，没过多久就突发急病，去世了。

温庭筠很有可能受到这场权力斗争的牵连，这对他迈入官场很难说不是一个沉重的打击。但也有人指出，太子去世的时候是开成三年（838 年），温庭筠被京兆府推荐是在开成四年（839 年），这中间的联系也许不像想象的那样密切。又或者，温庭筠的确在太子事件中受到一些牵连，但因为才华出众或好友帮忙，终于摆脱了负面影响。本来准备迎战科举大展拳脚时，那个举荐他的人也在开科前去世了。人走茶凉，为自己说话的人也死了。这事丧气得像是老天爷在玩他。

基于这些原因，温庭筠才选择弃考。

讲到这儿，我很为温庭筠叹息。因为，后来发生的事，实在出乎意料。

今天我们回看历史，因为已经知道后面发生了什么，所以仿佛处在所谓全能视角，并在这个视角下观察温庭筠所处的境遇。有件事情不知道他知道后会不会气吐血，那就是，太子去世的第二年，皇帝有一次看杂耍时，看到一个表演登高技巧的孩子开始演出后，他的父亲一直在底下跟着上面的孩子挪动，生怕孩子摔下来。皇帝触景生情，想到自己虽然拥有天下，却不能保全一个儿子，感到非常懊悔，下诏杀掉了当初诋毁太子的官员。只是不知道这件事发生的具体月份，所以也无法和温庭筠弃考的时间线做对比。总之，一次取得功名的绝好机会，就这样因为种种原因错过了。

如果说，失去了这个机会是温庭筠运气不好，那接下来得罪宰相的事，就真的是他自作自受了。唐宣宗时候，相国令狐绹听说温庭筠诗词才华非常高，于是重金请温庭筠到自家书馆中约谈。原来，宣宗皇帝很喜欢曲词，时常出题，让大臣们作答。令狐绹希望温庭筠能替自己完成皇帝的家庭作业，拿出好的词作来取悦皇上。这本来不是什么大事，但是温庭筠收人钱财替人解难却不愿管好嘴巴。尽管令狐绹千叮咛万嘱咐千万别把这件事告诉别人，但是温庭筠转头就和朋友八卦了一番，事情被相国令狐绹知道后，非常不高兴，但也没法因为这件事去怪罪温庭筠，搞得令狐绹也很憋屈。

关于这两个人的恩怨还有个传说，说有一次，宣宗赋诗，上句有"金步摇"三个字，大臣们答的皇上都不满意，于是让没及第的进士们来对，结果，温庭筠以"玉条脱"对答。皇帝觉得很好，下令重赏。令狐绹这时候好学劲儿上头了，主动问温庭筠怎么想到的。结果温庭筠说，这典出自《华阳真经》，还说《华阳真经》并非生僻书，相国您公务不那么忙的时候，也应该看点书。这个话就很不好听了，等于当面说当朝宰相没文化。

还据说后来温庭筠在外面诋毁令狐绹，说"中书省内将军坐"，意思是，本该由文人坐的位置却由一位武夫占着。这下子惹恼了令狐绹，从此两个人交恶，温庭筠的科举之路就更难走了。

温庭筠考的是进士科，考试内容是诗赋。这些诗赋都有一定的格式，对应试者的文字能力要求很高。开考时，会给每个考生发三根大蜡烛，三根蜡烛烧完，要作完八韵的诗赋。

许多人在三根蜡烛烧尽后都还没写完，但温庭筠在这方面很强，他甚至不用打草稿，据说他轻松到什么程度呢？题目拿到，他把手一叉，趴在桌子上张嘴就吟诵，一会儿工夫就写出来了，考生们羡慕得不行，送他绰号"温八吟"。还有的说他一叉手即成一韵，八叉手就能写完，所以又叫他"温八叉"。

这本是温庭筠独特的才华，但没想到，他在自己答完后，还会和隔壁聊天，帮考场中的同年们答卷，以至于其他考生将他称为"大救星"。只是每次都会被发现，落得个类似试卷作废的下场，但温庭筠依旧我行我素，每次考试都替邻座答卷。

所以虽然他屡考屡败，但当枪手的名气却越来越大，这才出现了我在开篇时说到的，神不知鬼不觉地在考官眼皮下替八个人作文，堪称"考场灵异事件"。

除去这些传说，温庭筠因为未通过科举，虽然才名很大，但做不了官，只能做吏。咸通六年（878年），在他已经60多岁的时候，当上了国子助教，这算得上是他职场的巅峰。但令人没想到的是，曾经的"作弊狂人"在当考官时，却判卷严格，并且在评卷时指斥时政揭露腐败者，结果，又惹怒了当朝宰相，被贬为方城尉。但这时，他已经66岁，经不起折腾，按《唐才子传》的说法，他还没到方城，就在路上去世了。

"一代硬核枪王""花间派鼻祖"，就这样走完了传奇的一生。

回顾温庭筠的一生，坎坷潦倒却始终头顶才华二字，他不像王安石笔下的仲永一样长大就变得平庸，也不像范仲淹等宋朝士人那样因政治立场不同而被排挤，他不像孟郊那样为取得功名用尽心力，也不像柳永一样潇洒不羁。人们形容他，甚至不愿使用"怀才不遇"这样充满同情心的词汇，而是用"恃才不羁"来总结他的为人。

古代考生的"作弊高招儿"

　　明朝小说家冯梦龙《古今谭概》里写了一个故事，说明朝万历年间，有一次科举考试还没开始，两个考生先在检查处吵起来了，原因是什么呢？原来，考生甲把准备打小抄考试资料藏在屁股里，被负责搜查的官员发现了，拉着线头，就把防水油纸包上的小抄从身体里揪了出来。按说，这是预备作弊被抓，没什么可辩解的，但这位考生非说小抄不是自己的，是前面的考生扔的。搜查官只好把前面的考生乙叫回来对质。考生乙当然暴怒，骂道："即我所掷，岂其不上不下，刚中粪门？彼亦何为高耸其臀，以待掷耶？"意思是，就算是我扔的，难道还能不上不下，正好扔进你屁股里？而你为什么又摆好姿势等着我来扔呢？

　　这故事是有些恶心，但为我们很好地揭示了当年的考生们为了通过科考无所不用其极的作弊手段和当时对作弊的官方审查的严格程度。

　　刚刚说的这种方法，叫夹带，就是通过各种手段把与考试有关的资料带进考场。因为考生要住在号舍里，所以资料通常会藏在生活用品中。有的是购买缩小版印刷的复习资料，有的是把文字写在衣服上或身体上，还有的是把蜡烛掏空，在里面放入小抄，总之方法丰富，只有考官想不到的没有考生做不到的。

乾隆六年（1741年），皇帝下令贡院要严查夹带，对于搜检不力的相关人员要严惩不贷，但没想到在随后的突击检查中，皇帝发现夹带情况仍然非常严重，其中还发现了八旗考生夹带。这让乾隆皇帝非常生气，下令执行堪称史上最严格的搜检。除对考生身体的搜检要严格到脱光内衣裤外，对衣着和随身携带入场的物品提出了近乎报复性的严厉搜检。比如，不管天气如何，衣服只能穿单层的，袜子用单层，鞋子用薄底，坐垫单层不能有里子，砚台不能太厚，笔管必须空心，装水只能用陶瓷，取暖的炭只能有两寸长，烛台要求锡制、空心、单盘的，考生用的篮子得有格眼，糕点食物也要切开。

这件事也有个小插曲，明朝初年，朱元璋要求放松对会试考生的考前搜检，原因是他觉得参加会试的是已经获得举人资格的士子，不能够对这些饱读诗书的人不尊重。当然后来因为这个荒唐的禁令，导致明中叶科场舞弊日益严重，搜检才又重新严格起来。据说南宋时，北方的金国有个很有意思的办法既避免了搜身的尴尬和屈辱感，又实现了杜绝夹带。就是先让考生们洗个澡，把浑身上下冲洗干净，什么写在身体、内衣上的答案或是塞进什么身体奇怪部位的小抄全部洗出来，然后再换上朝廷提供的统一服装，清清爽爽地进考场，干干净净地考试。

夹带通常是最普遍、常见的作弊手段，特点是一个人即可完成。相比之下有技术含量一些的是传递，这是指在考场内外传递与考试有关的文字资料。过去没有手机，如果不靠工作人员配合的话，场外的文字资料怎么能传到场内呢？有些背景复杂的考生想到了使用信鸽。因为考试的贡院场地不变，所以他们事先训练鸽子认路，开考时，把考题抄在小条上，让飞来的信鸽带出场外，等答案做好，再由信鸽传回考场。《清史稿》卷三百五十记载，乾隆二十三年（1758年），满洲八旗子弟院试时，仗着自己特殊的身份，他们甚至用放鞭炮的方式在考场内外传递资料。

利用身份便利的另一种作弊办法就是"通关节"，所谓"关节"就是考生和考官或者考场工作人员在考试时约定的暗号。武则天时期开始实行遮挡考生身份信息的盲批，宋朝将这个制度进化为糊名。为了避免考生与考官串通在卷子上做记号，还有安排人将考生的试卷誊写一遍，让考官见到的是誊写过的试卷。对于考生层面，唐代起要求考生间结保，就是三人一组互相监督，有一人被发现作弊，三个人一起惩罚。这个制度后来也发展到了考官与工作人员要相互结保。

这是在北宋糊名誊写制度后出现的作弊方法。关于这种方法，中国科举史上最后一位探花商衍鎏在《清朝科举考试述录》中写道："关节，为密通字眼，其易藏者，多用虚字以为暗示。"像"欤""哉""也""矣"一类没什么实际意思的字眼都可以用到。方法是约定在第几行第几个字使用这几个字，有时候为了防止巧合，还要把两个虚字连用，目的就是让考官分辨出哪张是自己需要照应的考生试卷。但到了清朝，科举制度更加完善，想用通关节的办法舞弊，实际上需要打通许多环节。比如，誊写的人要按原篇格式誊写，同考官要推给主考官，并收买主副主考官同时认可。每个环节都不能落下，如此一来，涉及人数众多，很容易出问题。

相比之下，另一项虽然也需要收买考场工作人员，但不必扩大范围即可实现的舞弊方法是代考。替考人也叫枪手，史上最强枪手温庭筠的代考经历传说过于神奇，我记得曾经评价近乎于奇迹，简直堪称魔术，很难弄明白真伪。民间真正的代考案记录里，有许多能够窥见门路例子。

乾隆四十八年（1783年），广西乡试就发生了一场代考案。考生岑照的父亲是广西土司，有钱有势，买通了负责乡试后勤的官员，把官员的幕僚和贴身随从带入考场，开考后，幕僚躲在隐蔽处答卷，再由随从借送饭的机会，把写好的答卷附在碗底送入考生号舍，如此完成代考。这个案子最神奇的地方是：案件是在评分结束后，张榜前的核对工作中，被考场事务负责人发现的，原因是这个人认识作弊考生的父亲，知道考生不学无术，按常理不应该金榜题名，于是展开调查，最终水落石出。案件在当时很轰动，乾隆皇帝判处作弊考生及涉案官员死刑，但在处理考生那位当土司的父亲时，考虑民族团结和边疆稳定等因素，对土司免于处罚。

为了应对枪手，古代还发明了准考证制度，当时的准考证叫"浮票"，上面写明应试者的体貌特征。加上考生入场交卷都要按号舍顺序等制度要求，即使枪手以考生身份得以入场，但要是没有考场内官员的配合，代考是难以实现的。为了让有作弊打算的考生无法事先联系考官，北宋初期就开始实行每到考试临近时，才确定正、副考官，并要求考官当天就进入贡院，在成绩发榜前不得离开也不得见客。外地来的监考官进入要执行任务的省份后，也不能接见客人。

讲了这么多，恐怕您会有一种印象，就是古人考科举仿佛都是在作弊，真正有本事的是少数，即使考上了，大多数也是幸运儿这样的感觉。甚至会有一种，古今名人有多少是状元？考第一有什么用这样的疑问。

其实，这是关注点的问题。在科举1300年的发展历程中，绝大多数科考是正常进行的，其间真正称得上科场大案的不超过30次。算起来，发案率是比较低的。但由于科考制度要求监考官员将发现的问题如实记录并上报，如果构成案件，还会有调查、处理等多个环节，史书也需要做相应的记录，这就给后世留下了丰富的资料。而没有发生问题的科考则不需要记录什么，这就导致后人读到资料时，容易产生舞弊严重的感觉。事实情况其实是：没有出现舞弊的科考是大多数，记载的文献很少。出现舞弊的科考是极少数，记载的文献却非常多。

再加上历代失意文人的刻意诋毁，科考不公正这样的印象就出现在不明真相的人们心里。

为什么嘉庆皇帝要求考官舞弊？

清朝嘉庆十九年（1814 年），这一年的科考状元名叫龙汝言。虽然这个人在历史上并没有什么大名气，但他是有清一代科举 114 名状元中非常特别的一位，因为他的这个状元是嘉庆皇帝亲自"内定"的。我想在这里需要解释一下，虽然状元本来就是由皇帝钦点，可龙汝言的特别之处在于，是皇帝主动想把状元给他，而且如果大臣没按皇帝想法办的话，皇帝就会不高兴。正如标题写的那样，嘉庆皇帝为龙汝言所做的事，简直就是舞弊，而且是要求考官跟着一起舞弊。

您一定会好奇，这位龙汝言究竟凭什么能获得皇帝如此的青睐呢？

龙汝言生于 1780 年，字锦珊，又字子嘉，是安徽桐城县一名出身贫寒的普通考生。按清朝的科举制度，像他这样的读书人要通过县试、府试、科试、乡试、乡试复试、会试、会试复试、殿士等多次考试才能最终考中进士。而龙汝言中了秀才后，没有考中举人，像当时千万名落榜考生一样，他选择到京城中谋一份差事糊口，等待未来假如有机会，再参加科考。

在京城，龙汝言被一位满人都统聘为家塾教师。都统不是一个小官，清朝八旗每旗会设都统一人，是最高军事首领。都统的官阶相当于六部尚书，是从一品的大官，但因为他们是武官，通常不善文墨，所以龙汝言也会帮东家写些官面文章。

嘉庆皇帝50岁生日时，按惯例朝中一、二品大员和翰林们都要表示表示。按嘉庆皇帝的风格，这当然不必是金银珠宝，而是"小贡"。所谓小贡，其实就是祝贺性质的诗、词、序、颂之类的文章，把这些拜年的吉利话编成小册子送给皇上。前面说过，这位都统很不善文章，就把任务交给了龙汝言。

这本是一个再常规不过的务虚的工作，论文采，满朝有那么多高手，想要从中突围引起皇帝的注意是件难事，但龙汝言代写的小册子，却让皇帝龙颜大悦。皇帝特意召都统觐见，要予以表扬。这位都统倒也坦然，直接明说，自己没有那种文采，全是家中的私塾教师代笔写成的。皇帝打听过龙汝言的家世后更高兴了，原来，龙汝言的这篇"小贡"是用康熙和乾隆的御制诗句中的200多句，组成了一首长诗。这种集别人诗作中的句子，组合成一首诗的做法当时叫作"集句"。这种创作方法，要求作者对原诗有一定的了解，从难度上看，比重新写就一首诗难度更大。

但最让嘉庆皇帝高兴的是当时"南方士子往往不屑读先皇诗，此人熟读如此，具见其爱君之诚"。明朝江南地区文化先进，直到清朝，对北方人的诗作，特别是号称一生留下了4万多首诗的乾隆等帝王诗作，学生们通常都是不太感兴趣的。再加上有清一代，皇室始终有一种既对汉人多加防范，又希望汉人表现出顺服的矛盾心态。所以，龙汝言的出现，仿佛是一个好的典型横空出世了。

龙汝言是安徽人，对于从东北入关的清朝政权来说，属于"南方人"，正是这个身份做出的这件事，才是最让嘉庆皇帝感到兴奋的。

于是嘉庆皇帝不但没有怪罪都统请人捉刀，反而赏龙汝言举人出身，并让他第二年以举人的身份参加会试。有了皇帝的邀请，龙汝言算得上是"奉旨"参加科举了，不难想象，其间龙汝言一定做过许多对未来的美好畅想。但是没想到，虽然嘉庆十六年（1811年）春季，他如约参加了会试，但落榜了。发榜后，龙汝言觉得没考过会试，既给皇帝丢人，也给自己脸上抹黑，可除了懊恼又能怎样呢？按常识来说，根本就没有找皇帝叫委屈这个选项吧，回头想想自己是不是过于自作多情，皇帝每年要见若干人，自己可能是其中最不起眼的一个，就因为抖机灵写了篇长诗，得个御赐的举人就很好了，还能多要求些什么呢？

但没想到的是，皇帝居然还记得龙汝言，不仅记得，还对龙汝言有很高的期待。为什么这么说呢？当年考试后，负责科举工作的官员在向皇帝汇报考试、录取情况时，皇帝听完录取名单后，还没等大臣说完，直接冷冷地说了一句："这一科考试的水平不高。"虽然从理论上说，考生水平如何完成与考官没有关系，可汇报还没结束，皇上就来了这么一出，明显是不高兴了。这是一个相当危险的信号，如果不弄清楚皇帝究竟对什么感到不满，恐怕未来要出大问题。于是这名大臣私下里向皇帝身边的近侍太监询问，在太监的点拨下，才明白原来是因为没让去年皇上亲赐的举人龙汝言通过考试。

听到这个回答，主考官挺郁闷，这一期会试其实发现了不少人才，后来的清朝重臣林则徐成绩是二甲第四名，在当时录取率不足 5% 的比例下，淘汰龙汝言其实是很正常的。但这样一来，不就等于否定了皇帝识人的眼光了吗？难怪皇帝会发脾气。

负责科考的官员被皇帝批评的事情原委很快就在官场中传开，大家心知肚明，无论谁负责下一次科考，无论考成什么样，龙汝言是必须要给通过的。

果然，到了三年之后的嘉庆十九年（1814 年）会试，主考官揣测圣意，录取了龙汝言。等到殿试完毕，又特意把龙汝言拟为第一名。果然，名单报到皇上那儿，皇上立即批准了龙汝言的状元。在宣布新科进士名次的仪式上，嘉庆皇帝在听到龙汝言的名字被提到后，高高兴兴地说："朕所赏果不谬也。"意思就是，我的眼光果然是不错的哟。

历史读到这里，忽然发现，尽管皇帝是富有天下的人物，原来，他们也是非常在意面子的人啊！

那么，这位由嘉庆帝一手托起的爱君典型，科举状元龙汝言后来的官场之路走得怎样呢？是否借皇帝的特殊照顾而平步青云了呢？

成绩发布后，龙汝言先被任命为翰林院修撰，嘉庆二十一年

（1816年）出任湖北乡试主考，二十二年（1817年）任南书房行走、实录馆纂修，二十四年（1819年）充会试同考官，是纯粹的皇帝近臣。

但是好景不长，没多久，龙汝言就把官给丢了。这件事据说是这样的，因为幼年丧父，家境贫寒，龙汝言是入赘到岳丈家的。既然是入赘，难免在家庭生活中地位较低，虽然后来高中状元也官居高位，但过去生活的惯性仍然让他在家中强硬不起来。据说他老婆十分彪悍，对他从来都是呼来喝去。一次，老婆又生了气，龙汝言本着打不起躲得起的原则到朋友家躲避。没想到，单位送《高宗实录》来给他撰修，老公没在家，老婆就代为收下，顺手放在一边。第二天，人家来取，妻子没加说明就原封不动地给人家拿了回去。而龙汝言根本就不知道还有这样一码事。结果这要上交皇帝过目的，按理应是由龙汝言校对过的，记录乾隆帝事迹的书稿里有许多错字。最严重的是，乾隆过世后，应该称"高宗纯皇帝"，实录稿上却把"纯"字给写错了，写成了绝命的"绝"字。这可是不可原谅的大不敬。而且，虽然龙汝言实际没有经手这个工作，但按程序，实录馆的同僚替他贴上了黄签，上面写着"臣龙汝言恭校"。

在这样的过错面前，嘉庆帝纠结了很久，最后没有对其采取极端的处置，而是宽容地指出龙汝言办事疏忽，有负圣恩，处理意见是革职并永不叙用。

后来嘉庆帝去世，龙汝言获准参加告别仪式。在现场，可能是想到嘉庆帝对他的栽培，也可能是想到自己因为和老婆吵架断送了前途，龙汝言哭得特别伤心。

没想到这一哭，感动了刚刚即位的道光皇帝，觉得他特别有良心，于是废除先帝成命，特批赏赐龙汝言一个内阁中书、充军机章京，后来又升为兵部员外郎。

在读龙汝言的人生经历时，我的感受从最初的猎奇慢慢过渡到了一种佩服。也许我们不该对龙汝言的能力太过于看低，根据记录，安徽是清朝乡试中举率极低的科举大省，龙汝言能以贫寒家境出身，争取到岳父的支持应试科举，说明了他被妻子家族的认可。落榜后能到一品大员家里当老师，也说明他能力不低。而那么多年那么多人例行公事般的小贡，居然成为他平步青云的突破口，这更不应该小视。后来道光帝多少出于怜悯赐给他的官职，龙汝言竟然也能做到升官。

一次成功或许可以归之于幸运，但一直幸运，那也就是一种实力了。

我常说不要想当然地去看古人，但在龙汝言这件事上，就险些又犯了凌驾于古人之上的毛病了。